PROLOG

Bremerhaven, Dienstagnachmittag

Onno Eilts schwitzt. Bei dieser brütenden Sommerhitze, die trotz Klimaanlage bis in den hintersten Winkel seiner Fahrerkabine kriecht, wünscht er sich einen angenehmeren Job. Rettungsschwimmer an der Nordseeküste. Das wär's. Gut, diese Lebensretter aus Malibu, die sich mit Waschbrettbauch und Rettungsboje ins Meer stürzen, sehen vielleicht einen Ticken besser aus. Aber um Ertrinkende an den Ohren aus dem Wasser zu ziehen, reicht auch sein Waschbärbauch. Wenn grad mal niemand ertrinken würde, könnte er einfach ins Meer rennen und runterkühlen.

Stattdessen ist er hundertfünfzig Kilometer von Greetsiel bis nach Bremerhaven an der Küste entlangkutschiert. Heute Morgen hat er extra früher angefangen, damit er seine Ladung noch vor Mittag abkippen kann. Zwanzig Tonnen Fischgedärm, Gräten und Köpfe mit toten Augen. Pingelig darf Onno nicht sein. An den beißenden Gestank nach Fisch und Verwesung hat er sich längst gewöhnt. Seine neue Freundin Britta besteht allerdings darauf, dass er jedes Mal extra lange duscht, bevor sie sich treffen. Vermutlich könnte sie den Fischmief sogar riechen, wenn die Feuerwehr mit ihrem Wasserwerfer anrücken und ihn abkärchern würde.

Langsam steuert er den blauen Vierzigtonner auf das Gelände der *Biogenic GmbH*, die den Gammel zu Fischmehl verarbeitet. Wie immer kreist ein Riesenschwarm Möwen am Himmel und lauert auf die nächste Entladung.

Dicht hinter dem zwei Meter hohen Zaun, der das Grundstück umgibt, fährt er im Schritttempo auf die im Boden eingelassene Lkw-Waage zu. Eine Ampel, die auf dem Wiegehäuschen angebracht ist, springt auf Rot. Onno hält, lässt das Beifahrerfenster herunter und schaltet den Motor ab.

»Moin«, ruft Nils Manninga durch eine gläserne Luke und winkt.

Onno nickt. »Moin! Ich bleib sitzen!«

»Denk dran, dass du nach dem Abladen auch drin sitzen bleibst. Sonst haben wir wieder hundertfünfundzwanzig Kilo Differenz und wissen nicht, woher die kommt.« Nils lacht. »Oder hast du zugenommen?«

Onno grinst und tätschelt stolz die Wölbung unter seinem Hemd. »Is weniger geworden.«

»Hehe! Wenn da man keine Frau im Spiel ist.« Nils legt eine Reihe etwas zu schief geratener Schneidezähne frei. »Kannst mir ja aufm Rückweg von deiner neuen Errungenschaft erzählen.« Dann drückt er auf ein paar Knöpfen herum, um danach den Daumen zu heben, der bedeutet, dass das Bruttogewicht registriert ist.

Die Ampel schaltet auf Grün um. Onno startet den Motor und gibt Gas. Die Silbermöwen kreischen frech und gieren nach Futter. Sie wissen, dass es nun nicht mehr lange dauert. Bis zum Bunker werden sie über Onno schweben und das Fahrzeug nicht aus den Augen lassen.

Die Hydraulik des Lkw ächzt, als Onno schließlich auf die Bremse tritt und am Bunker stoppt. Er wischt sich mit einem Putzlappen die Stirn ab. Sein Hemd ist von Schweißflecken übersät. Er greift sich ein Heringsbrötchen, das zwischen

Windschutzscheibe und Ablage eingekeilt ist, und springt aus dem Führerhaus. Während er das Brötchen auswickelt, bummelt er zur Rückseite des Lkw. Onno beißt in das Fischbrötchen, aus dem Salzlake auf sein Hemd tropft. Mit der anderen Hand fährt er die rot-weiße Sicherheitsschranke hoch. In diesem Gefahrenbereich darf sich niemand aufhalten, solange der Gammel nicht vollständig gekippt ist. Die Gefahr, auszurutschen und womöglich kopfüber die überdimensionale Metallschräge hinabzuschlittern, direkt vor die Transportschnecke, die sich wie eine Schiffsschraube dreht, jagt sogar ihm einen Schauer über den Rücken. Eine Kontrollleuchte zeigt an, dass die Schranke eingerastet ist.

Onno schlendert zurück. Langsam drückt er den Entladehebel neben seinem Fahrersitz, damit sich der Container hebt und die Fracht in den Bunker entleert. Mit schmatzenden Geräuschen schlägt das blutige Ladegut auf der Schräge auf. Der Boden vibriert durch die Rotation der gewaltigen Schraube.

Die Silbermöwen stürzen sich im Steilflug auf Onnos Ladung und picken im Flug Brocken aus der rutschenden Masse. Einmal hat ihm sogar eins von diesen Biestern ins Ohr gehackt und sein Feierabendbrötchen aus der Hand geräubert. Das tonnenschwere Metall des Containers donnert und hallt übers Gelände. Onno lässt den Großbehälter wippen, um auch die letzten Gedärme von den Wänden zu lösen, und dirigiert ihn auf den Lkw zurück. Feierabend.

Per Transportschnecke wird das Gekröse nun aus dem Schacht in die Gammelmühle befördert und im Nullkommanix zu Fischmehl zerkleinert. Staubkorngröße. 0,6 Millimeter, um genau zu sein. Onno ist immer wieder fasziniert, mit welcher Kraft die Maschine arbeitet. Außer dem Geruch wird nichts mehr an die schleimigen Kadaverteile erinnern, wenn der gierige Magen der Gammelmühle sie erst verdaut hat.

Onno steht gerade unter der Betriebsdusche und verführt in Gedanken seine neue Flamme, da brüllt Hauke in den Duschraum: »Onno! Schnell! Zieh dir was über! Feierabend kannste vergessen! Polizei ist unterwegs!«

Vor Schreck flutscht Onno die Seife aus den Händen.

»Gib Gummi«, schreit Hauke und knallt die Tür von außen zu.

Als Onno wenige Minuten später in die Produktionshalle hechtet, kleben ihm sein T-Shirt und die Cargoshorts wie eine zweite Haut am Körper, weil er sich kaum abtrocknen konnte.

Die gesamte Belegschaft steht vor der Transportschnecke. Einige pressen sich die Hand vor den Mund. Andere schütteln den Kopf. Die bestialischen Verwesungsgase der Fischinnereien, die sich trotz Absauganlage in der Halle stauen, verschlagen sogar ihm den Atem. Er hält die Luft an und atmet nur so viel wie nötig. Jetzt hängt der Gestank auch noch in seinen Feierabendklamotten.

»Das musst du heute geladen haben«, sagt Günther.

Onno blickt prüfend auf die Fischgedärme, die auf dem gestoppten Transportband liegen. »Jo, kann ich so nich sagen. Unsere Ladungen sehen doch alle gleich aus.«

»Der Bunker war leer, bevor du abgekippt hast.«

»Dann wird's wohl meine sein.« Onno kapiert die ganze Aufregung nicht. Die anderen starren immer noch auf das suppige Förderband. Ole, der neben ihm steht, hält sich den Bauch und guckt, als hätte er gestern zehn Jever zu viel getankt.

»Mensch, bist du blind?«, keift Hauke, tritt zu Onno und zeigt auf etwas inmitten der Gedärme.

Jetzt peilt auch Onno, was die anderen in dem Matsch entdeckt haben.

Das Fischbrötchen in seinem Magen rumort. Bei genauem Hinschauen erkennt er einen hellen Fleck auf dem Förderband, der sich deutlich vom restlichen Blut und Gekröse abhebt. Sieht aus wie menschliche Haare. Blond. Mit Schleim und Blut verschmiert.

Bei dem Gedanken daran, was er hundertfünfzig Kilometer lang ahnungslos hinter sich im Container gefahren hat, sacken Onnos Beine weg.

1

Greetsiel, einen Tag zuvor

Angebrannt. Ein eindeutiges Zeichen! Für Wanda Poppen steht fest: Joost Lüpkes will keinen Kuchen.

Wanda knallt das heiße Blech ins Spülbecken ihrer Backstube, dass es nur so scheppert. Die Ofenhandschuhe pfeffert sie im hohen Bogen hinterher. Sie dreht sich um und streift die Hände an ihrer Schürze ab. Maltesermädchen Fienchen, das neben der Tür zum Wohnbereich auf einem Kissen döst, blinzelt. Wanda pustet durch.

Joost ist ein oller Gnadderkopp. Immer muss er das letzte Wort haben. Aber: Man konnte ihn zu jeder Zeit aus dem Bett klingeln, wenn Not am Moped war. Vor ein paar Tagen, als ihr pinkfarbenes Dreiradmoped mit Aufbau ums Verrecken nicht anspringen wollte, war er sofort da. Um vier Uhr morgens. Binnen fünf Minuten fand Joost den Fehler. Der Benzinfilter war verstopft. Ratzfatz säuberte er das Teil und rettete damit ihre Brötchenauslieferung.

Joosts Schwiegertochter Ibba hat den Kuchen für ihn bestellt. Die beiden waren von Anfang an wie Kampfhähne, weil sie ihn am liebsten ins Altenheim verfrachtet hätte. Seine Buddelschiffsammlung könne er sogar mitnehmen, hat sie gesagt. An Ostern, Weihnachten und Silvester singe der hauseigene Shantychor *Greetsieler Heulbojen e. V.*, der übrigens noch einen Bassbariton brauche, und jede Woche würden Ausflüge ins Umland angeboten. Nie im Leben wär der freiwillig in diesen Rentnerschuppen eingezogen. Also hat er ihr an den Kopf gehämmert, sie sei eine schrappige Erbschleicherin, und seitdem kein Wort mehr mit ihr gesprochen. Wie es aussieht, wird das auch so bleiben.

Jetzt ist die Buddelschiffsammlung im Müll. Hätte er mal doch besser im Shantychor mitgesungen. Dabei wäre er jedenfalls nicht zwischen Krabbenkutter und Kaimauer gefallen. Diesen blöden Sturz hätt er sich schenken können. Genickbruch. Vermutlich hockt er gerade mit erhobener Faust über den Wolken, krakeelt wie ein Kutterkapitän und beschimpft mit Bassbariton Gott, was der mit ihm für 'nen Scheiß veranstaltet. Vor allem mit der Buddelschiffsammlung. Gott ist ganz schön leichtsinnig. Der ahnt nicht, wen er sich da eingehandelt hat. Joost wird so lange rummotzen, bis der liebe Gott drei Kreuzzeichen macht und doch noch nachgibt. Bis dahin sabotiert Joost alles, was ihn seiner Beisetzung näher bringt. Den eigenen Beerdigungskuchen sowieso. Erst recht, weil Ibba den bestellt hat.

Die Trauerfeier ist um elf Uhr. Dann soll er auf dem neuen Greetsieler Friedhof seine letzte Ruhe finden. Das ist zumindest Ibbas Plan. Aber Joost hat noch nie getan, was andere wollten. Letzte Ruhe – dass er da nicht mitspielen würde, war klar. Joost und Wanda hatten viele Gemeinsamkeiten und waren mit siebenundsechzig Jahren sogar im gleichen Alter. Eindeutig zu früh, um den Löffel abzugeben! Mit wem soll sie sich nun kabbeln, wenn Gott ihn ernsthaft da oben behalten wollte?

Auch wenn ihm seine Beerdigung nicht in den Kram passt, muss er nicht gleich ihren Kuchen ruinieren. Schlimm genug, dass sie demnächst zusehen darf, wer ihr nachts das Moped repariert.

Wanda dreht den Wasserhahn auf, um die Bescherung einzuweichen. Zur Strafe für seine Kuchensabotage müssten die Totengräber Joost bei der Hitze sechsmal um die Kirche tragen.

Viermal hat er heute Morgen zugeschlagen.

Das erste Mal um drei Uhr. Bäcker Kai Schauten hatte sich beim Hieven eines Mehlsacks verhoben. Auf Augenhöhe mit Fienchen kam er aus dem Lagerraum gekrochen. Zum Glück hatte er die Brot- und Brötchenbestellung für die Eröffnungsfeier des Fünfsternehotels *Möwchen* grad fertig.

Das zweite Mal, als Gesa anrief. Die alleinerziehende Mutter vom fünfjährigen Tomke half Wanda im Verkauf, wenn der Kleine im Kindergarten war. Heute nicht, weil Tomke Ohrenschmerzen hat. Dann muss Joost eben allein mit Ibba Beerdigung feiern, denkt sie. Geschieht ihm ganz recht.

Aber beim dritten Sabotageakt gegen sein Begräbnis hat er echt übertrieben. Mal abgesehen davon, steht der in keinem Zusammenhang mit seiner Bestattung. Ibbas Kuchen, Kai Schautens Hexenschuss und die Tatsache, dass sie nicht zur Beerdigung kann, weil Gesa fehlt, ergeben Sinn. Aber das?

Mit einem Metallschaber kratzt Wanda die matschige Butterkuchenkohle in die Mülltonne. Als sie sich umdreht, um einen neuen Teig anzusetzen, fällt ihr vor Schreck das Blech aus der Hand und schlägt krachend auf dem Fliesenboden auf.

»Ist was passiert?« Fiete Mommsen blinzelt genauso verschlafen wie Fienchen.

»Menschenskinners noch mal!« Wanda presst beide Hände auf die Brust und schnappt nach Luft. Die restliche Butterkuchenpampe, die noch am Blech klebte, hat sich gleichmäßig in alle Fugen verteilt. »Wenn du dich noch einmal so anschleichst, kannste gegen deinen eigenen Mörder ermitteln«, schimpft Wanda. Fiete steht in karierten Boxershorts, Flip-Flops und *Star Wars*-Shirt mit grün-spitzohrigem Außerirdischen vor ihr und fährt sich mit der Hand durch die blonde Strubbelfrisur. So wie der aufm Kopp aussieht, sollte er *Svenjas Frisurenkoje* dringend einen Besuch abstatten. Wanda bückt sich und angelt nach dem verbeulten Blech.

Seit Thies Ricklefsen, der alte Dorfsheriff, vor zwei Wochen nach Ibiza gezogen ist, bewohnt Fiete zwei Zimmer über Wandas Backstube. »Wieso der Neue nu' so Knall auf Fall hierher versetzt wird, hab ich nich rausgekriegt«, hat Thies noch gesagt. Da Wanda die beiden leer stehenden Räume nicht braucht, hat sie diese kurzerhand inklusive Kost und Wäschewaschen für dreihundert Euro an Fiete vermietet. Ein paar zusätzliche Einnahmen schaden nicht. Aber warum nu' ausgerechnet der oberpiefige Thies seiner Tochter Marieke nach Ibiza hinterher is, hat sie nicht rausgekriegt. Mal gucken, wie lange das dauert, bis der hinter jeder Mauer 'ne Grasplantage wittert.

Wanda greift einen Besen, um die gröbsten Brocken zusammenzufegen. »Lernt man das Rumgeschleiche auf der Polizeischule?«

»Hörte sich an wie ein zertrümmertes Fenster. Hätten ja auch Einbrecher sein können.«

»Und was hätten die klauen sollen? Den Beerdigungskuchen vom alten Lüpkes?«

Fiete zeigt abschätzig auf das Krümelmosaik vor seinen Füßen. »Den da sicher nicht.«

»Schmeckt dir mein Butterkuchen nicht, oder was?« Wanda kehrt die Krümel zusammen und holt dabei weiter aus als nötig.

Fiete hopst rückwärts und fällt beinahe über Fienchens Kissen. Mit der rechten Hand rettet er sich am Türrahmen. »Wenn der immer so aussieht …«

Wanda holt noch mal aus. »Und wenn du immer in diesen albernen T-Shirts rumrennst, würd ich mich nicht wundern, wenn man dich genauso liegen lässt wie angebrannten Beerdigungskuchen.«

»Wie schafft man es, morgens um halb sechs Uhr schon so gute Laune zu haben?«, murmelt Fiete, dreht sich um und schlappt Fienchen hinterher, die sich in die Wohnstube verzogen hat.

»Frühstück steht aufm Tisch«, ruft Wanda ihm nach.

Der Neue ist ganz anders als Thies und trägt nicht mal Uniform. Zum Glück zieht er im Dienst keine Shirts mit grünen Außerirdischen an.

Wäre Thies noch da, dem hätte sie von Joosts Feldzug gegen seine Beerdigung erzählt. Vor allem von der Sache auf dem Weg zum Hotel *Möwchen*. Aber Fiete? Da muss sich erst noch zeigen, ob der ein vertrauenswürdiger Nachfolger ist.

Ostfriesischer Beerdigungskuchen – Butterkuchen zur Teetafel nach Wanda

Schmeckt frisch am besten,
falls Joost seine Finger nicht im Spiel hat.

Boden:
200 ml Milch
1 Päckchen Hefe
2 Eier
500 g Mehl
80 g Zucker
100 g weiche Butter
1 Prise Salz

Belag:
150 ml Schlagsahne
150 g Zucker
150 g Butter
200 g Mandelblättchen

Für den Teig:
Die Hefe mit etwas Zucker in der lauwarmen Milch auflösen. Eine Mulde in das Mehl drücken und mit Eiern, Salz, weicher Butter und der Milchhefe verkneten. 40 Minuten zugedeckt an einem warmen Ort gehen lassen. Auf einem gefetteten Blech ausrollen und abermals 20 Minuten zugedeckt gehen lassen.

Für den Belag:

Die Butter leicht erwärmen. Zucker und Mandelblättchen hinzugeben. Alles miteinander verrühren und auf dem Boden verstreichen. Etwa 20 Minuten bei 180 Grad Ober-/Unterhitze goldbraun backen. Anschließend sofort die flüssige Sahne auf den Kuchen träufeln.

2

Etwa zeitgleich bei Greetsiel Seafood

Ein beißender Gestank nach Fäulnis steigt Tamme Gerdes in die Nase, als er den schmalen Kiesweg vom Wohnhaus zur Filetierhalle betritt. Auflandiger Wind treibt ihm den Geruch von verfaulenden Gedärmen und Gekröse entgegen. Es sticht und brennt in seinen Augen, als hätte er drei Doppelzentner Zwiebeln geschält.

Ein gieriger Schwarm Möwen stürzt im Steilflug auf seinen Betrieb zu. Die Drecksviecher sind sofort da, wenn es nach Futter stinkt. Das nervtötende Gekreische macht ihn ganz irre. Verdammt! Wahrscheinlich hat sein Mitarbeiter Miroslav die Hallentüren wieder sperrangelweit offen stehen lassen.

Heute werden die Fischabfälle, die beim Filetieren von Heringen, Makrelen und Kabeljau anfallen, abgeholt und zur Gammelmühle nach Bremerhaven transportiert, wo sie zu Fischmehl verarbeitet werden.

Tamme reibt sich mit dem Ärmel seines blau-weiß gestreiften Fischerhemds über die Augen. Wenn sein Nachbar, dieser Quertreiber, eine Prise von dem Gestank und Lärm mitbekommt, ist direkt wieder die Hölle los. Tamme wirft einen Blick auf seine Armbanduhr, die Wiebke ihm zum zwanzigsten Hochzeitstag geschenkt hat. Fünf Uhr dreißig. Gut, dass die beim Lebensmittelamt keine Frühaufsteher sind. Vor ein paar Wochen wäre ihm das noch egal gewesen. Aber die Zeiten haben sich geändert. Auf weitere Auflagen kann er verzichten. Was das jetzt für den Betrieb bedeuten würde, darüber will er nicht nachdenken. Er hat schon genug Probleme am Hals.

»Chef!«, ruft Miroslav, der ihm am Ende des Wegs entgegenrennt, und reißt Tamme aus seinen Gedanken.

»Halt bloß die Klappe! Hab ich dir Vollpfosten nicht schon tausendmal erklärt, dass du die Hallentür schließen sollst!« Tamme stapft durch den Kies und rutscht dabei mit dem rechten Fuß weg. »Mann! Und dieser dämliche Kiesweg geht mir auch auf den Geist!« Mit dem linken Fuß tritt er in die Kieselsteine, als wolle er seinem ärgsten Feind mit Schmackes in die Eier treten. Die Steinfontäne spritzt in alle Richtungen und auf Miroslav zu, der sich hinter eine Rotbuche rettet.

»Chef, Tür zu!«, ruft er und lugt mit einem Auge hinter dem Stamm hervor.

»Ja, die Tür muss zu sein! Und die Fenster auch!«

»Sag ich ja«, antwortet Miroslav und zuckt mit den Schultern. »Tür zu!«

Tamme hält inne. »Wie? Die Tür *ist* zu?«

»Tür zu. Lkw kommt morgen. Hat Platten und Achse kaputt.«

»Ja, Platten wären hier auch besser als dieser bescheuerte Kies, den sich meine Frau ausgedacht hat.« Aber es musste ja unbedingt weißer Kies sein. Wie der im Garten von Lady Gaga in Beverly Hills. Nur ist das hier nicht mal der Dunstkreis einer Nobelgegend. Diese Mucken, die Wiebke neuerdings an den Tag legt, passen ihm überhaupt nicht. Tamme stiefelt unbeirrt weiter auf die Halle zu.

»Hast du nicht im Vorgarten geguckt?«, ruft Miroslav ihm nach.

»Wusstest du nicht, dass ich mich jeden Morgen bei Sonnenaufgang in den Vorgarten setze und den Blümchen beim Wachsen zusehe?«

Miroslav setzt seine karierte Kappe ab und kratzt sich am Kopf, als würde er diese Möglichkeit ernsthaft in Erwägung ziehen. »Chef, musst du im Garten gucken! Sieht nicht gut aus!«

»Darum kann sich meine Frau kümmern, wenn sie von ihrer Beautyfarm zurück ist«, keift Tamme über die Schulter. Wenn die wieder auftaucht, hat er erst mal ein Hühnchen mit ihr zu rupfen.

»Kannst du nicht lassen, bis Frau wieder da! Nachbar ruft Polizei!«

Beim Stichwort Polizei bleibt Tamme stehen und schaut Miroslav an. »Dass ich nicht lache. Diese Pfeife von Polizist, die sich seit Neuestem auf der Wache den Hintern platt sitzt, kannste mit 'm Stein um den Hals in der Nordsee versenken.« Dabei fuchtelt er wild mit der Hand in der Luft herum, um einen Schwarm Fliegen zu verscheuchen. »Was ist denn mit dem verdammten Vorgarten?« Tamme macht auf dem Absatz kehrt und stapft an Miroslav vorbei in die andere Richtung.

Miroslav hält kaum Schritt. Der Gestank nach Verwesung ätzt in Tammes Nase wie Schwefelsäure. Sein Mitarbeiter bleibt an der Hausecke zum Vorgarten stehen und lässt ihn alleine auf Entdeckungsreise gehen.

»Verdammte Hacke!«, brüllt Tamme. »Welches Arschloch hat mir diesen Dreck in den Vorgarten gekippt?«

3

Am Morgen in der Bäckerei

Seit fünfzehn Minuten sitzt die morgendliche Frühstücksrunde der Bäckerei Poppen auf ihrem Stammplatz am runden Tisch neben dem Brotregal und wartet auf Kaffee. Bis gestern tranken alle Versammelten noch Tee, und der Aufgebrühte für Kaffeetrinker kam aus einer Glaskanne, den Wanda in ihrer Backstube mit Filter aufsetzte.

»Wat ziehste für'n Flunsch?«, fragt Kuhbauer Hinnerk Schoof und kneift seine Augenbrauen zusammen, die an eine abgenutzte Scheuerbürste erinnern.

»Heut is doch 'n toller Tag. Endlich haste auch Coffee to go.« Das Coffee to go klingt bei Henni Eilts allerdings eher wie Koffi Togo. »Ab heute rennen dir die Touris hier die Bude ein und du kannst das Geld mit der Schubkarre nache Bank fahren.«

Obwohl Henni moderner Technik und Neuerungen grundsätzlich skeptisch gegenübersteht, redete sie Wanda gut zu, als es um die Anschaffung der Maschine ging.

Wanda drückt auf den Tasten ihrer neuen Jura-Highspeed-5000-Turbo-Xpress-Kaffeemaschine herum, an der viel zu viele Knöpfe gleichzeitig blinken. »Erst mal hab ich das Geld für dieses Teil mit der Schubkarre von der Bank abgeholt«, schimpft sie. Die Maschine zischt und rauscht wie bei einem Raketenstart, während die grünen und roten Lämpchen rhythmisch zucken.

»Biste sicher, dass dat überhaupt 'ne Kaffeemaschine is? Sieht aus wie die Lichtorgel im Tanzcafé Baccara«, sagt Onno Eilts, Hennis kleiner Bruder, grinsend. Jüngerer Bruder trifft es jedoch besser, weil Onno seine Schwester locker zwei Köpfe überragt. »Oder, Hinnerk? Wat meinste?« Onno rammt seinen Ellbogen gegen Hinnerks.

»Mit'm Baccara kennt ihr beide euch ja bestens aus«, sagt Henni und strickt wie jeden Morgen Socken. »Ihr mit euren Schpietdeets. Als wenn euch eine nehmen würde.« Dabei schaut sie Wanda an.

Wanda weiß, Henni ist nicht gerade unglücklich darüber, dass Onno nicht der begehrteste Knurrhahn in der Nordsee ist. Zum einen hätte sie sonst niemanden mehr zum Anranzen. Und zum anderen würde sie sich die Augen aus dem Kopf heulen, wenn sie keinen mehr bemuttern könnte.

Eine Dampfwolke steigt aus dem Auslass der Maschine auf und erfüllt die Bäckerei mit Kaffeeduft. Ein dünner Strahl beigebrauner Flüssigkeit rinnt in die Tasse.

»Wo du recht hast, haste recht.« Wanda sieht der Maschine zu, die krächzend und zischend verkündet, dass der erste Brühvorgang beendet ist. »Deshalb kriegste auch den ersten Cappuccino.« Wanda balanciert die Tasse auf den Stammtisch zu.

Henni räumt ihren Handarbeitsbeutel mitsamt Strickzeug beiseite und bestaunt den Inhalt der Tasse. Auch Onno und Hinnerk starren auf das Gebräu, auf dem mittig ein brauner Tupfen thront.

»Wat is dat denn für 'ne Plörre?« Hinnerk verzieht das Gesicht und reibt sich am Kinn. »Sieht ja aus wie Rasierschaum.«

»Willste deinen Rasierschaum to go haben? Dann haste beim nächsten Speeddate im Baccara vielleicht mal ’ne reelle Chance.«

Wahrscheinlich rennt Hinnerk sowieso nur deshalb mit Onno mit, weil im Eintrittspreis vom Baccara ein Stück Ostfriesentorte mit drin ist. Seit seine Frau Antje vor Kurzem mit dem Masseur aus dem Vitalis über Nacht nach Borkum durchgebrannt ist, steht Hinnerk mit hundertsiebenundfünfzig Milchkühen, fünfzehn Schafen, dreiundzwanzig Hühnern und Hahn Norbert alleine da. Und weil Antjes Spezialität Ostfriesentorte mit einer Extraportion Rumrosinen war, liegt die Vermutung nahe, dass das für ihn so was wie ’n Antje-Gedächtniskuchen ist.

Demonstrativ stellt Wanda einen To-go-Becher unter den Auslauf und drückt erneut den Startknopf. »Außerdem ist Speeddate so was von 1920. Dingens-ship ist das neue Speeddate. Willkommen im 21. Jahrhundert.« Wanda zeigt den beiden Datinghelden einen Vogel.

»Mann, Mann, Mann, biste heute auf Krawall?« Onno rollt mit den Augen und kratzt sich an einer Geheimratsecke, die in den letzten Monaten verdächtig weit nach hinten gerutscht ist. Wenn der weiter an den braunen Fusseln schubbert, ist bald Kahlschlag angesagt.

»Weißte, wie viele Kaffee to go ich verkaufen muss, damit sich dieses Ungetüm rechnet? Zwölftausend Stück.«

Die Truppe stiert mit weit aufgerissenen Augen auf Wanda.

»Ja, is so.«

»Da hatte dein Steuerberater ja ’nen Spitzentipp von wegen, du sollst langsam mal mitte Zeit gehen«, stellt Hinnerk fest und beäugt den Becher, den Wanda vor ihm abstellt. »Ich hab ja direkt gesagt, alles, was die Touris brauchen, kriegen sie hier, und was sie nich kriegen, brauchen die nich. Genauso wie das da.« Hinnerk zieht die Nase kraus.

»Zwölftausend Stück«, wiederholt Onno. »Weißte, wie viele Becher dat sind?«

Henni schlägt sich mit der flachen Hand vor die Stirn. »Zwölftausend. Sacht ja schon die Zahl.«

»Nee, ich mein, wie viel dat is.« Dabei reißt Onno die Arme so weit auseinander, dass er Hinnerk beinahe den Becher aus der Hand schlägt.

»Bei einer Million Touristen im Jahr is dat ja nur 'n Bruchteil«, winkt Hinnerk ab.

»Stell dir mal vor, von den Touris trinkt jeder einen Becher to go. Natürlich von hier«, malt Onno das Szenario aus.

»Dann bräuchte ich die zwei Zimmer da oben als Becherlager«, ergänzt Wanda.

»Und Greetsiel 'ne eigene Müllverbrennungsanlage.« Henni kramt ihr Strickzeug wieder vor. »Ich weiß nicht, wieso man mit den Bechern durch die Gegend rennen muss. Die Leute sind hier im Urlaub. Haben die keine Zeit für Kaffee im Sitzen? Heißt doch extra Kaffee*pause*. Pause heißt, ich setz mich hin und stricke.«

»Also das, was du den ganzen Tag bei dir im Handarbeitsladen machst. Knütten und Klönen.« Onno grinst.

»Nee«, sagt Hinnerk. »Dat is 'n geheimes Erkennungszeichen.«

»Wat muss ich denn erkennen, wenn mir einer mit 'nem Becher übern Weg läuft?«, will Henni wissen.

»Dass die alle wichtig und bisi sind«, klärt Hinnerk auf.

»Und weil die sich alle wichtig finden und gegenseitig erkennen wollen, versinken wir im Müll.« Henni wechselt die Wollknäuel und strickt mit Blau weiter.

»Wir ham ja noch 'n viel größeres Problem«, stellt Hinnerk fest und lehnt sich wissend auf seinem Stuhl zurück. »Eine Million Touristen mit Coffee to go bedeutet, dass Fiete die Ortseinfahrt hinten bei den Zwillingsmühlen absperren kann, weil überall Becher rumliegen. Das Zeug verrottet ja nich. So'n Becher dauert Ewigkeiten, bis er wech ist. Oder 'ne Plastiktüte. Vierhundert Jahre. Da brauchen wir uns nich wundern, wenn jedes Jahr zwanzigtausend Tonnen Plastikmüll in unserer Nordsee schwimmen. Vor Helgoland forschen die, was die Eissturmvögel im Magen haben – 'n Eissturmvogel is nämlich 'n Bioindikator. Hundert Millionen Tonnen Plastikmüll jährlich, wenn du Karibik, Hawaii und alles mitrechnest.« Hinnerk schaut seinen To-go-Becher an. »Deine Becher hier sind unser Untergang. Mikro- und Nanoplastik. Das schwimmt im Meer, und die Tiere fressen das. Am Ende haben wir Mikroplastik aufm Krabbenbrötchen. Da gibt's sogar 'ne Studie, dass die Wattwürmer davon Entzündungen kriegen. Und Muscheln filtern Wasser. Kannste dir vorstellen, wie viele Nanopartikel in so 'ne Muschel passen?«

Die drei sehen Hinnerk beeindruckt an.

»Und überhaupt, wat sollen wir in Ostfriesland mit Coffee to go? Da fahren die Touris ma besser nach New York, wenn die Kaffee trinken wollen«, beendet Hinnerk seinen Vortrag.

Henni hört auf zu stricken. »Zwanzigtausend Tonnen Plastik? Bei uns? Wo schwimmt dat denn? Ich nehm nur meine gehäkelten Einkaufsbeutel. Die sind aus Baumwolle.«

»Das schwimmt ja auch nich alles oben aufm Wasser. 'n Großteil sinkt auf den Boden ab. Das is wie 'n Endlager«, antwortet Hinnerk, der es sichtbar genießt, weil er bei diesem Thema auftrumpfen kann. Auch wenn er meistens nicht sehr gesprächig ist, wenn er einmal in Fahrt kommt, ist der nicht zu bremsen.

Onno schaut in die Runde und sagt: »Ich weiß aber, wo dat schwimmt. Nimm nur mal den vorletzten Sonntag.«

»Da warste beim Speeddate in Bensersiel«, wirft Wanda ein.

»Nee. Danach! Da war er mit Britta aus Braunschweig am Strand.« Hinnerk grinst und reibt mit der Hand über seinen NATO-grünen Stalloverall, der mit dunkelbraunen Flecken getüpfelt ist.

Was anderes als seinen Arbeitsanzug trägt er selten. Ein Wunder, dass er in dem Teil nicht noch zum Speeddate rennt, denkt Wanda und schaut Henni an.

»Ihr braucht gar nich so gucken. Ich hab schließlich 'nen Schlag bei Frauen.« Onnos Wangen glühen.

»Du hattest 'n Date am Strand?«, fragt Henni und schaut über den Rand ihrer Brille. »Dann haste dat an mir vorbei gemacht.« Sie guckt ihren kleinen Bruder beleidigt an.

»Hinnerk hätt ja auch 'n Date haben können, aber diese Rosi, die an Hinnerk am Reißen war, hatte knallrote Haare. Wahrscheinlich hat er 'n Trauma«, versucht Onno vom Thema abzulenken, starrt Wanda an und grient.

Wanda sieht Henni an der Nasenspitze an, dass das letzte Wort über Onnos Date noch längst nicht gesprochen ist. Da braucht der gar nicht hoffen, mit seinem Ablenkungsmanöver auf Wandas Frisur durchzukommen.

»Ich hab das vom Deich aus beobachtet«, fährt Hinnerk dazwischen, der ohne seinen 30x60-Kompaktfeldstecher nirgendwo hingeht, seit er Mitglied des Naturschutzbunds ist. »Als Onno Britta grad küssen wollte, hat er sich mit dem Fuß in 'ner Angelschnur verheddert.« Hinnerk kann sich vor Lachen kaum halten. »Und aus war's mit de Romantik.«

Onnos Gesicht ist mit hektischen Flecken getüpfelt. »Die Britta wollte unbedingt knutschen. So wat spürt man doch. Ich wollte nur sagen, dass da am Strand jede Menge Plastik rumliegt«, verteidigt Onno sein Missgeschick. »Romantisch ist der ganze Müll jedenfalls nich. Was haben denn Plastiktüten, abgeschnittene Scheuerfäden von Fischernetzen und Plastikflaschen am Strand und in der Natur verloren?«

»Recycling ist das Zauberwort.« Hinnerk dreht den Becher vor sich hin und her.

»Warum erfindet da nicht mal einer wat mit Rezükling?«, fragt Henni.

»Ich hab die Plane von den Strohballen auch recycelt«, sagt Hinnerk und blickt aus dem Schaufenster der Bäckerei, wo sein verbeulter Audi 80 parkt. Da, wo vor Kurzem eine Glasscheibe war, klebt seit Wochen eine mit Paketband befestigte Folie.

»Tamme Gerdes hat übrigens auch grad 'n Müllproblem«, sagt Hinnerk, steht auf und schiebt den Stuhl unter den Tisch.

Wanda kommt Hinnerk zuvor. Sie grapscht ihren Schlüsselbund, hastet zur Eingangstür und schließt ab. Dann dreht sie das Schild um. Das »is offen« zeigt nach innen.

Hinnerk steht vor Wanda und kratzt sich am Kinn. Henni und Onno schauen sich fragend an.

»Setz dich«, befiehlt Wanda, rückt ihre Schürze zurecht und wartet, bis Hinnerk wieder auf seinem Platz sitzt. »Wie lange kennen wir uns?« Sie verschränkt die Arme vor der Brust.

»Ganz schön lange«, bemerkt Onno.

»Ich würd manchmal sagen ... zu lange.« Hinnerk lacht und schlägt die Hände auf die schmuddeligen Hosenbeine.

Henni hebt eine Hand und zählt mit den Fingern. »Fünfunddreißig Jahre? Ich kann mich noch dran erinnern, dass du damals nach deinem Urlaub direkt hiergeblieben und mit deiner Reisetasche bei Klaas eingezogen bist.«

»Kann ich mich gar nich mehr dran erinnern«, wendet Onno ein.

»Nee, da warste noch Quark im Universum.« Hinnerk haut Onno auf die Schulter.

»Vorhin auf dem Weg zum *Möwchen* bin ich doch am Vorgarten von Tamme vorbeigefahren …« Wanda stemmt die Hände in die Hüften. »Mal angenommen, einer von uns hätte Dreck am Stecken. Würden wir uns gegenseitig verraten oder sogar bei der Polizei anschwärzen?«

Hinnerks Antje-Gedächtniskuchen – Ostfriesentorte

Für den Biskuit:
6 Eier
200 g Zucker
200 g Mehl
1 Päckchen Vanillezucker
1 ½ Teelöffel Backpulver

Für die Füllung:
800 ml Sahne
1 Päckchen Vanillezucker
Rumrosinen nach Belieben –
Hinnerk meint, die schmecken am besten
ohne das Kuchengedöns / etwa 2 Tassen
100 g Mandeln zum Aufstreuen

Eier trennen und Eiweiß steif schlagen. Zucker löffelweise einrühren. Hierbei ist Geduld gefragt! Eigelb cremig rühren und langsam hinzugeben. Mehl, Backpulver und Vanillezucker portionsweise unterheben.
15–20 Minuten bei 150 Grad Umluft backen.
Den Biskuit zweimal durchschneiden und nach Belieben Rumrosinen und Vanillezucker darauf verteilen, mit Sahne bestreichen. Die Böden aufeinandersetzen. Anschließend die Torte mit Sahne bestreichen und mit gerösteten Mandeln und Rumrosinen verzieren.

Rumrosinen: Ein ausreichend großes Weckglas zu 3/4 mit ungeschwefelten Rosinen füllen und bis zum Rand mit Rum übergießen. Mindestens 2 Tage ziehen lassen!

4

Etwa zeitgleich vor der Polizeiwache

Seichter Wolkenschaum hüllt die aufsteigende Sonne in ein grellweißes Licht. Die Zwillingsmühlen, die Einwohner und Touristen wie ein stummes Empfangskomitee am Ortseingang begrüßen, strecken ihr ihre Flügel entgegen. Bäume, Sträucher und Ufergräser werfen lange Schatten auf die spiegelglatte Oberfläche des Wassers. Am Holzsteg des *Bootsverleihs Dreessen* dümpeln Kanus und Ruderboote vor sich hin. Um diese Uhrzeit wirkt Greetsiel verlassen und wie von der Welt vergessen. Nur eine Silbermöwe hockt verschlafen auf einem grünen Begrenzungspoller. Beschwingt klappt Fiete die Sonnenblende herunter, als er die Mühlenstraße Richtung Wache fährt.

Vor dem hutzeligen roten Backsteinhäuschen in der Okko-tom-Brook-Straße parkt Fiete das Polizeiauto rückwärts ein, damit er beim nächsten Einsatz nur noch Vollgas geben muss.

»Moin!«, dröhnt es von der gegenüberliegenden Straßenseite, als Fiete den linken Fuß aus dem Auto hebt. Abbo Ubben steht hinter seiner Rhododendronhecke und fuchtelt um diese Uhrzeit bereits wieder mit der Heckenschere herum. Dass es an der Hecke nichts mehr zu schneiden gibt, hat Fiete schon vor ein paar Tagen gesehen, auch wenn er mit Gartenarbeit nichts am Hut hat. Lieber zieht er seine

Brooks-Adrenaline-GTS-Laufschuhe an und trainiert für den Australian-Outback-Marathon, als stundenlang im Garten zu schwitzen, um Rasen und Büsche zu stutzen. Obwohl – im Outback ist er ja schon. Und wenn er genauer hinschaut, hat Abbo Ähnlichkeit mit einem australischen Haarnasenwombat.

Fiete nickt ihm zu, entgegnet ein »Moin!« und hofft, dass er die Wache heute schneller erreicht, als der Nachbar hinter der Hecke hervorschießen kann. Mist. Fietes Schlüsselbund landet klimpernd auf dem Pflaster. Er bückt sich hektisch und stößt sich den Kopf am Außenspiegel. Ehe er sichs versieht, steht Abbo vor ihm.

»Ganz schön spät heute Morgen.« Abbo lässt die Schere dicht vor Fietes Gesicht zuschnappen.

Instinktiv zuckt Fiete zurück. »Nicht später als sonst.« Wanda hat ihn gleich an seinem ersten Tag vor Abbo gewarnt. »Dat is ’n Klookschieter. Greetsiel braucht keine Tageszeitung, dafür gibt’s den Abbo.« Dem wird er garantiert nicht auf die Nase binden, warum er spät dran ist. Wanda hatte ihn gebeten, den Beerdigungskuchen bei Lüpkes abzuliefern. Wobei gebeten nicht ganz richtig ist. Als er Wanda erklären wollte, dass er seinen Dienst pünktlich antreten müsse und nebenberuflich kein Taxiunternehmen führe, hielt sie ihm einen zehnminütigen Vortrag. Am Ende kam heraus – »ein Dorfsheriff muss sich hier bei uns eben um alles kümmern«. Danach drückte sie ihm wortlos das Kuchenblech in die Hand und ließ ihn stehen.

»Ich muss dann mal.« Fiete schaut auf den Bund. Er braucht dringend eine farbige Gummiöse für den Wachenschlüssel, damit er ihn flotter parat hat, wenn Abbo ihm wieder auflauert. In seiner ersten Woche hatte er Abbos morgendliche Auftritte noch als freundlichen Empfang interpretiert.

»Heute Morgen schon einen Einsatz gehabt?«, fängt Abbo an und wippt auf den Füßen.

»Montagmorgen eben.« Fiete quetscht sich zwischen Auto und Nachbarhecke auf Abbo zu und hakt mit der Hosentasche am Außenspiegel ein, was Abbo jedoch nicht veranlasst, ein paar Schritte zurückzutreten. Der Nachteil vom Rückwärtseinparken ist, er kann nicht mehr fliehen, wenn Abbo ihm den Weg von vorne versperrt. Das Heck des Polizeiwagens steht zu dicht an der Revier-Hauswand. Links neben der Fahrertür ragt die Buchsbaumhecke von Ole Petersen empor. Flucht vor Abbo – unmöglich.

»Was war denn los?« Abbos Schere kommt dem glänzenden Lack des Kotflügels bedrohlich nahe.

Fiete zupft an seiner Hosentasche. Gummiöse. Heute. Rot! Eine Tasse Kaffee und die *Emder Zeitung*. Bis mittags sollte man das Reden ganz verbieten. Vor allem das mit Abbo.

»Die Umgehungsstraße?«, bohrt Abbo, als hätte Fiete eine besonders lange Leitung.

»Umgehungsstraße«, wiederholt Fiete pflichtbewusst und tritt auf Abbo zu. Ein Unfall wird es nicht gewesen sein, sonst hätte man ihn alarmiert. Nebenher wühlt er zwischen den Schlüsseln und drückt die Schultern durch. Nicht angucken, weitergehen. Und tatsächlich weicht Abbo zwei Schritte beiseite. »Ach … die *Umgehungsstraße*.«

»Quatschereien interessieren mich ja grundsätzlich nicht«, legt Abbo los. »Aber das muss 'ne Riesensauerei gewesen sein.«

Wovon zum Henker redet der? Hat einer 'nen Anhänger Gülle verloren? Dann hätte man ihn verständigt, um die Straße zu sperren, und die Feuerwehr wegen der Fahrbahnreinigung. Fiete kramt das Handy aus der Brusttasche seines

Leinenhemds. Kein entgangener Anruf. Er kratzt sich gedankenverloren an der Nase und presst ein wichtiges »Hm« heraus.

»So was gab es hier noch nie«, sagt Abbo und fuhrwerkt dabei mit seinem Schneidwerkzeug in der Luft herum.

»Und woher weißt du das?«, fragt Fiete.

Abbo deutet auf seine Straßenseite. »Ich hab doch diesen Giersch unter meinem Rhodo. Da muss ich einmal die Woche ran, sonst wuchert mir das bis in den Suppenpott. Ich hab zufällig in der Rabatte gekniet, als zwei Touris darüber diskutiert haben.«

Wenn Fiete nur wüsste, worüber. »Hm ...«, brummt er und nickt.

»Thies hätte den an deiner Stelle sofort mit aufs Revier genommen.«

»Den Touristen?«, fragt Fiete, ist gedanklich aber ganz woanders. Direkt ins Auto springen und selbst nachschauen, die Blöße will er sich vor dem nicht geben. Wandas Warnung war berechtigt. Auch wenn er Abbo los wäre, würde der todsicher hinter der Gardine hängen.

Der Wombat reißt die Augen weit auf. »War *der* das?«

»Öhm – nein, weiß ich nicht, ich meine, ich darf mich zu laufenden Ermittlungen nicht äußern. Dienstgeheimnis«, stottert er.

»Ach, dann weißt du noch gar nicht, wer die Sauerei da veranstaltet hat?« Abbo schaut ihn herausfordernd an.

»Bin dicht dran.«

»Thies und ich, wir waren ... SO!«, dabei kreuzt er Mittel- und Zeigefinger, um seinem Verhältnis zu Thies mehr Nachdruck zu verleihen. »Der hat mich immer um Rat gefragt, wenn er an ’nem schweren Fall dran war. Is ja meine Bürgerpflicht«, legt Abbo nach. »Außerdem bin ich Frührentner, da is man froh, wenn man noch gebraucht wird.«

Fiete geht schnurstracks Richtung Wache, aber der Wombat klebt ihm an der Hacke wie ein ausgespuckter Kaugummi. Endlich an der Tür zur Wache angekommen, steht Abbo wieder dicht neben ihm.

»Seit dem letzten Kutterkorso vor drei Jahren habe ich dieses Sausen im rechten Ohr.« Abbo zieht sein Ohrläppchen lang. »Als wenn ich unter 'nem Windrad stehen würde. Weil der Boolken mit dem Schiffshorn getutet hat, als ich direkt danebenstand.«

Klarer Fall von erhöhtem Mitteilungsbedürfnis. Fiete gibt sich jedoch Mühe, freundlich zu bleiben. »Vielen Dank für dein Angebot.« Er steckt den Schlüssel ins Schloss. Wenn Abbo sowieso schlecht hört, ist fraglich, was er von der Unterhaltung der Touristen überhaupt verstanden hat.

»Kleiner Tipp gefällig?« Abbo grinst. »Da wohnen nicht so viele, die es gewesen sein könnten«, flüstert er.

Währenddessen in der Bäckerei

Henni schaut Wanda entsetzt an. »Wie, einer von uns hat Dreck am Stecken?« Henni packt ihr Strickzeug weg und lugt über ihren Brillenrand.

Wanda steht neben dem Frühstücksrundentisch. So wie Henni guckt, ist klar, was kommt.

»Onno, was haste jetzt wieder angestellt?«, fährt sie ihren Bruder an.

Onno, der so schnell gar nicht begreift, woher die Einschläge kommen, setzt eine unschuldige Miene auf. »Wieso denn immer ich?«

Vermutlich weil Onno verlässlich in der ersten Reihe mitmischt, wenn es darum geht, Blödsinn zu verzapfen.

»Dieses Date, bei dem du rumgeknutscht hast, haste ja auch schön verheimlicht. Und wer war das mit Abbos *Opel Ascona*, damit er's nicht rechtzeitig zur Oldtimer-Rallye nach Bremen schafft?«

War klar, dass Henni mit der Revanche auf Onnos heimliche Knutscherei nicht lange wartet.

Onno knibbelt an seinen Fingernägeln und schweigt.

»Siehste? Deshalb!«, meckert Henni und klammert sich an ihre Cappuccinotasse, sodass die Knöchel hervortreten.

»Das war Notwehr«, springt Hinnerk Onno bei.

Seinen ausgeprägten Beschützerinstinkt kriegt der in diesem Leben nicht mehr klein. Da ist der wie ein Buntbarsch, der seine Jungen zum Schutz vor Angreifern im Maul parkt.

Onno nickt. »Genau.«

»Eure einzige Not war Muffensausen, dass Abbo euch mit deiner Rostbeule abhängen könnte«, stichelt Henni.

»Hat er aber nicht geschafft.« Onnos Augen leuchten.

»Mit 'nem Kilo *Agata Frühkartoffel festkochend*, die du in seinen Auspuff gefriemelt hast, ist das auch man schwieriger.«

»Das war nur 'n halbes Kilo. Mehr passte nich rein. Vorm Katalysator is Ende«, stellt Onno richtig und handelt sich gleich den nächsten bösen Blick seiner Schwester ein.

»Das musste sportlich sehen«, verteidigt Hinnerk ihn.

»Frag mal Abbos Frau Rieka, wie sportlich die das fand. Abbo hat sportliche fünf Paar Stricknadeln abgebrochen, um die Teile wieder rauszupopeln.«

Hinnerk lacht. »Der Allerhellste is er nich.«

»Zur Sicherheit hat Rieka gleich zehn Paar neue bei mir gekauft«, sagt Henni.

»Onno wollte nur deinen Umsatz ankurbeln«, merkt Hinnerk an.

»Und das Kurbeln hat er mit der Satellitenschüssel von Ole Petersen geübt, bloß weil der HSV-Fan ist, oder was?«

»Dafür brauchste 'nen Zehnerschlüssel für die Schraube, und dann kannste die drehen und nich kurbeln«, klärt Onno sie auf.

»Und den Zehner hat Ole direkt neben die Schüssel gelegt, falls 'ne Sturmwarnung kommt?«

»Das war auch Notwehr«, behauptet Hinnerk.

»Weil St. Pauli gegen den HSV verloren hat und ihr beide fünfzig Euro an Ole, die ihr lieber in der *Börse* aufn Kopp gehauen hättet.« Henni funkelt die beiden Freunde an und lehnt sich zurück.

Hinnerk gibt keine Widerworte mehr und spielt an seinen Hosenträgern.

Ein Tourist schlendert vor dem Schaufenster entlang. Er hält an und linst durch die Scheibe, während sein Rauhaardackel am Fahrradständer eine Nachricht für den nächsten Kumpel hinterlässt. Fienchen steht aufgeregt innen vor der Tür, blafft und wedelt mit dem Schwänzchen wie ein Propeller.

Wanda nickt dem Urlauber freundlich zu, der lächelnd zurückgrüßt und mit seinem Dackel weiterzieht. »Ich muss gleich wieder aufschließen«, drängelt sie die Runde und sieht zuerst Onno, dann Hinnerk scharf an.

»Wir verraten nix«, entscheidet Henni für alle.

»Um halb sechs hab ich doch zum ersten Mal das *Möwchen* beliefert.« Wanda dreht sich um, stellt eine Tasse unter den Auslauf und drückt auf Start. »Als ich auf die Umgehungsstraße Richtung Norden abgebogen bin, hab ich es schon gesehen.«

»Kannste ma schneller erzählen?« Hinnerk schlägt ein Bein über und pult in der Brusttasche seiner Latzhose herum.

»Der ganze Vorgarten von Tamme Gerdes war weiß«, fährt Wanda fort und rückt einen Stuhl für sich an den Tisch.

Onno trommelt mit den Fingern auf der pinkfarbenen Plastiktischdecke herum. »Umgekippter Milchlaster?«

»Möwen – überall. Ein Gewimmel und Gekreisch wie in diesem Hitchcock-Film.«

»Bei Tamme fliegen doch immer Möwen«, stellt Onno fest.

»Ja, aber diese haben da gefrühstückt.« Wanda pustet in ihre Kaffeetasse.

»Gefrühstückt?«, hakt Henni ein. »Hinnerk, warum sagst du nich mal was? Das musst du von deinem Hof aus doch auch gesehen haben.«

»Da war ich wohl grad im Kuhstall.« Hinnerk hibbelt mit dem Fuß im Kreis. »Außerdem sind das bestimmt zweihundertfünfzig Meter bis zu Tammes Vorgarten. Auf die Entfernung seh ich sowieso nix.«

»Und auf die Entfernung von Gesicht bis Badezimmerspiegel anscheinend auch nicht. Im Lebensmittelladen gibt's diese Woche übrigens Rasierklingen im Angebot«, bemerkt Wanda und setzt die Tasse ab.

Seit Antje weg ist, nimmt er das mit dem Rasieren nicht mehr so genau, weil keiner mehr meckert, wenn er stachelig ist wie ein Kaktus. Hinnerk muss einen Moment überlegen. Onno kratzt sich am Kinn. Das Wort »Angebot« löst bei ihm eine Art Kaufreflex aus. Vor allem bei Baumärkten. Beim letzten Superschnäppchentag im Baumarkt in Norden hat er gleich zwei Makita-Akku-Bohrschrauber mit zwanzigfacher Drehmomenteinstellung plus Bohrstufe ergattert. Einen davon hat er Ole aufgeschwatzt. Natürlich zum regulären Ladenpreis. Die fünfzig Euro der verlorenen Fußballwette konnte er Ole wohl nicht verzeihen.

»Wozu haste denn deinen neuen Feldstecher?«, hakt Henni nach.

»Für den Großen Brachvogel. Aber nicht, um meine Nachbarn auszuspionieren.« Hinnerk schiebt beleidigt die Unterlippe vor.

»Das könnte aber spannender sein.« Onno lacht.

»Was war denn nu' mit dem Möwenfrühstück?«, will Henni wissen.

»Fischgammel – der ganze Vorgarten voll. Den Rasen konnte man nicht mehr erkennen. Natürlich hab ich angehalten und das Spektakel beobachtet. Die Viecher haben um die dicksten Brocken gekämpft wie die Berserker. Über mir haben sich zwei um so'n blöden Fischdarm behackt. Als der mir auf die Windschutzscheibe geklatscht ist, bin ich weitergefahren.«

Henni und Onno gaffen sie mit großen Augen an. Nur Hinnerk inspiziert das Brotregal, als stünde das erst seit drei Minuten da. Sein Blick wandert zur eichenen Standuhr, dann auf seine Armbanduhr. Er beugt sich vor, um unter dem Tisch nach Fienchen zu suchen. Und die Tüten neben der Kasse sind für ihn anscheinend auch neu. Wie in einer Comedyshow, in der man sich in der ersten Reihe möglichst unauffällig verhält, damit man nicht für den nächsten Gag auf die Bühne gezerrt wird.

»Versteh ich nich«, sagt Henni. »Die Fischabfälle holt Onno morgen ab. Warum kippt Tamme denn die Abfälle in seinen Vorgarten?«

»Tamme hat jeden Tag 'nen Tausend-Liter-Container voll«, ergänzt Onno.

»Der hat den Gammel wohl kaum selbst da dekoriert.« Wanda hebt die Augenbrauen. »Oder, Hinnerk?«

Alle drei fixieren Hinnerk, denn sie wissen, er und Tamme werden in diesem Leben keine Freunde mehr.

Am Abend, nachdem Antje getürmt war, hat Hinnerk sich in der *Börse* ordentlich betrunken. Tamme war auch da und hat nach dem x-ten Jever rausgehauen: »War doch nur 'ne Frage der Zeit, bis Antje merkt, was du für 'ne Pfeife bist.« Das nimmt Hinnerk ihm bis heute krumm.

»Woher soll ich das wissen? Der hat mehr Feinde als die Nordsee Krabben«, wirft Hinnerk in den Raum.

»Und wer könnte das gewesen sein?«, fragt Henni.

»Vielleicht Jens Brandes? Der ist pleitegegangen, nachdem Tamme Seafood ausgebaut hat«, tippt Hinnerk.

»Das is aber schon ein paar Jahre her«, widerspricht Wanda. »Dem fällt doch nicht erst jetzt ein, dass er Tamme die Pest an den Hals wünscht.«

»Letzte Woche hat Tamme vor Wut die Plastikmülltonne im Hof umgetreten. Das Plastik flog bis zu Hinnerks Wiese rüber. Miroslav durfte alles wieder einsammeln. Bei Windstärke sieben«, berichtet Onno, der sich mit den polnischen Saisonarbeitern im Ort gerne mal festquatscht. Beiläufig schaut er zu Hinnerk. »Die sind froh, wenn se den von hinten sehen.«

»Vielleicht war es einer von denen?« Henni schiebt ihre leere Tasse über den Tisch.

»Das glaub ich nicht«, sagt Wanda. »Die riskieren doch nicht ihren Job. Wenn das rauskommt, jagt Tamme die zu Fuß bis Warschau.«

»Czerwionka-Leszczyny«, korrigiert Onno und beißt sich dabei fast auf die Zunge.

»Wie lange haste dat denn geübt?«, fragt Henni.

»Miroslav bringt mir ab und zu ein paar Worte bei, najdroższa siostro.«

»Was heißt dat denn? Dat is bestimmt wieder wat …« Henni wird durch ein Rappeln an der Ladentür unterbrochen.

»Momeeent!«, ruft Wanda in Richtung Tür. »Bin sofort da!«

Abbo Ubben tippt mit dem Finger auf sein Handgelenk und verdreht die Augen.

Hinnerk springt auf. »Den brauch ich jetzt nicht. Ihr könnt euren Polnischkurs auch ohne mich vertiefen.« Dann deutet er mit einer lockeren Kopfbewegung auf Abbo, der energisch an die Scheibe hämmert. »Der weiß doch immer alles.«

5

Um die Mittagszeit in Tammes Büro

Tamme Gerdes hockt im Büro von Greetsiel Seafood hinter seinem Schreibtisch und lässt sich kühle Luft um die Ohren pusten.

»Ruf endlich diesen Tönnissen wegen der Klimaanlage an. Das hält ja kein Mensch aus«, schimpft er, wischt sich mit dem Ärmel durchs Gesicht und stellt den Tischventilator auf volle Pulle. Der Luftstrom pustet gegen einen Stapel Papiere und wirbelt Zettel auf, die im Zickzack zu Boden schweben.

Birte Wybrand schnappt einen davon im Flug, drückt ihn Tamme in die Hand und schaltet das Gebläse aus. »Tönnissen kommt erst, wenn die letzte Reparatur bezahlt ist.« Sie bückt sich, um die Zettelwirtschaft aufzusammeln, die sich um Tammes Drehstuhl verteilt hat. Vor vier Wochen war eines der Kühlhäuser ausgefallen. Der gesamte Kabeljau für die Tonne. Filets. Zweiundzwanzig Euro pro Kilo.

Birte legt das Sammelsurium zurück auf den Schreibtisch. »Das hier«, dabei tippt sie mit dem Zeigefinger auf das Durcheinander, »muss alles abgezeichnet werden. Die Rechnung von Tönnissen ist die wichtigste.«

»Der soll sich nicht so anstellen. Demnächst verdient der sich hier ’ne goldene Nase.« Tamme zieht die Schreibtischschublade auf. Irgendwo ist noch eine Trauben-Nuss-Schokolade. Nervennahrung. Wenn es nach seinem Hausarzt ginge, müsste er sich von Wasser und Brot ernähren. Oder am besten gar nicht mehr. Seitdem streut Wiebke ihm ständig diese schwarzen Körner übers Essen. Chia-Tinnef. Weil das angeblich beim Abnehmen hilft. Wenn die Sache mit der neuen Produktionshalle läuft, kann er immer noch auf Schokolade verzichten. Tamme reißt die Silberfolie auf und beißt eine Ecke ab.

»Du bist der Boss. Und weil ich hier nur die Sekretärin bin, rufe ich da garantiert nicht mehr an«, sagt Birte und zupft ihr Blümchenkleid zurecht. »Jan Willems war auch schon dreimal am Telefon.« Sie zieht die Bürotür hinter sich zu.

Tamme dreht den Bürostuhl zum Fenster und betrachtet die acht mal zwanzig Meter große Baugrube, die vor zwei Monaten ausgebaggert wurde. Lange kann er Jan nicht mehr hinhalten. Ein Wunder, dass der nicht schon die Reißleine gezogen hat. Jeder andere hätte das sicher längst getan. Dieser verdammte Bauantrag steckt fest. X-mal hat er seinem Freund Geert Sanders Dampf gemacht, damit der die Sache im Bauamt beschleunigt. Die großzügigen Spenden, mit denen Tamme ihm bei der Wahl zum Bürgermeister unter die Arme griff, müssen sich ja irgendwie auszahlen. Aber es geschieht nichts. Geert vertröstet ihn seit Wochen mit fadenscheinigen Ausreden. Tamme wird später zum Rathaus nach Pewsum fahren und sich ihn vorknöpfen. Wenn Geert wüsste, worum es bei dem Bau tatsächlich geht, würde er sich mehr Mühe geben. Aber das wäre viel zu riskant, weil Geert ein Plappermaul ist. Am Ende würde der sich kurz vorm Ziel verquatschen. Wenn alles unter Dach und Fach ist, kann Geert mit künftigen Steuereinnahmen in Millionenhöhe noch früh genug rumstrunzen. Die Steuerkasse wird überquellen. Zusätzliche Arbeitsplätze. Gar nicht auszudenken, was die

Presse für einen Wirbel veranstalten wird. So viel ist sicher. Von diesem Deal mit Jan wird in Kürze die ganze Welt sprechen, und Tamme wird sich endlich Ferienhäuser auf Sylt und an der Côte d'Azur gönnen oder, noch besser, gleich am Comer See.

Als er gerade den Rest seiner Trauben-Nuss verdrückt, fliegt die Tür auf, um gleich darauf zuzuknallen. Jan Willems ist ins Büro gestürmt. Das wird sich wohl niemals ändern. Wo ist nur die Zeit geblieben?

»Moin, Jan. Gut, dass du da bist. Nimm Platz.« Er deutet auf einen gebeizten Holzstuhl. Jans Gesichtszüge wirken hart und haben nichts mehr von der jugendlichen Leichtigkeit. Früher hätte er sich um Jan keine Sorgen machen müssen, aber irgendetwas steht seit einiger Zeit zwischen ihnen, das Tamme sich nicht erklären kann. Er fummelt sich mit dem Finger einen Rest Schokolade aus dem Mundwinkel. Aus dem quirligen Bürschchen ist ein stattlicher Mann geworden. Die Schultern sind breiter geworden und seine Oberarme sehen nach regelmäßigem Hanteltraining aus. Nur die Frisur sollte er dringend ändern. Die erinnert an ein blond gegeltes Stachelschwein.

Jan baut sich breitbeinig wie ein Türsteher vor Tamme auf. »Willst du mich verarschen? Ich kann das auch mit jemand anderem durchziehen, wenn du nicht aus dem Quark kommst. Seit Monaten höre ich immer dieselbe Leier von dir. Ich hab die Schnauze voll. Du lässt dich sogar am Telefon von Birte verleugnen.« Jans Augen verengen sich zu Schlitzen.

»Nun mal langsam. Ich habe gleich einen Termin mit Geert. Birte dachte, ich sei schon unterwegs. Wie es aussieht, ist der Bauantrag durch«, lügt er, um sich Luft zu verschaffen.

Jan hatte immer zu ihm aufgeschaut, weil Tamme wie ein Vater für ihn gewesen ist, nachdem Jans Erzeuger sich mit dieser blonden Dorfmatratze verdünnisiert hatte. Tamme bot Jans Mutter den Job als Haushälterin an, zu dem sie den kleinen Jan mitbringen konnte. Es kommt Tamme vor, als wäre es gestern gewesen, dass Jan mit seinen Playmobilautos unter dem Schreibtisch Superduperstau spielte, bei dem er immer alle Plastikautos ineinanderkrachen ließ.

Jetzt liegt ein Hauch von Verachtung in seinen Augen.

»Du hast bis heute Abend Zeit. Dann will ich die schriftliche Genehmigung sehen, oder du bist raus«, droht Jan.

Da er keine Anstalten unternimmt, sich zu setzen, hievt Tamme sich hoch, bewegt sich gemessenen Schrittes auf ihn zu und tätschelt wohlwollend seine Schulter. »Hab ich dich jemals hängen lassen?«

Jan wehrt Tammes Hand ab und dreht sich seitlich unter ihr hindurch. In seinen Augen flammt die gleiche Entschlossenheit auf wie damals, kurz bevor er, entgegen allen Warnungen, auf seinem Mountainbike die Treppenstufen am Pilsumer Leuchtturm hinunterschoss. Nur die Narbe über seinem linken Auge erinnert noch daran.

»Wenn es nach mir ginge, würden wir längst produzieren! Geert hätte bei diesen Sesselhopsern im Bauamt schon vor Monaten auf den Tisch hauen müssen. Was meinst du, wie viele Wochenenden im Luxusresort ich springen lassen musste, damit das rappzapp weitergeht, sobald dieser Huber endlich ausgezogen ist. Das kommt auch nicht alles aus der Portokasse«, rechtfertigt Tamme sich.

Was erstunken und erlogen ist. Aber was bleibt ihm anderes übrig, als Jan vorübergehend mit Ausreden zu vertrösten? Wäre Tamme nicht dieser gottverdammte Huber, dieser Arschhaken, beim Kauf des Nachbargrundstücks zuvorgekommen und hätte sich nebenan eingenistet wie ein therapieresistenter Krankheitserreger, wäre die Sache längst erledigt. Aber das Bauamt hat bisher lediglich die Bauvoranfrage genehmigt und nicht mal eine Absichtserklärung von Huber vorliegen. Weil der stur ist wie ein Panzer. Bevor der verkauft, sind die Polkappen geschmolzen.

Jan geht auf das Fenster zu. Dort verharrt er und starrt nach draußen.

Hoffentlich veranlasst der Hinweis auf die immensen Kosten Jan zumindest, sein Gehirn einzuschalten und sich daran zu erinnern, wer diesen völlig überzogenen Mietvertrag für seine Studentenwohnung in Bremen unterschrieb. Oder wer das Jahr in Indonesien finanzierte, wo er die Idee für diese ganze Sache überhaupt erst aufgeschnappt hat.

Plötzlich ballt Jan seine Hände, schnellt herum und sieht ihn an, als wäre der Leibhaftige in ihn gefahren. »Heute Abend! Sonst kannste dir in dem Loch da 'nen Swimmingpool bauen. Ich hoffe, wir haben uns verstanden.«

Jan rauscht an ihm vorbei und knallt die Bürotür diesmal von draußen zu.

Bremerhaven, etwa zeitgleich

Wiebke Gerdes sitzt an einer piekfein arrangierten Tafel für zwei Personen mit Blick auf den Hafen und wartet. Der Tisch sieht mit Platztellern, Silberbesteck und Bleikristallgläsern aus wie aus einem Gourmetreiseführer. Beeindruckt tastet sie an den exakten Falten der Stoffserviette entlang und streichelt über das blütenweiße gestärkte Tischtuch.

Das ist schon was anderes als dieser bürgerliche Bums, den Tamme bevorzugt. In den letzten Monaten stopft er sowieso nur noch Schokolade und Fastfood in sich rein, egal, wie viel Mühe sie sich beim Kochen gibt. Und wenn er mal was Gesundes isst, kann sie kaum hinsehen. Diese ekeligen Schmatz- und Schluckgeräusche. Wenn ihm der Schweiß, den er mit seinen Hemdsärmeln wegwischt, über sein aufgedunsenes Schmalzgesicht strömt. Seine Visage glänzt mittlerweile genauso ölig wie die Fettaugen auf einer Käsepizza. Sie könnte sich schütteln vor Ekel.

Ihre Silhouette spiegelt sich in der Scheibe des Restaurants *Strom Atlantik*, das treffenderweise mit dem Slogan *Auf zu neuen Ufern* wirbt. Um sich von Tamme abzulenken, blickt sie durch ihr Spiegelbild hindurch und betrachtet ein gewaltiges Frachtschiff, das sich tutend im Schritttempo durch das Hafenbecken quält. Die Ladefläche ist mit Hunderten von Containern beladen, wie aus bunten Bauklötzen aufgetürmt. Wenn man unten ein Klötzchen herausziehen würde, bräche vermutlich die ganze Fracht zusammen.

»Entschuldige bitte, meine Liebe, dass ich mich verspätet habe.«

Wiebke schreckt auf. Weil sie sich absichtlich mit dem Rücken zur Eingangstür gesetzt hat, konnte sie ihn nicht kommen sehen. Sie wollte nicht den Eindruck erwecken, auf ihn zu lauern.

Seine Hände ruhen einen Moment auf ihren Schultern. Gerade lang genug, um den Duft seines würzigen Aftershaves einzuatmen, bevor er um den Tisch herumschreitet und ihr gegenüber Platz nimmt. Harm van Hoorn. Wie aus dem Ei gepellt. Ganz der weltmännische Geschäftsmann und sogar bei fast dreißig Grad mit Krawatte, Weste und hellblauem Einstecktuch. Wie konnte sie damals nur so blind sein und sich für Tamme entscheiden, der sein dämliches Fischerhemd am liebsten noch zu ihrer Hochzeit getragen hätte?

»Schön, dass du dir Zeit nehmen konntest«, sagt sie und strahlt ihn an. Nebenbei zupft sie die langen Volantärmel ihres Sommerkleids ein wenig zurecht. Zum Glück ist das Restaurant klimatisiert, auch wenn sie zu diesem Anlass gerne in einem etwas freizügigeren Kleid erschienen wäre.

»Du weißt doch, ich kann dir nicht widerstehen.« Harm zwinkert charmant und schenkt ihnen beiden Wasser ein. »Du hast ein wenig aufgeregt geklungen.«

Wiebke stützt ihr Kinn sachte auf ihrem Handrücken auf und sieht ihm in die Augen. Ein wenig aufgeregt. Wie niedlich. Ihr Herz pocht, als würde ihr jemand mit einem Hammer von innen gegen den Brustkorb dreschen. Sie hat nur diese eine Chance. Wenn Harm nicht anbeißt, gibt es keinen Plan B. Und wenn Tamme davon Wind bekommt, kann sie ihr Testament aufsetzen.

Harm trinkt einen Schluck und lächelt, wohl um die Stille zu überbrücken. »Weiß Tamme, dass du hier bist?«

»Halt mir bitte nicht wieder vor, dass du mich vor der Hochzeit gewarnt hast.«

Vermutlich wäre Harm damals sogar während der Trauung aufgesprungen und hätte Einwände vorgetragen, wenn er nicht in letzter Sekunde beschlossen hätte, gar nicht erst an der Hochzeit seines Freundes Tamme teilzunehmen. Seitdem ist das Verhältnis der beiden eher kühl bis frostig. Es sei denn, Tamme sitzt mit Seafood mal wieder in der Patsche.

Harm hat sie vor Tammes aufbrausender Art gewarnt. Seltsamerweise faszinierte sie jedoch genau das an ihm. Mehr noch. Es zog sie geradezu magisch an. Sie hätte schwören können, dass er sie gegen alle Stürme der Welt verteidigen würde. Ein Trugschluss, wie sich leider viel zu spät herausstellte. Dafür, dass sie Harm einen Korb gegeben hat, könnte sie sich heute noch ohrfeigen. Hätte sie sich für ihn entschieden, müsste sie heute wohl kaum in einem langärmligen Kleid hier sitzen und um ihre Zukunft pokern.

»Nun gut«, sagt er schließlich, weil sie nicht darauf eingeht. »Was kann ich für dich tun?«

»Erinnerst du dich daran, als Seafood vor Jahren kurz vor der Pleite stand?«

Harm nickt. Als er etwas sagen will, nimmt der Kellner, der eine weinrote Bistroschürze trägt, gerade mit den Speisekarten Anlauf auf ihren Tisch zu. Mit einem legeren Wink signalisiert Harm ihm, sich noch einen Moment zu gedulden. Dann runzelt er die Stirn. »Hat er es schon wieder geschafft?«

Mit »geschafft« meint er wohl, dass Tamme für Geschäfte ungefähr so viel Talent besitzt wie ein Elefant für Mikado und Seafood erneut den Bach runtergeht. Mal ganz davon abgesehen, dass er das Geld aus dem Fenster wirft und erst seit vier Wochen ein blitzneuer Mercedes S500 AMG in der Garage parkt.

»Eigentlich spielt das gar keine Rolle mehr«, antwortet sie und zuckt gleichgültig mit den Schultern.

»Wie meinst du das?« Harm wirkt hochkonzentriert.

»Tamme hat vor ein paar Monaten den Bauantrag für eine neue Produktionshalle gestellt.«

»Und jetzt ist ihm das Geld ausgegangen?« Er lehnt sich zurück, als würde er ahnen, was als Nächstes kommt.

»Dafür brauchte er meine Unterschrift.« Sie greift zum Wasserglas und lässt Harm etwas Zeit, um den Inhalt des Satzes zu begreifen.

Sie hat es ja selbst nicht so schnell kapiert. Aber offenbar überschrieb Tamme sämtlichen Besitz kurz nach der letzten Beinahe-Pleite auf sie, damit im Ernstfall künftig zumindest die Grundstücke auf der sicheren Seite wären. Ohne den Bauantrag hätte sie vermutlich niemals davon erfahren. Erst in dem Moment wurde ihr bewusst, dass sie am längeren Hebel sitzt. Aber so einfach würde sie Tamme deshalb trotzdem nicht los.

»Du willst damit sagen, dir gehört die Firma?«

»Der Grund und Boden«, korrigiert sie. »Du könntest etwas für uns beide tun.« In der Kosmetikwerbung klimpern die Mädels an dieser Stelle immer lasziv mit ihren Long-Lash-Mascara-geschwärzten Wimpern, was ihr vor Aufregung nicht so recht gelingen will.

»Ich verspreche dir, du wirst es nicht bereuen.«

6

Greetsiel, am Abend

Fiete fragt sich, warum seine Montage immer gleich knüppeldicke daherkommen. Heute früh Wandas Vortrag über die Aufgaben eines Dorfsheriffs, zu denen für sie glasklar auch Kurierfahrten mit Beerdigungskuchen gehören. Dann Abbos Empfang wegen der Sache an der Umgehungsstraße, von der Fiete keinen blassen Schimmer hat. Und das krönende Highlight des Tages: das Abendessen! Allein durch den Geruch wird ihm kodderig.

Von seinem Platz am Abendbrottisch aus beobachtet Fiete das drohende Unheil. Wanda steht am Herd in ihrer Küche – Eiche hell – und drapiert ein Spiegelei auf einer Scheibe Krabbenbrot. Das Ei ist allerdings sein kleinstes Problem. Bei Krabben, die sich auf beiden Tellern türmen, wird ihm heiß und kalt. Über die Portionen käme nicht mal ein Polizeihund mit goldenem Sportabzeichen. Sein Magen kullert. Die Magensäfte drehen bei diesem Gestank am Rad. Dagegen ist er machtlos und in der nächsten Sekunde wieder sieben Jahre alt. Schuld daran ist seine Tante Lottje, die ihn als Steppke in den Ferien auf Baltrum täglich und bei jeder Gelegenheit mit Krabben vollstopfte. Zum letzten Mal kurz vor der Überfahrt mit der Fähre von Baltrum nach Neßmersiel. Die Kombination aus einem gefühlten Kilo Krabben plus Seegang hat seinen Mageninhalt ungefragt wieder nach oben befördert. Direkt in Tante Lottjes feine Ausgehtasche, die neben ihm auf dem Sitz stand. Daraufhin hielt sie es für angebracht, ihn mit Ostfriesentee nachspülen zu lassen, damit er den Geschmack loswürde. Seitdem dreht sich Fietes Magen schon um, wenn er die Worte Krabben und Tee bloß denkt. Völlig unostfriesenhaft, obschon in Neßmersiel geboren.

Nach dem Einlauf am Morgen und so wie Wanda heute gefusselt ist, kann er sich die Erklärung, warum er Krabben hasst, gleich klemmen.

»Wie war das eigentlich mit Thies und Abbo?«, fragt er, um sich abzulenken, und ein bisschen, weil er's wissen will.

Wanda reagiert nicht und konzentriert sich auf das Anrichten. Das Fett in der Pfanne knistert und brutzelt. Ein paar Spritzer sprenkeln die hellgraue Granitarbeitsfläche.

Fiete versucht es eine Spur lauter, um den im Nebenzimmer dröhnenden Fernseher zu übertönen. »Hast du irgendwas von der Umgehungsstraße gehört?«

»Schrei doch nicht so. Ich bin nicht taub.«

Warum hat er dann das Gefühl, Jan Hofer aus der Tagesschau würde ihm direkt ins Ohr brüllen, dass ein Müllteppich die Westküste Balis bedroht?

Wanda legt das nächste Spiegelei mit dem Pfannenwender auf eine Brotscheibe und stellt sein Essen vor ihm ab. Fiete kann kaum hinsehen. Er fühlt sich wie ein Dreikäsehoch, der heimlich Horrorfilme guckt und sich die Augen zuhalten muss, weil gleich der Kettensägenmörder die blonde Frau hinterm Duschvorhang tranchiert. Sein Magen gluckert wie ein mit Luft gefüllter Heizkörper.

»Fang an. Deinen Hunger kann man ja bis Norddeich hören«, sagt sie und schiebt sich genussvoll eine Gabel in den Mund.

Seine Hände schwitzen. Widerwillig greift er zu Messer und Gabel und lächelt Wanda an, die eifrig kaut und drei einzelne Krabben aufspießt.

Er wünschte, er könnte einfach sagen, dass er Krabben hasst. Erfahrungsgemäß folgt darauf aber die Frage nach dem Warum, das er heute nicht mehr ausdiskutieren möchte.

»Mach hinne. Wird kalt«, nuschelt sie durch den Happen hindurch.

Fienchen scheint der Gestank nichts auszumachen. Wie ein weißer Flummi hopst sie an Fietes Stuhl hoch. Er dreht sich zu dem aufgeregten Fellknäuel an seiner Seite und verzieht angewidert das Gesicht, das Wanda zum Glück nicht sehen kann. »Magst du Krabben auch so gerne wie ich?« Wie auf Kommando setzt Fienchen sich artig, legt den Kopf schief und wedelt unterm Popo weiter.

»Die ist ganz verrückt darauf. Die musste genauso ignorieren wie Abbo. Was war eigentlich mit dem?«

»Spricht der immer in Rätseln? Er hat irgendwas wegen der Umgehungsstraße angedeutet.« Natürlich ist er nach Abbos Auftritt nicht sofort ins Auto gesprungen. Erst nachdem der mit Fahrrad und wehendem Jutebeutel am Lenker zum Einkaufen losradelte. Das Blöde ist, *Umgehungsstraße* kann alles bedeuten. An der Ortsausfahrt teilt sie sich. Rechts bis Pilsum heißt sie Neu-Etumer-Straße und wenn man links abbiegt, Greetsielerstraße bis kurz vor Norden. Aber da war nichts Verdächtiges.

»Ach, der.« Wanda winkt ab. »Darauf darfste nix geben. Der bläht sich gerne auf wie ’n Kugelfisch. Thies hat er auch immer ’nen Knopp an die Backe getextet. Lass dir von dem nich den Appetit verderben.«

Er nickt und atmet tief ein. In Zeitlupe bewegt er das Besteck Richtung Teller. Dann legt er es wieder hin. »Das hörte sich aber anders an. Mir hat er erzählt, er und Thies seien dicke Freunde gewesen.« Dabei überkreuzt er an beiden Händen Mittel- und Zeigefinger und ahmt die Geste des Wombats von heute früh nach. Wobei Fiete befürchtet, dass er nicht den ganzen Abend mit gekreuzten Fingern am Tisch sitzen kann. Wanda wird daneben lauern, bis sein Teller leer ist. Wie seine Tante Lottje damals in den Ferien auf Baltrum. Und das Schlimmste ist, die guckte auch so.

»Du kennst doch hier jeden. Hast du nichts gehört?«

»Falls es dir entfallen ist, ich hatte heute Morgen andere Sorgen.« Wanda sieht ihn vorwurfsvoll an.

Mit Tarnen und Täuschen hat er im Verhör schon öfter gewonnen. »Na ja, da wohnen nicht so viele, die es gewesen sein können«, wiederholt er Abbos Satz betont gleichgültig.

Plötzlich springt Wanda auf, hechtet mitsamt Besteck ins Wohnzimmer und dreht den Ton lauter. »Das will ich gucken. Bin sofort wieder da«, ruft sie. Fiete nutzt die Gelegenheit und lässt ein paar Krabben unter den Tisch fallen. Mit einem Auge schielt er, ob die Luft rein ist, während Fienchen sich auf den Glücksregen stürzt, als hätte sie seit fünf Tagen nichts gefressen. Wie ein Staubsauger inhaliert sie die gebogenen Würmer vom Fußboden auf. Als der vierbeinige Allzwecksauger den letzten Krümel von den Fliesen leckt, ist Wanda wieder da.

»Da kommt gleich 'ne Doku über Ibiza«, sagt sie. »Thies' Tochter hat da 'ne Boutique eröffnet. Vielleicht kann man die sehen, wenn die in der Altstadt gedreht haben. Also die Boutique. Nicht die Tochter. Obwohl die verdammt hübsch ist. Die würde dir bestimmt gefallen.« Wanda grinst und säbelt an ihrem Schnittchen.

Bitte nicht wieder dieses Thema. Damit löchert sie ihn seit seinem Einzug, obwohl sie das sehr geschickt verpackt und jeden Abend behauptet, sie sei heute schon wieder im Laden gefragt worden, warum er ganz alleine lebt. Wenn es eins gibt, worüber er mit keinem Menschen reden will, dann ist das sein Liebesleben. Sein Herz pocht wie nach dem letzten Ossiloop von Leer bis Bensersiel. Jetzt ist ihm deswegen auch noch schlecht. Am liebsten würde er aus der Küche rennen, was ihren Ehrgeiz, etwas über sein Privatleben rauszukriegen, aber nur anstacheln dürfte. Krabben und sein Beziehungsstatus sind sogar für einen Montag gepfeffert und gesalzen. Er ist doch sonst nicht auf den Mund gefallen.

»Um noch mal auf Abbo zu kommen …«, setzt er an.

»Dat Marieke, da waren se alle hinterher«, unterbricht Wanda ihn und nimmt ihren Faden wieder auf.

Jetzt wird ihm die Sache zu bunt. Fiete hält inne und guckt andächtig. Dann schaut er sich in Richtung Laden um. »Hast du das auch gehört?«

Wanda kräuselt ihre Stirn und lauscht.

Er greift beherzt zum Besteck. »Da klopft einer an die Eingangstür. Is bestimmt die Lüpkes. Die bringt das Kuchenblech zurück.« Mit dem Messer befreit er die Krabben vom Ei und schiebt es an den Rand. »Wenn die weiter dagegenbollert, brauchste gleich 'ne neue Scheibe.« Fiete zuckt mit den Schultern und schneidet energisch ein mundgerechtes Stück zurecht. Und wenn Wanda nicht gleich in den Verkaufsraum verschwindet, ist er geliefert.

Zum Glück steht sie auf. Verharrt aber hinter ihrem Stuhl und spitzt die Ohren. »Ich hör nix«, sagt sie, als wäre er einbildungskrank.

»Bei einer Fernseherlautstärke von 258 Dezibel ist das kein Wunder.«

Wanda wirft ihm einen Ich-gehe-jetzt-gucken-und-wehe-da-ist-keiner-Blick zu. Ihre feuerroten Locken sind noch nicht ganz zur Tür rausgewippt, als Fiete beherzt den Teller packt und die Portion Krabben unter den Tisch kratzt, wo sich Fienchen gierig auf das Fünf-Sterne-Menü stürzt.

7

Wenig später in der Börse

Fietes Magen knurrt und hängt auf halb acht, als er den weinroten Brokatvorhang zum Schankraum der *Börse* zur Seite schlägt. Selbst an einem Montag ist es hier bumsvoll, weil Sommerferien sind. Aus den Lautsprechern dudelt Musik, die in der Geräuschkulisse aus Gemurmel, Geklapper und Gelächter beinahe untergeht. Er lächelt der brünetten Bedienung mit Pferdeschwanz zu, die ein Bierglas schräg unter den Zapfhahn hält und zurückgrüßt. Hinter einer Trennscheibe, im Nichtraucherbereich, sind alle Plätze belegt. Links am Fenster steht ein Ehepaar auf. Ole Petersen und seine Frau winken im Duett und deuten an, dass der Tisch frei ist. Mit Trippelschritten zwängt Fiete sich durch das Gedränge vor dem Tresen.

Der grauhaarige Endsechziger blockiert die Plätze, bis Fiete sich zu ihnen durchgekämpft hat, beugt sich vor und wispert hinter vorgehaltener Hand: »Falls du essen möchtest … bestell dir die Krabben. Die sind vom Feinsten. So 'ne Portion kriegste nirgendwo.« Dabei guckt er, wie Schlemihl aus der Sesamstraße, der den Mantel aufreißt und zischelt, ob er ein K kaufen will.

Fietes Bauch meldet Alarmbereitschaft. Wenn die Portionen noch größer sind als Wandas, servieren die hier auf Tortenplatten.

»Anita musste mithelfen«, ergänzt Ole.

Oles Frau Anita, ein eins sechzig kleiner Kugelblitz mit lustigen Augen, die Fiete gleich am ersten Tag das Du anbot, fügt hinzu: »Hierhin kannste auch mal deine Freundin ausführen.« Sie zwinkert.

Fiete lacht verkrampft, verkneift sich aber eine Antwort.

»Frauen!«, eilt Ole ihm zu Hilfe und versetzt Anita einen zarten Rüffel mit dem Ellbogen.

»Das kriegt ihr noch früh genug raus.« Anita grinst verschmitzt.

Was genau *sie* rauskriegen, kann Fiete sich lebhaft zusammenreimen.

»Denn 'n schönen Abend«, sagt Ole und zwinkert. »Bei uns im Garten is es 'n büschen leiser.« Dann nimmt er Anita an der Hand und mogelt sich mit ihr zum Ausgang durch.

Die Lautstärke ist zwar nicht besser als in Wandas Wohnzimmer, aber immerhin kann er sich sein Essen selbst aussuchen. Außerdem sind Dorfkneipen eine ergiebige Informationsquelle. Es wurmt ihn, dass Wanda ihm ausgewichen ist.

Während er auf sein Schnitzel mit Kroketten wartet, kommt er sich an dem Vierertisch verloren vor. Bis vor zwei Wochen hat er Mitgefühl empfunden, wenn jemand in einem Restaurant einsam vor seinem Essen saß. Seit gerade eben weiß er, wie es sich tatsächlich anfühlt, als Single essen zu gehen. Wahrscheinlich ist er heute derjenige, den man mitfühlend beobachtet. Deshalb legt er sein Smartphone vor sich und behält den Eingang im Auge, damit es wenigstens so ausschaut, als würde er einen Bekannten erwarten, der sich verspätet. Beiläufig betrachtet er das bunt gemischte Publikum. Am Tresen vor ihm steht ein verknalltes Pärchen Ende zwanzig und frisst sich förmlich mit den Augen auf. Sie wirft giggelnd ihren Kopf in den Nacken und fährt sich durch die schwarze Mähne. Ihr Gegenüber lehnt cool an der Theke und scannt jede ihrer Bewegungen. Fiete schmunzelt. Wenn der wüsste, dass er aussieht wie ein angeschossener Eber. Auch sein pausenloses Grabbeln am Bart lässt ihn kaum männlicher erscheinen. Insgeheim hofft Fiete, dass sein eigenes Gesicht nicht weiß, wie dieser Eber-Ausdruck funktioniert. Der Schwarzhaarigen hingegen scheint die Miene ihres Freundes zu gefallen. Sie klebt an seinen Lippen und wickelt verführerisch eine Haarsträhne um den Zeigefinger. Die beiden Frischverliebten bekämen nicht mal mit, wenn die hölzerne Standwaage, die als Deko unter der Decke hängt, auf den Tresen krachen würde.

Genauso wenig wie den pummeligen Nerd mit Adventure-Rucksack und Anorak, der sich an einer Fanta festhält und die Schwarzhaarige verstohlen fixiert. Als er sich von Fiete ertappt fühlt, glotzt er völlig desinteressiert unter die Decke auf das Ochsenjoch. Bei seiner Deckeninspektion wird er von einem Kleineren mit Segelohren gestört, der sich durchzudrängeln versucht, und ihn mit der Schulter zur Seite bufft. Dem Rucksacktouristen scheint das zu missfallen, weil er gegenhält und sich absichtlich umdreht, sodass er ihm den Rucksack um die Ohren haut. Den Drängler kennt Fiete. Einer seiner ersten Einsätze bestand darin, dass der korrekt gescheitelte Napoleon Fietes Amtshilfe erbeten hat, weil Tamme Gerdes ihm den Zutritt zu seinem Filetierbetrieb verweigerte. Lebensmittelkontrolleur Fokken im Amt. Arbeitet der etwa noch? Die brünette Bedienung schaut sich Hilfe suchend um, als sie ihn hinter dem Rucksack entdeckt. Der wird doch nicht im dicksten Betrieb zur Kontrolle schreiten?

Fiete wird durch ein lautes Rumsen in der hintersten Ecke vorm Durchgang zu den Toiletten abgelenkt. Zwischen den Stehgästen erspäht er zwei weitere bekannte Gesichter.

Hinnerk und Onno sitzen auf der Bank vor dem Durchgang zu den Toiletten. Wandas Freunde. So oft, wie die beiden in der Bäckerei herumlümmeln, gehören die zum Inventar. Bei ihnen über Eck hockt einer mit Knollennase und hochrotem Kopf, der aussieht, als würde er in den nächsten Sekunden explodieren. Den hat Fiete noch nie gesehen. Wieder rumst es, als Hinnerk mit der Faust auf den Tresen donnert. Dann diskutieren sie angeregt und stecken ihre Köpfe so dicht zusammen, dass sie sich fast berühren. Onno stützt sich auf beide Ellbogen und hört angestrengt zu. Der mit der Knollennase redet in einer Tour. Hinnerk nickt wie ein Wackeldackel. Onno leert sein halbes Glas mit einem Zug. Dann rammt die Knollennase Hinnerk den Ellbogen in die Rippen und fährt sich ruckartig mit der flachen Hand unterm Kinn entlang. Onno reißt die Augen auf. Haben die Streit? Mehr kann Fiete nicht sehen, weil die Bedienung ihm mit seinem Schnitzelteller vor der Nase rumwedelt und die Sicht versperrt.

»Einmal Schnitzel mit Kroketten. Darf's sonst noch was sein?« Sie strahlt. »Sind Sie nich unser neuer Wachtmeister?«, fragt sie und kriegt einen kräftigen Rotton auf den Wangen.

»Ja und nein«, antwortet Fiete knapp, damit sie sich hoffentlich zügig wieder verdünnisiert, weil er weiter beobachten will. Das Apfelbäckchen mustert ihn irritiert. »Sind Sie nich?«

Fiete ist aus dem Tritt. »Bin ich was nicht?«, fragt er geistesabwesend, weil er lieber die drei Spezis beobachten würde, doch jetzt steht ihm die Frischverliebte im Weg.

»Na, unser neuer Polizist?«

»'tschuldigung«, sagt er und lächelt verlegen. »Das sollte nicht unhöflich klingen.«

»Kein Problem. Ich bin Sabrina.« Sie blickt sich zum Tresen um, wobei ihr Pferdeschwanz hin und her wippt. Ihr ohnehin kräftig geschminktes Gesicht glüht wie eine Herdplatte. Fiete schätzt sie auf maximal dreißig. Als er nichts erwidert, fährt sie fort. »Ich bin auch gerade erst aus Bremerhaven hierhergezogen.«

Die Greetsieler Buschtrommeln scheinen hervorragend zu funktionieren.

»Ich hab da studiert. Ökotrophologie.«

Sie mustert Fiete, als müsse er jetzt bitte nachfragen, was denn das für ein Studiengang sei. In Bremerhaven hat er allerdings einen Fall aufgeklärt, bei dem eine Ökotrophologin ihren Gatten mit einer besonders gehaltvollen Maiglöckchen-Kräutersoße über dem Heilbutt dahingerafft hat.

Da Fiete nicht nachhakt, ergänzt sie: »Ernährungswissenschaften. Is nur schwierig, 'nen Job zu finden.« Sie blinzelt. »Gibt hier oben nich so viele.«

Vermutlich wäre er jetzt mit Small Talk dran, aber sein leerer Bauch protestiert.

»Deswegen jobbe ich erst mal. Ich bin froh, dass ich den Wirt gut kenne.«

Geht die nie? Fiete presst die Lippen aufeinander und zieht fragend die Brauen hoch, was Sabrina wohl als Aufforderung versteht.

»Ich helfe nur aus. Is ja Hauptsaison. Vormittags hab ich 'n Halbtagsjob als Sekretärin im Rathaus. Direkt beim Bürgermeister im Vorzimmer.«

Noch so'n Fall von erhöhtem Mitteilungsbedürfnis. Ob die mit seinem Reviernachbarn verwandt ist? Fiete nickt zerstreut, rollt nebenher das Besteck aus der Serviette und ringt sich zu einem müden »Spannend« durch. Eifrig schneidet er sein Schnitzel an, bevor es kalt wird.

»Ich wohne an der Neu-Etumer-Straße. Da hab ich's nicht weit bis zur Arbeit.« Sie grinst.

»Aha«, nuschelt er mit vollem Mund. Ehe er registriert, wo Sabrina wohnt, funkt der Kleine mit den Segelohren dazwischen, der sie von der Seite anblafft. »Es sind noch andere Gäste hier!« Als er Fiete erblickt, wirkt seine Mimik einen Hauch freundlicher, aber dennoch genervt.

»Wir sehen uns hoffentlich noch öfter«, versucht Fiete die Situation zu entschärfen. Was ihm im selben Moment wieder leidtut, weil Sabrina an ihrem Pferdeschwanz nestelt und eine Strähne zwischen den Fingern zwirbelt. Was hat er denn nun losgetreten? Statt »hoffentlich« meinte er »sicherlich«. Mit leerem Magen kann er nicht klar denken. Aber zurücknehmen sieht blöd aus.

»Guten Appetit, Sheriff«, brummt Hinnerk, bleibt abrupt vor Fietes Tisch stehen und klinkt seine Daumen in die Hosentaschen ein.

Onno, der sich dicht dahinter hält, rennt von hinten in ihn hinein.

»Gab's bei Wanda nix?«, fragt Hinnerk, kratzt sich am Kopf und grient.

Woher kommen die jetzt auf einmal? Fiete verschluckt sich an seinem Bissen und kriegt einen Hustenanfall. Mit einem Ausfallschritt ist Hinnerk bei ihm und haut ihm die Pranke zwischen die Schulterblätter, bis der Husten nachlässt. Hastig trinkt er einen Schluck Köstritzer nach. Die beiden hat er durch Sabrinas Redeschwall völlig vergessen.

»Moin«, antwortet Fiete und hält vor Verlegenheit schützend seine Hände über den Schnitzelteller. Aber so wie Hinnerk grinst, petzt der sowieso bei Wanda.

»Geht's da vorne mal weiter«, mault jemand hinter Onno, der den dicksten Stau verursacht.

Onno klopft Hinnerk auf die Schultern und drängelt vorwärts.

»Na dann, schönen Abend«, sagt Hinnerk und schlurft los.

Im Vorbeigehen hebt Onno die Hand zum Gruß und starrt belustigt auf Fietes Essen.

In dieser Nacht träumt Fiete von Tante Lottje, die ihn mit einem Kuchenblech voll Krabben zu Fuß auf der Umgehungsstraße verfolgt.

8

Dienstagnachmittag in der Bäckerei

»Unter uns«, sagt Wanda, als sie nach dem Markisenausdrehen wieder im Laden ist und die Tür hinter sich schließt, damit die Hitze draußen bleibt. Sie sprüht Glasreiniger auf die Scheibe der Gebäckauslage. »Das mit Tammes Vorgarten waren nicht die Polen.« Das Scheibenleder quietscht über die Glasscheibe. »So'n Blödsinn trauen die sich nicht.«

Henni öffnet ihren Handarbeitsbeutel, zieht einen Minikauknochen raus und hält ihn Fienchen hin, die sich damit unter den Stammtisch verkrümelt. »Wer soll's dann gewesen sein?«

»Die Handschrift spricht doch Bände.« Wanda hört auf zu wienern. Henni scheint im Dunkeln zu tappen, deshalb hilft sie nach. »Findest du nicht, dass Hinnerk gestern 'n büschen zu fix den Brandes verdächtigt hat?«

Henni runzelt die Stirn. »Wieso sollte Hinnerk das tun?«

»Weil er Tamme noch nie leiden konnte – und er war letzte Woche dabei, als der hier aufkreuzte.«

»Seit wann kommt Tamme höchstpersönlich bei dir Brötchen holen?«

»Das waren Alibibrötchen.« Wanda sprüht die gleiche Stelle noch mal ein.

Henni spinxt über ihren Brillenrand. »Und wat wollte der?«

»Mein Haus.« Wanda poliert heftig auf der Stelle.

Vor Schreck nimmt Henni die Brille von der Nase. »Hat der se neet all upp Böön?«

Dass Tamme se nicht alle aufm Dachboden hat, ist ja kein Geheimnis. Wanda wirft das Fensterleder neben die Kasse, greift zum Wasserkocher und gießt heißes Wasser in ein vorbereitetes Kännchen mit Ostfriesenrose-Muster.

»Was will er 'n damit?«

»Tamme hat irgendwas von Restaurantfiliale gebrabbelt. Von dem Geld, das er mir für die Bäckerei mit allem Zip und Zap bezahlen würde, könnt ich *meine letzten Jahre* in Ruhe im Seniorenstift genießen, statt nachts um zwei Uhr aufzustehen, hat er gesagt.« Sein gönnerhaftes Grinsen ist ihr in wacher Erinnerung. Am meisten ärgert sie, dass Tamme gedacht haben muss, sie sei eine senile alte Schachtel, die dankbar sein sollte, wenn ihr jemand diesen renovierungsbedürftigen Kasten weit unter Wert abkauft.

Henni stopft ihr Strickzeug zurück in den Beutel, was bei ihr bedeutet: Jetzt brennt der Dachstuhl.

»Hat der 'n Piep? Wat sollste mit siebenundsechzig im Altenheim?« Henni guckt, als hätte sie grad erfahren, dass ein Tsunami Greetsiel überrollt.

»Auf die Frage konnte er nicht wechseln. Wenn ich rechne, wie lange die Summe fürs Mariahilfstift gereicht hätte – dann müsst ich in spätestens zwei Jahren ins Gras beißen. Zur Strafe hab ich ihm drei uralte Brötchen untergejubelt. Der Sack mit den Steinharten für Paniermehl stand grad passend.« Wanda lacht, obwohl ihr eher zum Heulen zumute ist. Sie muss an ihren Klaas denken, der bis zum letzten Tag in der Backstube gestanden hat. Als er den Mohnkuchen aus dem Ofen holen wollte, kippte er plötzlich um, und das war's. Mit den Füßen voran, anders würde sie ihre Bäckerei niemals verlassen.

»Und Hinnerk war dabei?«, will Henni wissen.

»Der hatte plötzlich alle Farben im Gesicht. Wie damals, als seine Antje abgehauen ist.« Wanda fährt sich mit der Hand über die Augen. Sie stellt das Kännchen auf ein Stövchen, platziert einen Teller friesisches Teegebäck in die Mitte des Tischs und setzt sich zu Henni.

»Du meinst, Hinnerk hat ihm 'nen Denkzettel verpasst?« Henni schaut skeptisch drein.

»Kennst ihn doch. Zuzutrauen is es ihm.« Wanda legt mit einer silbernen Zange ein Kluntje in ihre Teetasse. »Bei der Menge an Fischabfällen muss dem einer geholfen haben. Es sei denn, er is zweihundertmal hin- und hergerannt. Sport is nix für den. Wär der mit Antje zum Schwimmen ins *Vitalis* gegangen, hätte die den Masseur gar nich erst kennengelernt.«

Der Kandis knistert, als Henni ihnen beiden einschenkt. »Du meinst, Onno ...«

»Wär doch möglich. Weißt du eigentlich, wo Onno gestern Abend war?«, fragt Wanda, lässt mit dem Rahmlöffelchen Sahne vom Rand ihrer Tasse in den Tee fließen und schaut dem aufsteigenden Wulkje zu. Die Selbstverständlichkeit, mit der die Sahnewölkchen auf der Oberfläche des Tees erscheinen, haben etwas Beruhigendes.

»Spätnachmittag hat er sich den Hallenschlüssel von Miroslav organisiert, weil Onno heute früh Gammel für Bremerhaven verladen musste. Danach wollte er noch kurz zu Hinnerk.«

»Mehr nicht? Fiete hat die beiden gestern Abend in der *Börse* getroffen.« Wanda wartet Hennis Reaktion ab.

»Seit Neuestem erzählt der mir nur noch die Hälfte. Da stimmt auch was nich.« Henni nippt an ihrem Ostfriesentee.

»Die waren nicht alleine da. Angeblich war einer mit so 'ner Knollennase dabei.« Wanda formt ihre Hand zu einer Kugel und hält sie sich vor die Nase.

»Mit so 'ner Kartoffel kenne ich nur zwei.«

»Huber und Tönnissen.«

»Mit Huber haben die nix am Hut. Der Muffelkopp redet doch mit keinem. Ein Wunder, dass der dir morgens nich einfach ’nen Zettel mit der Bestellung über die Brötchentheke schiebt.«

Was definitiv stimmt. Sepp Huber ist alles andere als eine Stimmungskanone. Der zugereiste Bayer hat das baufällige Backsteinhäuschen neben Tammes Betrieb vor einigen Monaten erworben. Ein paarmal versuchte Wanda, ihn in ein Gespräch zu verwickeln. Wenn man zugezogen ist, freut man sich normalerweise über Anschluss. So ist es ihr ergangen, und sie war damals heilfroh, dass Henni ihr über die Anfangszeit in Greetsiel hinweghalf. Huber hingegen scheint das anders zu sehen. Meistens verstand sie auch nur die Hälfte von dem, was er sagte. Sein tiefbayerischer Dialekt hat seine Tücken. Hinnerk und er sind zwar direkte Gegenübernachbarn, aber mehr als ein »Griaß di« oder »Moin« haben die noch nie gewechselt.

Wanda zuckt mit den Schultern. »Auf jeden Fall leidet der aus der *Börse* an hohem Blutdruck, so wie Fiete den beschrieben hat.«

»Dann kann’s nur Tönnissen gewesen sein. Seine Frau hat beim letzten Stricktreff erzählt, dass der Arzt ihm diese Antipo – Antihy – na, sach doch ma, Pillen verschrieben hat, weil dem sein Blutdruck spinnt.«

»Blutdrucksenker«, korrigiert Wanda.

»Ja, die. Aus Versehen hat er ma zwei genommen, und zack, is er umgefallen.«

»Tönnissen ist auf Kühlhäuser spezialisiert. Klingelt da nix bei dir?« Wanda tickt sich mit der Faust an die Schläfe.

»Tönnissen wartet seit zwei Monaten drauf, dass Tamme die letzte Rechnung bezahlt. Hat seine Frau gesagt. Sechstausend Euro. Dabei hätt ich auch zu hohen Blutdruck.«

»Haste Hinnerk heute eigentlich schon gesehen?«

Henni schüttelt den Kopf und deutet Richtung Eingang, wo im selben Moment eine ratternde Rostlaube vorfährt. »Da is er.« Sie schaut zur Standuhr. »Vier Uhr. Pünktlich wie die Heinzelmännchen.«

Das Glöckchen über der Eingangstür bimmelt hell.

»Moin«, grüßt Hinnerk und steuert zielstrebig auf den Stammtisch zu. »Onno noch nich zurück?«

»Wieso? Willste mit dem heute wieder in die *Börse*?«, stichelt Wanda und springt auf, um eine Tasse für ihn zu holen.

Hinnerk kneift die Augenbrauen zusammen. Dann holt er tief Luft. »Gab's bei dir gestern kein Abendbrot?«

Er verschränkt die Arme. In seinen Augen spiegelt sich Gelassenheit.

»Seit wann antwortet man auf eine Frage mit einer Gegenfrage?«, kontert Wanda.

»Machst du doch auch.« Hinnerk lacht. »Hauptsache, Fiete hat dir erzählt, dass er sich da so'n Berg Schnitzel mit Kroketten reingepflügt hat.« Dabei schlägt er mit der Rechten einen Bogen von einer Kante des Stammtischs zur anderen. »Sah ziemlich ausgehungert aus, dein Untermieter.« Er greift zur Kluntjezange.

Kann gar nicht sein. Es sei denn, Fiete leidet an einer ungesunden Magenerweiterung. Als sie von der Ladentür zurückkam, stand sein Teller schon ratzeputz leer gefegt in der Spülmaschine.

»Wir diskutieren hier aber nich über Fietes Essgewohnheiten«, ignoriert sie sein Ablenkungsmanöver. »Er hat erzählt, dass Onno und du euch angeregt mit Tönnissen unterhalten habt.«

Henni ist mucksmäuschenstill.

Hinnerk lässt einen Kandisbrocken in seine Teetasse fallen.

»Tönnissen hat auch nur Blödsinn im Kopp«, versucht Wanda ihn aus der Reserve zu locken.

»Wieso *auch*? Mensch, ich Döskopp, den hätte ich fast vergessen. Der kommt gleich wegen der Milchkühlung. Die is kaputt. Sonst wird die Milch sauer.« Er steht auf und zieht die Träger seines Overalls stramm. »Ich wollte nur hören, ob Onno schon zurück ist.«

»Deine Milchkühlung wurde doch erst letzte Woche repariert.«

»Die is aber schon wieder kaputt«, brummt er und kann Wanda dabei kaum in die Augen schauen.

»Tönnissen hat dir nicht zufällig mit zwei Zentnern Fischgammel ausgeholfen?«, bohrt Wanda weiter.

Hinnerk malt unbeteiligt mit dem Fuß imaginäre Kreise auf dem Fußboden nach.

»Hinnerk? Warst du das mit Tammes Vorgarten?«, hilft Henni mit.

Bei zwei gegen einen kann er nur verlieren. Nach ein paar weiteren Kreisen und virtuosen Achten gibt er auf.

»Hat er doch verdient«, platzt er heraus. »Der geht mir so was von auf den Zwirn mit seiner großkotzigen Art. Was der dir an den Kopp gehämmert hat, is unter aller Kanone. Der bildet sich ein, er is der König von Greetsiel.« Hinnerk ballt die Hände zu Fäusten. »Wie willste dich denn alleine gegen den wehren?«, ereifert er sich.

Das stimmt. Wenn sie ehrlich ist, wundert sie sich, dass Tamme nicht längst einen neuen Versuch gestartet hat. Auch wenn ihr Hinnerks Verteidigungsmaßnahme schmeichelt, hofft sie, dass es bei dieser einmaligen Aktion bleiben wird.

»Musstest du denn gleich den ganzen Vorgarten verwüsten?« Wanda bemüht sich, ein wenig Strenge in ihren Tonfall zu legen.

»Ja, sicher! Halbe Sachen mach ich nich.« Hinnerks Gesicht entspannt sich.

»Hoffentlich hat dich keiner gesehen.«

»Tönnissen darf wegen der Bandscheibe nich schwer heben. Der hat Schmiere gestanden.« Mit einem flüchtigen Blick auf Henni fügt er kleinlaut hinzu: »Onno hat beim Tragen geholfen.«

Henni fächert mit der Hand vor ihrem Gesicht herum wie ein Scheibenwischer. »Was and'res hätt mich auch gewundert.«

»Bete mal, dass Tamme keine Anzeige gegen unbekannt erstattet. Ich hab so'n ungutes Gefühl. Fiete riecht was, weil Abbo dem 'nen Floh ins Ohr gesetzt hat«, warnt Wanda. Henni stützt resigniert ihren Kopf mit dem Ellbogen auf der Tischplatte ab, als würde den beiden Großmeistern der Retourkutsche mindestens zehn Jahre Knast mit anschließender Sicherheitsverwahrung drohen.

Hinnerk presst ein gleichgültiges »Pfff« durch die Lippen. »Wegen zweihundert Kilo Gammel kommt man nich nach Guantánamo.«

Wanda sieht ihn scharf an. »Nee, wegen Gammel allein sicher nicht.«

»Jeder kriegt, was er verdient«, fügt Hinnerk locker hinzu.

»Offenbar weißt du ganz genau, was ich meine!«

Gerade als Wanda am springenden Punkt angelangt ist, bimmelt die Ladentür. Ausgerechnet Fiete. Den kann sie nu' gar nich gebrauchen.

Fiete hält konzentriert sein Handy ans Ohr und grüßt nicht mal.

9

Bremerhaven, etwa zeitgleich

Sein Körper fühlt sich an wie Pudding. Onno kauert auf einem schwarzen Lackstuhl mit Lederbezug im Büro der *Biogenic GmbH* und kämpft mit der Kluntjezange, um einen Kandisbrocken in seine Teetasse zu bugsieren. Die Rotation des Tischventilators, der auf ihn ausgerichtet ist, dröhnt ihm in den Ohren wie ein Laubpuster. Wenn ihn die kühlen Wellen des Luftstroms nicht treffen, sind es die heißen Wogen seines Kreislaufs, die ihn überrollen. Bis vor ein paar Stunden war er noch fest davon überzeugt, ihn würde so schnell nichts aus den Latschen hauen.

Die brünette Kommissarin vor ihm, die sich als Kriminalhauptkommissarin Janne Janssen vorstellte, kritzelt geschäftig auf einem Notizblock. Sie streicht ihre gewellten Haare über die Schulter und rückt die Sonnenbrille mit Leopardenmuster auf dem Kopf zurecht.

Dass das eindeutig Leopard ist, wird er im Leben nicht vergessen. Dieses Muster hätte ihm beim Date in Bensersiel beinah die Tour vermasselt. Weil er nicht wusste, was man beim Speeddate in fünf Minuten sagen soll, hat er das Erstbeste losgelassen, das ihm einfiel. Und das war ein Kompliment über »Ihre Sonnenbrille mit Pumamuster«. Irgendwie schwirrte ihm der Puma im Kopf, weil Henni ihn morgens ausgeschimpft hat, dass er sein Zimmer lüften müsse, weil es müffeln würde wie im Pumakäfig. Auf den Puma hin verplemperte Britta die restlichen vier Minuten bis zum Klingeln damit, ihm das ockergelb bis gelbbraun-schwärzliche Muster eines Leoparden zu erklären, weil Pumas gar keine Punkte haben.

Zwar hat Britta ihn nach dem verunglückten Speeddate auf einen Strandspaziergang eingeladen, da nur sie geredet habe, aber dort kam ihm die dämliche Angelschnur dazwischen.

Die Kommissarin unterbricht ihr Gekritzel, als Onnos Kandis die Tasse knapp verfehlt, über den Tisch kullert und vor der Kante liegen bleibt.

»Sind Sie sicher, dass es Ihnen gut geht?«

»Jo, hat man nich jeden Tag.« Onno bemüht sich, gelassen zu wirken, und ringt sich ein Lächeln ab. Dann grabscht er den Kandis und wirft ihn mit den Fingern in die Tasse.

»Noch mal von vorne. Sie haben um fünf Uhr fünf im Betrieb Greetsiel Seafood verladen. Laut Fahrtenschreiber gab es um sechs Uhr elf einen längeren Stopp in Hagermarsch am Hufschlag sieben.« Sie notiert fünf Uhr fünf auf ihrem Zettel. »Sie haben dort nicht zufällig etwas geladen, das nicht in den Fischabfall gehört?«

Mit »etwas« meint sie wohl die Leiche, deren Einzelteile die Kriminaltechniker derzeit aus dem Gammel aussortieren. Zumindest das, was auffindbar ist. Onno versucht, gegen die Fantasien anzukämpfen, die sein Gehirn produziert. War die Leiche beim Transport noch »am Stück«? Die andere Möglichkeit will er sich nicht vorstellen, kann sich dagegen aber nicht wehren. Tatsächlich weiß er, dass mal ein drei Meter langer Hai in einer Lieferung gefunden wurde. Mit einer Motorsäge hat man den Raubfisch vorzerkleinert, bevor die Transportschraube den Rest erledigte. Onno läuft ein Schauer bis in die Haarspitzen. Erneut flackert das Bild vor ihm auf. Davon würde er träumen. Blonde Haare, die aus dem blutigen Fischmatsch auf dem Förderband ragten. Danach wurde es schlagartig stockfinster. Bis er auf dem Lkw-Waschplatz wieder zu sich kam, wo Nils Manninga, Waageführer und Ersthelfer des Betriebs, mit einem Dampfstrahler Erste Hilfe leistete. Onno massiert sich die dampfgestrahlten Oberschenkel. Er fröstelt. Dank Nils' Wiederbelebungsmaßnahme sind seine Feierabendklamotten pitschenass. Die Arbeitsklamotten sind zwar trocken, stinken aber wie Hölle ganz unten. Also hat man ihn kurzerhand in einen weißen KTU-Schutzanzug gesteckt, in dem er sich ziemlich bescheuert vorkommt. Das Teil spannt und kneift überall. »Ich hab Ihrem Kollegen doch schon gesagt, dass Michael Eilts mein Cousin ist und ich mir 'n Heringsbrötchen geholt hab.«

»Das muss aber ein verdammt großes Fischbrötchen gewesen sein.«

Janne Janssen malt Nikolaushäuschen auf ihren Block und scheint darauf zu lauern, dass er was Falsches sagt.

»Die Fischbrötchen haben immer die gleiche Größe. Der betuppt seine Kunden nich.«

»Der Stopp dauerte siebenunddreißig Minuten. Zeit genug …«

Ehe er darauf antworten kann, steht der schlaksige Kommissar in der Tür, der vorhin Onnos Personalien aufgenommen hat und den Lkw-Schlüssel sicherstellte. Energisch schmatzt er auf einem Kaugummi herum, sodass bei jeder Kaubewegung die Kiefermuskeln heraustreten wie bei Old Shatterhand in den Winnetou-Filmen.

»Janne? So weit alles überprüft. Wir haben mit allen Stationen gesprochen.«

Mit »Stationen« meint er wahrscheinlich seine heutigen Ladestellen. Fünf insgesamt. Erste Station war Seafood. Von dort aus standen zwei Stellen in Norden auf dem Plan. Die beiden letzten Betriebe liegen kurz vor Bremerhaven.

Old Shatterhand lehnt sich gegen den Türrahmen wie ein Obermufti und sieht die Kommissarin von oben herab an.

»Uns fehlt nur die Rückmeldung von Fiete.«

Mit überheblichem Grinsen fügt er hinzu: »Und ich dachte, ich wär den los und hätte freie Bahn.«

Janne Janssen klütert nervös an ihrer Sonnenbrille herum. »Du solltest nicht alles glauben, was du denkst.«

Einen Moment lang ist es beklemmend still. Nur der Propeller des Ventilators rauscht. Was haben die mit Fiete zu tun?

»Die KTU braucht 'ne Weile. Burkhardt watet mit Fischerhose bis zu den Knien im Restgammel, der von der Ladung noch im Bunker ist. Der hat schon dreimal nachgefragt, ob die Stromzufuhr für die Anlage todsicher unterbrochen ist, damit er nicht geschreddert wird. Am besten schleppen wir die Kollegen nach Feierabend zu viert an Händen und Füßen auf den Lkw-Waschplatz und strahlen die ordentlich ab.«

Er grinst Onno hämisch an. Idiot, der. Onno wünscht ihm die schlimmsten seiner blauen Flecken an den Hals, oder dass er an dem Kaugummi erstickt. Dieses Rumgelutsche geht ihm auf die Nerven. Der sieht aus wie Hinnerks Lieblingskuh, wenn sie wiederkäut. Auch die Kommissarin scheint von der Bemerkung ihres Kollegen wenig begeistert zu sein.

»Könnten wir uns wieder auf die Fakten konzentrieren?«, faucht sie.

Der Schmalspur-Cowboy schaltet auf unterwürfig um.

»Die DNA-Probe vom Opfer ist auf dem Weg ins Labor. Vielleicht landen wir 'nen Treffer im LKA-Computer. Von der Leiche ist nicht mehr viel übrig. Das, was möglicherweise in die Produktionsstraße gelangt ist, finden sie in den Laborproben des Fischmehls, das sowieso auf menschliche DNA getestet wird.«

»Sonst noch was?«

Die Kommissarin wirkt gestresster als zu Beginn der Befragung. Onnos Beine brennen wie Feuer. Er reibt sich die malträtierten Schenkel. Wenn es nach ihm ginge, dürfte sie den kauenden Blödmann für die dummen Bemerkungen gerne weiter zusammenfalten.

»Einer der Metalldetektoren in der Anlage hat angeschlagen. Wir wissen noch nicht, was es ist. Das ist Filigranarbeit. Vermutlich trug das Opfer einen Ring oder 'ne Kette. Könnte aber auch 'n Goldzahn oder 'n Stück von 'ner Brücke sein.«

Können die das nicht besprechen, wenn er hier raus ist? Die Einzelheiten braucht er nicht obendrauf. Onno hat ganz andere Sorgen und keinen Schimmer, wie er heimkommen soll. Hinnerk muss jetzt Kühe füttern und melken. Wanda ist allein in der Bäckerei und Henni fährt nur Fahrrad. Sein Lkw ist bis auf Weiteres beschlagnahmt, und mit Bus oder Bahn in diesem weißen Papieroverall nach Hause zu fahren, steht nicht auf seiner Wunschhitliste.

Janne Janssens Kollege deutet mit einem Fingerzeig an, dass er sie unter vier Augen sprechen möchte. Die beiden verschwinden in den Nebenraum und ziehen die Tür ran. Trotzdem kann Onno einen Bruchteil aufschnappen. Was hat der gesagt? Glatter Schnitt? Onno unterbricht seine Oberschenkelmassage, um das Knistern des Overalls zu unterdrücken, damit er besser lauschen kann. Abgeschabter Knochen? Eine heiße Welle überkommt ihn. Schnittmarke? Er wünscht sich, er hätte heute blaugemacht und wäre mit Britta und ihrer Leopardenmuster-Sonnenbrille wieder am Strand in Bensersiel.

Dann öffnet sich die Tür, und Janne Janssen kommt zurück. Obwohl sie ihm seit einer geschlagenen Stunde mit immer denselben Fragen auf den Sender geht, ist er beeindruckt vom taffen Auftreten dieser Turbosprotte, wie

Hinnerk sie bezeichnen würde. Angesichts der blutigen Tatsachen, wegen derer die halbe Firmenbelegschaft von Seelsorgern betreut wird, umso mehr.

»Ich denke, wir sind fertig. Wenn wir weitere Fragen haben, melden wir uns. Ihr Kollege Nils Manninga fährt Sie nach Hause.«

Onno zupft an seinem Papieranzug und schaut sie fragend an.

»Ihre Sachen hat er schon eingepackt.«

Vor dem Bürogebäude wartet Nils auf ihn. Beine baumelnd sitzt er auf einem Mäuerchen. Neben ihm auf der Erde liegt eine Plastiktüte, aus der ein Bächlein Wasser feine Linien auf den Asphalt zeichnet und sich in einer Pfütze sammelt.

»Heißes Outfit!« Nils hopst von der Mauer.

»Sach ma, haste beim Ersthelferkurs gepennt?« Onno haut sich vor die Stirn.

»Wär dir Mund-zu-Mund-Beatmung lieber gewesen?« Nils' schiefe Frontzähne blitzen auf.

Onno zieht drei Stunden Dampfstrahlermassage vor, verkneift sich aber einen Kommentar.

Nils deutet auf das triefende Klamottenpäckchen. »Die is nich ganz dicht.«

»Nich nur die«, brummt Onno.

»Hier, dein Handy hab ich gerettet.« Aus dem Smartphone tropft Wasser auf Onnos Sicherheitsschuhe. »Und das hier is rausgefallen.« Nils streckt ihm einen Schlüssel hin. »Wär fast im Gully gelandet.«

Der Seafood-Hallenschlüssel. Nach der Beladung hat er vergessen, ihn in den Briefkasten zu werfen. Hätte er das der Polizei sagen müssen? In diesem Moment hört er hinter sich die Stimme der Kommissarin. Er schaut sich um. Janne Janssen und ihr Kollege kommen aus dem Gebäude. Onno will nur noch weg von hier. Da sein Overall keine Taschen hat, bückt er sich nach der Tüte. Ratsch. Hintenrum fühlt es sich plötzlich luftiger an.

»Na dann, gute Heimfahrt!« Janssens Kollege stelzt lachend an ihm vorbei und klopft sich rücklings auf den Hintern.

10

Greetsiel, währenddessen bei Wanda

Wanda schaut Fiete zu, der mit Handy am Ohr im Verkaufsraum auf und ab marschiert. Henni tuckelt bemüht desinteressiert an einer Socke und konzentriert sich auf alles, aber sicherlich nicht auf das Sockenmuster. Die könnte mühelos im Dunkeln die kompliziertesten Norwegermuster stricken. Hinnerk mümmelt an einem Stückchen Teegebäck und hat es auch nicht eilig. Der müsste jetzt eigentlich Kühe melken.

Aus dem Augenwinkel verfolgt sie Fietes Wanderroute durch den Verkaufsraum. Er wieselt hin und her. Bei jedem Schritt klackern seine Hacken auf dem Linoleumboden, als hätte er Metallplättchen unter seine Absätze montiert. Wenn Greetsiel 'ne eigene Stepptanztruppe hätte, wäre Fiete der geborene Vortänzer. Dass der beim Telefonieren ständig rennt und Haken schlägt wie ein Karnickel, ist ihr schon ein paarmal aufgefallen. Das macht sie ganz fusselig. Am liebsten würde sie ihn auf einem Stuhl festbinden, damit diese Flitzerei aufhört. Ab und zu rennt er über ihr im Wohnzimmer hin und her. Mit wem der wohl telefoniert?

Im Vorbeisausen nickt Fiete den dreien zu. Dann steppt er zurück, steuert den Stammtisch an und mopst sich einen Teekeks vom Teller. Hinnerk sichert drei Plätzchentaler für sich und schiebt Fiete die restliche Ladung rüber.

Fiete schüttelt den Kopf. Das Gefuchtel mit der Hand, in der er das Gebäck hält, bedeutet wohl, dass ihm eins reicht.

Er gibt gewichtige Mhms und Ahas von sich und verschwindet in die hinterste Ecke des Verkaufsraumes. Von dort aus sieht er Henni an. Mit angestrengter Miene dreht er sich zum Fenster weg. Wieder Stille. »Ich melde mich, wenn ich vor Ort war.«

Als Fiete sich umdreht, ist seine gesunde Sommerbräune, die nach zwei Wochen Strandurlaub aussieht, um die Nase rum verschwunden. Er räuspert sich.

»Dienstgespräch«, sagt er knapp, als er vor der Runde steht und erneut zum Teller langt. »Dein Teegebäck ist große Klasse. 'n Kaffee zum Mitnehmen wär prima.«

Wanda schaut zur Uhr. »Du hast doch Feierabend«, stellt sie fest, als sie sich zur Kaffeemaschine bewegt und einen Becher unterstellt.

»Die Polizei hat nie Feierabend. Außerdem hab ich mich hier um *alles* zu kümmern.« Fiete schiebt sich das Plätzchen in den Mund und zieht die Augenbrauen hoch.

So wie Fiete guckt, weiß sie, dass er auf den Beerdigungskuchen für Lüpkes anspielt. Begeistert war er nicht, weil sie ihm den in die Hand gedrückt hat, aber kurzer Prozess ist oft das Einzige, was hilft.

»Das stimmt«, pflichtet Henni ihm bei. »Hier haste nie Feierabend.«

Fiete lächelt Henni dankbar an und nickt.

»Ihr habt nicht zufällig mitbekommen, was da gestern an der Umgehungsstraße los war?«

Während die Hightech-Maschine Kaffee in den Becher pröddelt, schiebt Fiete den nächsten Keks nach und sieht Hinnerk an, der das Pistazientopping seines Plätzchens studiert. Irgendwas Bekloptes fällt dem immer ein, wenn er sich am liebsten in Luft auflösen würde.

»Hinnerk, du wohnst doch da?«

»Öh, ja, nee«, stottert er.

Wie fix Hinnerk vom Stuhl hochschießen kann, obwohl er ständig über Knieprobleme jammert. Seit seine Lieblingskuh Frau Meier-Piepenkötter, eine Schwarzbunte mit herzförmigem Fleck auf der Stirn, nach einer Fliege ausgetreten hat und dabei Hinnerks Kniescheibe traf, ist das die perfekte Ausrede für ihn, sich vor unbequemen Aufgaben zu drücken.

Er schiebt den Stuhl ran. »Ich hab nix mitgekriegt. Bin ja die meiste Zeit im Stall oder aufm Acker. Was soll'n da gewesen sein?« Hinnerk blickt Hilfe suchend zu Henni, die wiederum Wanda anschaut.

»Ach, gar nix. Abbo hat sich aufgeblasen. Wie immer«, antwortet Wanda und drückt einen weißen Deckel auf den To-go-Becher.

Jetzt fängt Fiete wieder mit der Umgehungsstraße an. Telefonstepptanz und Hartnäckigkeit, dabei ist der nicht zu toppen.

Hinnerk pusselt ein hellblaues Stofftaschentuch aus der Hosentasche und schnäuzt sich. »Heuschnupfen«, näselt er durch den Stoff. »Strandaster.«

Der hatte im ganzen Leben noch keinen Heuschnupfen. Wenn Fiete wüsste, dass der flunkert. Sobald Fiete durch die Tür ist, wird sie Hinnerk auf den Zahn fühlen.

Sie ist erleichtert, weil in diesem Moment das Telefon bimmelt. Bei seinem Talent würde Hinnerk sich noch selbst verquatschen. Mit einer Hand reicht sie Fiete den Kaffeebecher, mit der anderen zieht sie das Telefon aus der Tasche ihrer Backschürze.

Es ist Onno.

»Is Henni bei dir?«

Wanda sieht Henni an, zeigt auf den Hörer und formt mit den Lippen ein tonloses »Onno«.

»Die sitzt hier. Hinnerk vermisst dich. Wo bleibste denn?«

»Wollt nur Bescheid sagen, dass ich büschen später komme. Bin aufgehalten worden.«

»Willste mit Henni sprechen?«

»Nee, die würde sich nur aufregen.«

»Worüber aufregen? Haste Blödsinn angestellt?« Wanda kann sich ein Lachen nicht verkneifen, winkt aber ab, als Henni sie aus großen Augen anschaut und ihr Strickzeug auf den Schoß sinken lässt. Hinnerk und Fiete stehen im Raum wie bestellt und nicht abgeholt.

»Ich hab nix gemacht. Nur 'ne Leiche transportiert.«

Was hat der gesagt?

»Biste im Funkloch?«

»Nee, wieso? Ich hör dich.«

»Ich hab grad *Leiche* verstanden.« Sie lacht. Fiete trinkt einen Schluck aus seinem Becher und guckt auffällig unauffällig aus dem Fenster. Henni ist käsig im Gesicht. Wanda tippt sich an die Stirn und grinst, um ihr zu verstehen zu geben, dass Onno Märchenstunde hat.

»Hab ich doch gesagt.«

»Erzähl nich so'n Quatsch. Wann biste zurück?«

»Nee, dat is nich lustig«, sagt Onno, weil sie sich über seine Ausrede amüsiert. »Ich hab so'n weißen Anzug an, wie die von der Technik, und Nils hat mir die Sitzheizung eingeschaltet, weil hinten nix mehr is. Mein Handy is Schrott, weil der das bei Erste Hilfe mit Dampfstrahler geflutet hat, und wenn wir in Jever zu McDonald's fahr'n, geht nur Drive-in.«

Im Hintergrund dröhnt ein kehliges Lachen. Es bringt nichts, weiter mit ihm zu diskutieren. Onnos Kauderwelsch klingt nach Spontanparty. Wer weiß, wer da zum fünften Mal in diesem Jahr Geburtstag feiert.

Kaum hat Wanda aufgelegt, fängt Henni an zu nölen.

»Wat is los? War klar, dass der sich was einfallen lässt,

damit er mir das Gemüsebeet nich umgraben muss. Hab ich heute Morgen schon geahnt«, zickt sie.

»Ich fürchte, das ist tatsächlich nicht Onnos Schuld«, druckst Fiete und grabbelt zwei Kekse vom Tisch.

Hinnerk steht daneben und umklammert sein Taschentuch, falls die Strandaster noch mal zuschlägt.

Henni schluckt. »Nich?«

Fiete presst kurz die Lippen aufeinander und schüttelt den Kopf. »In Bremerhaven wurde eine Leiche gefunden.« Er nippt an seinem Kaffee.

»Onno hat nix damit zu tun!« Hennis Stimme klingt panisch, aber diesen Satz beherrscht sie aus dem Effeff.

Fiete zuckt mit den Schultern. »Leider doch.«

Die ohnehin zerbrechliche Henni schrumpft in sich zusammen und vergräbt ihr Gesicht hinter den Händen. Hätte er das nicht etwas netter formulieren können?

»Onno kann sich Tote nich mal angucken. Da träumt der von!«, springt Hinnerk ihr bei und wechselt direkt in seinen Buntbarsch-Verteidigungsmodus.

Hinnerk hat recht. Onno hat sich sogar ums Beten für Joost gedrückt, weil der mit gefalteten Händen im Sarg ohne Deckel anwesend war.

»Nach aktuellem Ermittlungsstand hat Onno die Leiche wohl nur in der Gammelmühle abgeladen«, beschwichtigt Fiete ihn.

Hinnerk kriegt alle Farben der Rotskala im Gesicht.

»Abgeladen – das heißt, dass er die auch aufgeladen hat«, bollert er.

Fiete nickt.

Jetzt wird es Wanda zu bunt. »Kannste mal Klartext reden! Wenn Henni 'nen Herzinfarkt kriegt, kannste aber die Koffer packen«, poltert sie, wirft ihm den bösesten Blick zu, den sie drauf hat, und streichelt Hennis Arm.

Das Kofferpacken ist ihr rausgerutscht, aber da muss er durch. Fiete guckt betreten zwischen der zusammengesunkenen Henni und Wanda hin und her. Es dauert einen Augenblick, bis er sich fängt. Dann stellt er sich hinter Henni und tätschelt unbeholfen ihre Schulter.

»Das wird sich alles aufklären. Onno ist auf freiem Fuß. Das heißt, die Bremerhavener Kollegen gehen nicht davon aus, dass er mit der Sache zu tun hat.«

Nachdem Fiete erzählt hat, was er von dem Vorfall weiß, beruhigt sich Henni. Auch Hinnerk schaltet einen Gang runter. Wanda kaut auf ihrer Unterlippe.

»Und wohin musst du jetzt?«, fragt sie.

Fiete schlägt noch mal beim Keksteller zu und mustert sie. »Selbst wenn *du* meine Koffer packen würdest«, er hält ein Plätzchen in die Höhe, »wegen diesen Dingern musst du mich schon zwangsräumen lassen.«

Fietes Lieblingskekse – Pistazien-Zitronen-Plätzchen

Für den Teig:
300 g Mehl
150 g Butter
150 g Zucker
1 Ei
1 TL Backpulver
100 g gemahlene Pistazien
1 Päckchen Vanillezucker
Saft 1/4 Zitrone

Für den Zuckerguss:
100 g Puderzucker
Zitronensaft oder Holunderblütensirup
gehackte Pistazien zum Dekorieren

Die Zutaten für den Teig in einer Schüssel vermengen und mit dem Mehl verkneten. Den Teig ca. 1–1,5 Stunden im Kühlschrank ruhen lassen. Auf einer bemehlten Arbeitsfläche ausrollen. Wanda rollt gerne unter Backpapier aus. Die Kekse ausstechen und auf ein mit Backpapier belegtes Blech legen. Die Plätzchen bei 180 Grad Umluft ca. 10 Minuten backen. Die Kekse sollten nicht braun werden, dann bleiben sie schön weich. Puderzucker mit Zitronensaft oder Holunderblütensirup glattrühren, die ausgekühlten Plätzchen bestreichen und mit Pistazien verzieren. Ergibt etwa 90 Kekse.

11

Wenig später bei Greetsiel Seafood

Es ist kurz nach siebzehn Uhr. Am blau-weißen Firmenschild mit der Aufschrift *Greetsiel Seafood GmbH* setzt Fiete den Blinker rechts, um von der Greetsielerstraße auf das Firmengelände einzubiegen. Wäre Sörens Anruf ihm nicht in die Quere gekommen, würde er um diese Uhrzeit eine Runde über den Deich joggen und am rot-gelben Pilsumer Leuchtturm einen Zwischenstopp bei *Tjarks Fischimbiss* einlegen. Hin und zurück knapp 6,5 Kilometer. Nicht gerade marathonverdächtig, aber eine entspannte Runde zum Abschalten.

Dort könnte er eine Portion Pommes-Ketchup essen, mit Tjark ein gemütliches Jever trinken und über Gott und die Welt lamentieren. Er würde den Möwen zusehen, die sich in den Wind legen und von warmen Strömungen aufwärts treiben lassen, oder Touristen beobachten, die in Scharen zum Leuchtturm pilgern. Tjark ist ganz stolz auf das Autogramm samt Ottifanten, das Otto ihm erst kürzlich an seine Imbissbude gemalt hat.

Tjark und er haben sich auf Anhieb verstanden wie alte Schulfreunde, die sich nach Jahren in einer Einkaufsstraße wiedertreffen und stundenlang über alte Zeiten klönen. Beim ersten Tjark-Stopp ließ der es sich nicht nehmen, »Thies'

Nachfolger gebührend zu begrüßen«. Sieben Jever später fiel es Fiete schwer, auf dem Rückweg Spur zu halten.

Er schmunzelt, als er an Tjarks gigantische Zahnlücke denkt, in die man mühelos eine Doppelhaushälfte einbauen könnte. Tjarks Lachen wäre gerade genau das Richtige. Besser noch das Jever.

Stattdessen darf er Tamme Gerdes befragen. Seit die Nummer des Fachkommissariats 1 auf seinem Handy aufleuchtete, hat er sowieso miese Laune. Trotzdem war er froh, dass Sören anrief und nicht Janne. Seit seiner Versetzung hat er Jannes Anrufe ignoriert. Bis er wieder einigermaßen normal mit ihr reden kann, muss noch viel Gras über die Salzwiese wachsen. Hoffentlich ist er bei diesem Miesepriem Gerdes schnell fertig. Wie der drauf ist, hat Fiete letzte Woche live miterlebt, als Fokken vom Lebensmittelamt ihn hierherbeorderte, weil Tamme Gerdes ihm den Zutritt zum Betrieb verweigerte.

Er parkt sein Auto auf der Rückseite der Halle direkt neben dem Eingang. Beim Aussteigen fällt sein Blick auf die Baugrube, die bis zum Nachbargrundstück reicht und am Maschendrahtzaun endet. Sieht nach Grenzbebauung aus. Seit seinem letzten Besuch hat sich nichts verändert. Der Sand ist durch die Sonne an manchen Stellen rissig und verdörrt wie ein ausgetrockneter See.

Hinter dem Zaun hüpft ein schwarz-weißer Hund, der an eine Minikuh erinnert, durchs ungemähte Gras auf die Abzäunung zu und kläfft.

Fiete drückt den goldenen Klingelknopf am Eingang der Halle. *Greetsiel Seafood GmbH, Ihr Partner für Filetierarbeiten aller Art* sowie zwei Fische, die einen Kreis bilden und sich gegenseitig in die Schwanzflosse beißen, kleben auf der Glasscheibe der Tür.

Durch die Scheibe sieht er die Sekretärin, die mit einem kleineren Mann mit karierter Kappe und blondem Schnäuzer diskutiert. Die beiden schauen erschrocken zu ihm rüber, lassen sich durch sein Klingeln jedoch wenig beeindrucken. Die Sekretärin gestikuliert. Der Schnauzbartträger nimmt seine Kappe ab und kratzt sich am Kopf. Dann verschwindet er aus Fietes Blickfeld, während die Sekretärin hinter der Empfangstheke aufsteht und mit einem Schlüsselbund auf die Tür zustolziert. Sie streicht ihr Blümchenkleid glatt und steckt den Schlüssel ins Schloss.

»Wir haben schon Feierabend«, sagt sie, als sie die Glastür einen Spaltbreit öffnet.

»Moin, ich bin dienstlich hier«, entgegnet Fiete und ignoriert ihre Unfreundlichkeit. »Ich würde gerne mit Herrn Gerdes sprechen.«

Ihr Augenlid zuckt. Das ist ihm schon bei ihrer ersten Begegnung aufgefallen, ebenso wie die blau gefärbte Strähne in den ansonsten blondierten Haaren. Auch die viel zu hohen Pumps. Dass die sich darauf nicht die Hacken bricht.

»Der ist nicht da«, entgegnet sie schroff.

»Ihr Name war?«

»Wybrand. Birte Wybrand.«

»Frau Wybrand, wo kann ich Herrn Gerdes finden? Ich hätte ein paar Fragen an ihn.«

»Die hätte ich auch«, antwortet sie und blickt an Fiete vorbei zum Nachbargrundstück, auf dem der kleine Kläffer Vollgas gibt.

»Schröder, hier!« Fiete schaut sich um und entdeckt Schröders Besitzer, der in Krachlederner und rotem Karohemd durch die Wiese flitzt. Mit einem Ruck reißt er Schröder vom Boden hoch und klemmt ihn sich unter den Arm wie einen Aktenkoffer. Der Nachbar bleibt einen Moment stehen. Seine Frisur hat was von einem verrückten Dirigenten, der bei der letzten Orchesterprobe mit vollem Körpereinsatz dabei war. Instinktiv hebt Fiete die Hand zum Gruß.

»Kommen Sie rein«, flüstert die Sekretärin, hält ihm die Tür auf und richtet ihren Blick an Fiete vorbei zum Nachbarn. Sie macht einen verunsicherten Eindruck. »Hier war heut der Teufel los.«

Flott schließt sie die Tür wieder hinter sich zu. Dass er in einem Filetierbetrieb ist, riecht er, auch wenn ihm das süßliche Parfüm der Sekretärin in die Nase steigt, die klackernd vor ihm her zum Empfang wackelt.

»Möchten Sie auch einen Kaffee?«

Fiete lehnt dankend ab. Wenn er hier raus ist, wird er kurz zu Tjark fahren. Der Tag liegt ihm im Magen und zu Hause wird Wanda ihn ausfragen. Aber das muss ja nicht sofort sein.

Birte Wybrand schenkt sich mit zittrigen Händen Kaffee nach und schaufelt löffelweise Zucker hinein.

Süß mag er gerne, aber das Gesöff da kann kein Mensch trinken, ohne wegen Zuckerschock auf der Intensivstation zu landen.

»Nehmen Sie Platz«, sagt sie, schiebt ihm einen Drehstuhl hin und setzt sich auf ihren Platz. Dann rührt sie wie verrückt ihren Kaffee um und fährt mit ein paar Klicks den Computer runter.

»Ich habe meinen Chef den ganzen Tag noch nicht gesehen. Das kenne ich nicht von ihm«, sagt sie und rührt weiter. Der Zucker in ihrer Tasse mit der Aufschrift RHC muss sich längst gelöst haben. »Hier ging es drunter und drüber.«

Sie streicht sich die blaue Strähne hinters Ohr und führt den Henkelpott beidhändig zum Mund.

»Hat er nicht gesagt, wohin er wollte?« Was wohl das RHC bedeutet?

Sie schüttelt den Kopf und schluckt.

»Kein Wort! Nicht mal eine Nachricht. Eins der Kühlhäuser ist ausgefallen. Zum dritten Mal. Den Fisch mussten wir komplett entsorgen. Bei dieser Hitze müssen die funktionieren. Wenn mein Chef erfährt, dass der Kabeljau verdorben ist – der wird ausflippen.«

Dass Tamme Gerdes kein Sympathieträger ist, hat er gesehen. Gerdes tobte los wie ein Stier, als Fiete, Fokken im Schlepp, in Gerdes' Büro auftauchte. Die Wybrand stand verhuscht und eingeschüchtert in einer Ecke, als ihr Chef seinem Drehstuhl einen heftigen Tritt verpasste und dabei brüllte: »Der Arsch kann mich mal.« Der Stuhl schoss wie ein Projektil quer durchs Büro, verfehlte den Lebensmittelkontrolleur nur knapp und krachte in den Aktenschrank. Fiete hasst es, wenn Menschen sich nicht unter Kontrolle haben und anderen mit ihrem Verhalten Angst einjagen.

»Ich habe die Kälte-Klima-Firma gebeten, das Kühlhaus zu reparieren. Aber die weigern sich, weil die letzte Rechnung noch offen ist. Die Gehälter müssen angewiesen werden. Die Baggerfirma droht mit rechtlichen Schritten und Inkasso. Ich weiß nicht mehr, wo mir der Kopf steht«, sprudelt es aus ihr heraus. Sie hält Fiete einen Zettel vor die Nase, auf der ein paar Namen notiert sind. »Die Anruferliste von heute. Ich weiß nicht, was ich den Leuten erzählen soll, wenn mein Chef sich nicht meldet.«

»Haben Sie ihn denn nicht erreichen können?«

Sie gibt ihrem Stuhl einen Schubs nach hinten und steht auf. Dann stakst sie wortlos auf ihren High Heels in Tamme Gerdes' Büro, das sich dem Empfang anschließt und kehrt mit einem Handy zurück.

»Wie soll ich ihn erreichen, wenn das hier im Büro liegt?«, fragt sie und drückt es ihm in die Hand.

Ein hohles Gefühl in Fietes Magengegend macht sich breit.

»Ist Ihnen irgendetwas Ungewöhnliches aufgefallen?«

Sie runzelt die Stirn.

»Ich meine, hat Herr Gerdes sich gestern anders verhalten

als üblich?«, umschreibt er, um nicht zu verraten, warum er hier ist.

»Ich weiß nicht, was das damit zu tun haben sollte, dass er sich den ganzen Tag nicht meldet«, antwortet sie auf einmal mit patzigem Unterton. »Er ist weg, und ich hab ihn seit gestern nicht gesehen. Worum geht's hier eigentlich?« Ihre Stimme überschlägt sich beinah.

Um nicht antworten zu müssen, greift er das Handy. Der Bildschirm ist schwarz.

»Der Akku ist leer. Ich hab schon geguckt«, pampt sie.

Er legt das Smartphone zurück auf den Tisch. Das hört sich alles nicht gut an.

»Frau Wybrand, ich bin mir sicher, das wird sich aufklären«, beruhigt er sie, glaubt aber selbst nicht daran. Laut Sörens Bericht waren die Firmeninhaber der anderen Ladestellen anwesend. Dort schien so weit alles in Ordnung zu sein. Keine Auffälligkeiten. Keine fehlenden Personen.

Sie schaut Fiete an, als hätte er nicht alle Tassen im Schrank. »Und wieso steht sein Auto in der Garage?«

Das wird ja immer besser.

»Vielleicht hat er sich ein Taxi gerufen oder sich von einem Freund abholen lassen?«

Die Wybrand rollt mit den Augen, als wäre er begriffsstutzig. »Hören Sie, ich bin seit fast zwanzig Jahren hier. Das hat er noch nie getan!«

»Dann haben Sie sicherlich bei Freunden oder Verwandten nachgefragt?«

Kopfschüttelnd schenkt sie sich Kaffee nach, schippt bergeweise Zucker in den Pott und rührt um. Wenn die weiter mit dem Löffel gegen die Tassenwand hämmert, ist die Tasse gleich Bruch.

»Das ist mein nächstes Problem. Ich kann seine Frau nicht erreichen.«

»Wie meinen Sie, Sie können sie nicht erreichen? Sie wohnt doch nebenan?«

»Das schon, aber sie ist seit Samstag weg. Angeblich in Kiel. Ihr Handy ist ausgeschaltet.«

»Angeblich? Oder sind Sie sicher, dass Frau Gerdes in Kiel ist?«

»Ich weiß es nicht!«

Ihr Augenlid zuckt, als hätte man es unter Strom gesetzt. Meine Herren, ist die mit ihren Nerven durch.

»Könnten Sie mir bitte ihre Handynummer geben?«

Sie kritzelt die Nummer auf einen Zettel und reicht sie ihm. »Ich fürchte, Sie werden keinen Erfolg haben.«

Gut, dass Bremerhaven das überprüfen muss und nicht er.

»Warum?«

»Weil mein Chef seine Frau auch nicht erreichen konnte.«

»Hat er das gesagt?«

Sie nickt und trinkt einen Schluck. Dann füllen sich ihre Augen mit Tränen. Bitte nicht! Heulende Frauen kann er gar nicht ab. Das geht ihm an die Nieren. Henni hat zumindest ihr Gesicht hinter den Händen verborgen. Das war hart an der Grenze. Weil er sich nicht anders zu helfen weiß, nimmt er ihren Kaffeebecher und dreht ihn, bis das silberne RHC vorne erscheint.

»Was bedeutet eigentlich das RHC?« Fiete tippt mit dem Zeigefinger auf die glänzenden Buchstaben, um sie abzulenken.

Augenblicklich kommt wieder Leben in die niedergeschlagene Sekretärin. Sie tupft sich mit dem Zeigefinger am Lidrand entlang. »Rechte-Hand-Chef«, antwortet sie lächelnd.

Fiete befürchtet, Birte Wybrand hat die längste Zeit als RHC hinter sich, und er kann sich den Ausflug zu Tjark von der Backe putzen.

12

Spät abends bei Fiete

Wenn er mit einem Fingerschnippen über seinen momentanen Aufenthaltsort bestimmen könnte, wär der Mond eine 1A-Adresse. Da gäbe es keine Vermieterin, die zum x-ten Mal an seine Zimmertür klopft, weil er sein Abendbrot geschwänzt hat, und die ihn bei einer Folge »Der Doktor und das liebe Vieh« stört, in der die Welt in Ordnung ist.

Zuerst war es ein zaghaftes Klopfen, über das er erfolgreich hinweghörte. Als Fiete heimkam, war Wanda auf Pipirunde mit Fienchen unterwegs, sodass er die letzte Flasche Jever aus dem Kühlschrank stibitzen und sich auf sein Zimmer vor den Fernseher verziehen konnte. Im Zehnminutentakt verwandelte sich das verhaltene Anklopfen jedoch in ein vehementes Trommelfeuer.

Wieder bollert sie energisch an die Tür.

»Kannste da mal rauskommen? Ich hör doch, dass du wach bist.«

Fiete wirft einen sehnsüchtigen Blick zum Fernseher, in dem James Herriot mit Gummistiefeln bis zu den Knien im Mist steckt.

»Da steht man nach Feierabend in der Küche und backt ein ganzes Blech Zitronen-Pistazien-Kekse nur für dich«, mosert sie.

Er drückt die Stopptaste des DVD-Players.

Stille. Dann Schritte. Die obere Holzdiele auf der Treppe knarzt. Wanda ist beleidigt abgedampft.

Es nützt nichts, sich länger totzustellen. Wanda wird in regelmäßigen Abständen gnadenlos weiterbollern, wenn er sich nicht blicken lässt.

Widerwillig stemmt er sich vom Sofa und stößt sich den Kopf am geöffneten Dachfenster. Daran muss er sich erst gewöhnen. Bei geschlossenem Fenster ist die Hitze hier oben kaum auszuhalten und kein Vergleich zur letzten Wohnung mit hundertvierzig Quadratmetern und Aussicht auf das Schifffahrtsmuseum in Bremerhaven. Hier guckt er von seiner Dachluke aus geradewegs auf die Kirche und den alten Friedhof. Nur wenn er sich rauslehnt und nach rechts schaut, reicht sein Blick am *Hohen Haus* vorbei, die Promenade mit den Souvenirläden entlang bis zum Hafen.

Er greift die Jever-Flasche, hält sie sich an die Stirn, damit er morgen kein Riesenhörnchen hat, und schlufft nach unten.

In der Küche sortiert Wanda Zitronen-Pistazien-Kekse in eine runde Plätzchendose. Der Duft der frisch gebackenen Kekse wirkt ebenso beruhigend wie die glückliche Welt in seiner Lieblingsserie, in der immer alles gut ausgeht.

»Ich bin kurz eingeschlafen«, flunkert er.

»Nach diesem anstrengenden Tag wundert mich das nich.« Wanda hält ihm ein mit Pistazien verziertes Plätzchen hin.

Nanu, was ist denn mit der passiert? Nach dem Dauerfeuer an seiner Zimmertür war nicht mit einem derartigen Empfang zu rechnen. Er beißt behutsam ab. Wahrscheinlich drückt das Gewissen, weil sie ihm den Satz mit dem Kofferpacken an den Kopf geworfen hat.

»Ich dachte, du würdest dich bestimmt über deine Lieblingsplätzchen freuen.« Wanda verschließt die Blechdose.

»Die kannste dir mitnehmen.« Lächelnd überreicht sie ihm den Keksvorrat. Auf dem Deckel klebt ein Streifen Papier. *Fietes Krümelknast* in Schnörkelschrift mit Tinte geschrieben.

Sie schaut ihn an, als hätte sie ihm einen Koffer mit einer Million Euro überreicht und warte auf die Jubelschreie. Vor Verlegenheit fällt ihm nur das Naheliegendste ein. »Danke schön.«

»Ich hab dir Rasierklingen und zwei Flaschen Jever mitgebracht.« Sie zieht ihre Backschürze aus und hängt sie über die Stuhllehne.

»Die Sekretärin von Tamme Gerdes stand an der Käsetheke neben mir.« Aus einem Stapel Zeitschriften, der auf einem Rattanhocker liegt, wühlt sie die Tageszeitung hervor. »Wieso warst du eigentlich bei Tamme Gerdes?«, fragt sie und setzt sich.

Daher weht der Wind.

»Was hat die Wybrand denn erzählt?«, fragt er, obwohl er darauf nicht näher eingehen will. Er schlendert zum Kühlschrank, um sich eine kühle Flasche Jever mitzunehmen.

»Nur, dass du Tamme Gerdes ein paar Fragen stellen wolltest.« Wanda breitet den *Ostfriesischen Kurier* auf dem Küchentisch aus und sucht, mit einem Kugelschreiber in der Hand, wie jeden Abend nach dem Sudoku.

Ob das stimmt? Er hatte eher das Gefühl, die Wybrand würde das Gespräch in allen Einzelheiten breit tratschen.

»Hatte das was mit der Leiche zu tun? Ich meine, weißt du schon, wer das ist?«, fragt sie und füllt die ersten Kästchen aus.

»Darum kümmert sich die Mordkommission in Bremerhaven«, antwortet er wahrheitsgemäß. »Das liegt nicht in meinem Zuständigkeitsbereich.« Hoffentlich ist das Thema damit erledigt.

Sie schreibt seelenruhig Zahlen in die Kästchen. Fiete bleibt einen Moment am Kühlschrank stehen und drückt das Jever auf die pulsierende Stelle an seiner Stirn. Wanda macht nicht den Eindruck, als wolle sie sich noch länger mit ihm unterhalten. Da hat er ihr wohl unrecht getan. Er hätte schwören können, dass sie die neuesten Neuigkeiten aus ihm herausquetschen würde, weil Onno in die Sache verwickelt ist.

»Danke für die Plätzchen.«

Als er sich mit seinem Krümelknast unter dem Arm verabschieden will, legt sie den Kugelschreiber hin und faltet die Zeitung zusammen.

»Und warum hat Schlöters Schlüsseldienst dir das Haus von Tamme Gerdes aufgeschlossen?«

Woher weiß sie das denn? Bis er mit Schlöters Schlüsseldienst zu Gerdes gefahren ist, hat er vom Revier aus telefoniert und den Durchsuchungsbeschluss abgewartet, den Sören beim Staatsanwalt beantragt hatte. Dazwischen lagen locker zwei Stunden. Offenbar hat nicht nur die Wybrand gequatscht. Wer die neuesten Nachrichten zu Wanda getrommelt hat, liegt aber auf der Hand.

»Hat Hinnerk das aus dem Kuhstall beobachtet?«

Wanda zieht die Stirn kraus. »Was denkste denn, wie lange du bei eintausendfünfhundert Einwohnern geheim halten kannst, dass die Polizei ein Haus aufgebrochen hat?«

Das war zu befürchten. Birte Wybrands Tratsch und Schlöters orangener Kastenwagen mit der fettgedruckten Werbung *Schlöter hat's drauf, Schlöter schließt auf* vor Gerdes' Haus, gleich daneben sein Polizeiauto – dass danach die Gerüchteküche brodeln würde, war klar. Allerdings hat er die Geschwindigkeit unterschätzt.

»Nicht so lange, wie ich dachte.«

»Hat Tamme was mit der Leiche zu tun?«, bohrt sie.

Er stellt die Plätzchendose auf den Tisch und kramt in der Besteckschublade nach einem Flaschenöffner. Bevor er den Buschfunk mit einer unbedachten Antwort anheizt, müssen der Doktor und das Vieh leider warten.

Fiete schnippt den Flaschenverschluss auf. Sein Sofa wäre ihm lieber als das Jever, das er nur trinkt, um Wanda nicht auf den Schlips zu treten.

»Das will ich nicht hoffen«, antwortet er und setzt sich ihr gegenüber.

»Und?« Wanda starrt ihn erwartungsvoll an.

Wenn sie mit der Wybrand gesprochen hat, weiß Wanda garantiert, dass sowohl Tamme als auch seine Frau verschwunden sind. Also liegt der Verdacht nahe, dass Tamme oder seine Frau etwas mit der Leiche zu tun haben oder, im schlimmsten Fall, selbst die Leiche sind.

»Warum biste bei Gerdes eingestiegen?« Wanda richtet einen Zipfel der Mitteldecke und bosselt an der Blumendeko herum.

»Reine Routine. Außerdem bin ich kein Einbrecher. Alles offiziell.« Er öffnet die Plätzchendose und atmet tief ein.

»Dann gab es einen Durchsuchungsbefehl«, schlussfolgert sie, verschränkt ihre Arme vor der Brust und lehnt sich zurück.

»Durchsuchungsbeschluss«, korrigiert er.

»Ist doch egal, wie das heißt. Den gibt's nur, wenn die Polizei einen konkreten Verdacht hat.«

Anscheinend hat sie bei Thies gut aufgepasst.

»Mein Vorgänger hat gute Arbeit geleistet«, sagt er anerkennend und stopft sich einen Keks in den Mund.

»Bevor du hier aufgetaucht bist, gab es höchstens mal 'nen Ladendiebstahl.« Wanda lacht.

Er findet das nicht halb so witzig. Sollte sich seine schlimmste Vermutung bestätigen, würde bei Gerdes morgen früh der Punk abgehen.

»Seit ich hier bin, gab es keinen einzigen Ladendiebstahl.«

»Dafür eine Leiche.«

»Ob die Bremerhavener Leiche aus Greetsiel stammt, ist unklar.«

Wanda sieht ihn an, als wolle sie in sein Gehirn eindringen.

»Für mich ist das sonnenklar«, kontert sie.

»Willst du mir etwas sagen?«

Sicher hat sie längst mit Onno und Henni gesprochen. Hoffentlich weiß sie nichts, was Onno bei der Vernehmung in Bremerhaven möglicherweise verschwiegen hat. Die Mordkommission sieht ihn zwar nicht als Tatverdächtigen, aber ganz aus der Nummer raus ist er trotzdem nicht.

»Nur dass ich eins und eins zusammenzählen kann.«

»Und das wäre?«

»Onno hat die Leiche bei Gerdes aufgeladen. Die anderen Betriebe, in denen Onno geladen hat, sind mit Sicherheit überprüft worden. Wahrscheinlich war da alles in Ordnung. Und hier sind Tamme und Wiebke Gerdes verschwunden, und du steigst in deren Haus ein.«

Wanda hat entweder mit Onno gesprochen, der etwas von der Überprüfung der Betriebe aufgeschnappt hat, oder sie schießt ins Blaue und will ihn locken. Um sich Bedenkzeit zu verschaffen, futtert er noch einen Keks. Sie sieht ihn herausfordernd an. Oder ist das ein wissender Blick? So gut kennt er sie noch nicht, um das zweifelsfrei einzuschätzen.

»Da Tamme und Wiebke nicht tot in ihrem Haus gelegen haben dürften, sonst wäre da dieses Einsatzkommando eingeflogen, wie heißt das noch?«

»Kriminaltechnik?«

»Genau, die. An deiner Stelle hätte ich bei Gerdes direkt was mitgenommen, womit man testen kann, ob die Leiche in Bremerhaven vielleicht Wiebke oder Tamme ist.«

Meine Herren. Innerlich muss er lachen. Das hätte er ihr nicht zugetraut, auch wenn sie ihn mit dem Durchsuchungsbeschluss überrascht hat. Äußerlich zwingt er sich, keine Miene zu verziehen. Er hat tatsächlich im Badezimmer Vergleichsmaterial für die DNA-Probe der Bremerhavener Leiche gesichert und in Plastiktütchen verpackt. Eine Zahnbürste, eine Haarbürste und einen Elektrorasierer. Auf dem Schreibtisch im Heimbüro lag ein Diktiergerät, an dem sich Speicheltröpfchen befinden könnten. Per Kurier ist das Ganze unterwegs zum Labor. Morgen früh dürften die Ergebnisse vorliegen. Und wenn sein Bauchgefühl ihn nicht täuschte … Er spült einen großen Hieb Jever runter und greift in den Krümelknast, um den Gedanken zu verdrängen. Ein eigenartiges Leuchten huscht über ihr Gesicht. Alles, was er jetzt sagen könnte, würde ihre Spekulationen nur anfeuern. Die Plätzchendose klappert blechern, als er den Deckel wieder aufsetzt und aufsteht.

»DNA-Spuren findet man überall dort, wo jemand seine Nase reinsteckt.« Fiete zwinkert und sieht zu, dass er Land gewinnt.

13

Mittwochmorgen in der Bäckerei

»Mehr haste nich aus Fiete rausgekriegt?«, fragt Henni, die sich nach den aufregenden Ereignissen erstaunlich gut bekrabbelt hat und pinkfarbene Sockenwolle anschlägt. Fienchen hopst an Hennis Stuhl hoch, bettelt um ihren morgendlichen Kauknochen und blafft so lange, bis Henni in ihren Häkelbeutel greift und das Leckerchen unter den Tisch wirft.

Onno hockt daneben auf seinem Stammplatz und starrt abwechselnd in seinen Frühstückstee oder ins Leere. Obwohl er hart im Nehmen ist, steckt ihm der gestrige Anblick des Toten auf dem Förderband wohl in den Knochen.

Auch Hinnerk ist ungewöhnlich stumm und fummelt an seiner Klappentasche am Hosenbein, an der offenbar der Knopf fehlt. Seit Antje getürmt ist, rennt er öfter mit appen Knöppen rum. Für filigrane Handarbeiten ist Hinnerk genauso geeignet wie seine Lieblingskuh Frau Meier-Piepenkötter fürs Klöppeln.

»Is eben nich Thies. Da wüssten wir, wie weit die Polizei mit ihren Ermittlungen ist«, macht Wanda ihrer Enttäuschung Luft, weil sie noch an Fietes Spruch von gestern knackt. Heute Morgen ist er genauso fix durch die Tür wie abends mit der Plätzchendose. »Is doch komisch, dass gleich beide weg sind. Tamme und Wiebke.«

Henni sieht von ihrem Strickzeug auf. »Hat Birte denn nix erzählt, wo die sind?«

Wanda schüttelt den Kopf. »Nur, was ich dir gestern am Telefon erzählt hab, als ich vom Einkaufen kam. Onno, sach mal was«, versucht Wanda ihn aufzuheitern und knufft ihn mit dem Ellbogen.

»Mir is warm«, brummt er und stiert weiter in seinen Tee.

»Die Markise is rausgedreht. Ich hab alle Fenster verriegelt und verrammelt, damit es hier drin kühl bleibt und die Wespen nich auf dem Apfelbiskuit hängen. Haste denn gar nix mitgekriegt?«

Die Einzige, die heute gut drauf ist, ist Fienchen, die emsig an ihrem Knochen kaut.

»Weißte, wie knatscheng so'n KTU-Anzug is?«, murrt er gedankenverloren.

»Nee, weiß ich nich. Der steht dir aber bestimmt besser als mir«, sagt Wanda und schaut Henni an, die die Nase krauszieht und grinst.

»Wat is eigentlich 'ne Schnittmarke?«, fragt Onno unvermittelt.

»Was hat das denn mit dem Anzug zu tun?«

»Ja, nix.«

»Schnittmarke hab ich ma bei dem Gerichtsmediziner von der Charité geseh'n. Da kam so'n Bericht, wie die Tote untersuchen. Wenn die 'nen Knochen finden und da is 'ne Macke drin, is dat 'ne Schnittmarke.« Hinnerk schlägt sich mit der Handkante auf den Unterarm. »Wenn ich jetzt 'n Hühnchen nehm und 'n Hackebeil, dann hat dat Huhn auch Macken im Nacken.«

»Hinnerk!« Hennis Stimme klingt schrill.

»Ja, wat denn? Is aber so. Wat meinste, wie die das in der Hühnchenfabrik von dem Klösener in Aurich machen? Glaubste, die streicheln die tot?«

»Du kannst doch die Leiche nich mit 'nem Huhn vergleichen«, mosert Henni.

»Dat is alles eine Rutsche, nur dass dat Hühnchen Federn hat.«

»Ja, trotzdem!«

Hinnerk zuckt mit den Schultern. »An 'ner Schnittmarke kannste sehen, ob der Tote zerlegt wurde und ob man den mit 'nem Messer oder 'm Hackebeil auseinandergebaut hat. Das is 'ne Wissenschaft für sich. Es gibt scharfe, halbscharfe und stumpfe Gegenstände. Und je nachdem, wo und wie tief die Schnittmarken sind, können die sogar sagen, ob der skalpiert wurde oder ob die den wie 'ne Kartoffel geschält haben«, sagt er, als würde er ein Referat halten, wie viele Eier der Große Brachvogel in der Brutzeit legt.

Henni klappt der Unterkiefer runter. Auch Onno ist plötzlich hellwach und guckt entsetzt. Unter dem Frühstückstisch knackt es.

»Hinnerk, nu is aber gut! Zerlegt?« Henni verzieht angeekelt das Gesicht. »Wer macht denn so was?«

»Onno, woher weißte das mit der Schnittmarke?«, will Wanda wissen.

»Das hat so'n Idiot mit Kaugummi zu der Kommissarin gesagt, die mich befragt hat. Die sind extra rausgegangen. Hab ich aber trotzdem gehört.«

Wenn das stimmt und der Tote zerlegt wurde, läuft zwischen Greetsiel und Bremerhaven ein Irrer herum, der vor nichts zurückschreckt. Wanda fröstelt bei dem Gedanken, dieser Wahnsinnige könne plötzlich in der Backstube hinter ihr stehen. Obwohl sie abends alle Türen kontrolliert – doppelt hält besser. Zumindest solange der Täter frei rumläuft. Ab und zu hat sie im Fernsehen beim Durchschalten Sendungen über brutale Mörder aus Amerika gesehen. Aber das hier ist Greetsiel und nicht die Bronx. Gut, dass Fiete bei ihr wohnt. Wobei sie sich nicht sicher ist, ob der im Ernstfall gegen so einen eiskalten Typen ankäme.

»Und die in Bremerhaven sind froh, dass Fiete weg is.«

Hinnerk lacht. »Wie meinste dat denn? Haste das auch durch die Tür gehört?«

Onno rollt mit den Augen. Bevor er etwas erwidern kann, betritt Hansje Fokken den Laden und reißt wie selbstverständlich die Tür bis zum Anschlag auf. Dann füßelt er mit einem Tritt seines braunen, auf Hochglanz polierten Lederschuhs den Holzkeil neben dem Eingang darunter. Unter dem Arm trägt er einen ebenso braunen Aktenkoffer. Wie eine Diva, bei der Schuhe und Handtasche farblich aufeinander abgestimmt sind, da sie sonst unmöglich über die *Mö* in Hamburg flanieren kann. Ein schwülwarmer Luftstrom, der vorausahnen lässt, wie hoch die Temperatur heute klettern wird, zieht bis zum Frühstückstisch. Onno schaut Hansje Fokken grimmig an. Henni wirft dem streng gescheitelten Lebensmittelkontrolleur einen Blick zu, als hätte der mindestens die Maul- und Klauenseuche. Den kann sie aus Prinzip nicht leiden, weil er Wanda bei der letzten Bäckereikontrolle mit einem Verwarngeld drohte. Fienchens Kissen lag zwischen Wohnbereich und Backstube, wo es »nichts zu suchen hätte«.

Bevor er »Moin« sagt, registriert er Fienchen unter dem Stammtisch, die krachend an ihrem Knochen arbeitet.

Hansje fackelt nicht lange. Mit drei Schritten eilt er an ihnen vorbei und packt eine Ecke des grünen Vorhangs neben dem Brotregal. Mit einem Ruck scheppert der Blickschutz über die Metallschiene, und Hansje verschwindet in der Backstube. Ebenso ruckartig, wie er den Store weggerissen hat, schießt Wanda von ihrem Stuhl auf, stemmt die Hände in die Hüften und sieht ihm nach. Der öffnet unterdessen das

Fenster über der Arbeitsfläche und die Tür zum Hof. Durchzug! Der hat 'ne Meise.

Als Hansje Fienchens Kuschelkissen mit einem kräftigen Kick in die Wohnstube befördert, platzt Wanda der Kragen.

»Dir ist schon klar, dass das zieht wie Hechtsuppe und mir die ganzen Wespen in die Theke fliegen? Außerdem hab ich gleich dreißig Grad hier drin. Kannst dich aber gerne hinstellen und bei der Hitze bedienen! Herzlichen Dank!«, schimpft sie.

Hansje lässt sich nicht beirren. »In diesem Mief sind deine Kunden schneller erstickt, als du drei Brötchen in die Tüte zählen kannst«, entgegnet er und grinst gemein.

Ja is es denn zu fassen. Wanda sieht Hinnerk an, der den Rücken durchdrückt und sich bereit macht wie ein Löwe vor dem Sprung aufs Zebra. Onno hält sich eine Faust vor die Nase und schnuppert dran. Henni sackt ihr Strickzeug ein, und sogar Fienchen hört auf zu knabbern.

Mit der Rechten korrigiert Hansje seinen öligen Seitenscheitel und kommt zurück in den Verkaufsraum, wo er den Aktenkoffer neben die Kaffeemaschine wuchtet.

»Deine Sprüche kannste dir hinter den Spiegel stecken«, motzt Wanda.

»Ich bin offiziell hier. Betriebskontrolle.« Mit einem Klacken schnappt der Riegel seines Koffers auf. »Wie oft muss ich dir noch sagen, dass der Hund nicht in die Backstube gehört?«

»Deshalb liegt er ja unterm Tisch!« Sie zeigt auf Fienchen.

Hansje verdreht die Augen, als sei Wanda total meschugge. »Laut Lebensmittelgesetz Paragraf …«

»Nu' mach dich nicht so wichtig«, unterbricht sie ihn. »Hauptsache, du hast Paragraf 242 nicht vergessen.«

Hansjes Wangen röten sich wie auf Knopfdruck. Wanda linst zur Frühstücksrunde, die einträchtig grinst.

»Meinste, ich hätt vergessen, dass du mich als lüttje Jung um 'ne Hand voll Gummifrösche betuppt hast?«, frischt sie sein Erinnerungsvermögen auf.

Hansjes überdimensionale Segelohren, die noch nie zum Rest des Körpers gepasst haben, leuchten mit seinen Backen um die Wette. Schon damals, wenn der kleine Hansje Süßigkeiten bei ihr kaufte, ragten zuerst seine Ohren um die Ecke.

»Laut Paragraf 242 war das nämlich Diebstahl.« Wanda wippt auf ihren Füßen. Das einzig spannende Vergehen in Greetsiel hat Thies oft genug zitiert.

Er wühlt in seinem Koffer und zieht ein Formular heraus. »Der Hund hat nichts in der Backstube verloren und das Bakterienmutterschiff auf der Erde erst recht nicht. Punkt«, belehrt er sie und zückt einen Kugelschreiber.

Meint der jetzt Fienchen oder das Kissen?

Wanda erschrickt, als sich hinter ihr jemand räuspert. Sepp Huber kämpft vor der Gebäckauslage mit seinem Einkaufsbeutel gegen eine aufsässige Wespe an. Wann ist der denn reingekommen? Dadurch, dass Hansje die Eingangstür sperrangelweit aufgerissen hat und damit die Klingel außer Gefecht setzte, hat sie den Ankömmling nicht bemerkt.

»Könnten S' mir a paar Semmeln geben, bevor's Nacht wird?« Huber reicht ihr die Tasche rüber und guckt grantig. Vielleicht liegt das aber auch an seinen buschigen Augenbrauen, die sie an diesen bayerischen Politiker erinnern. Im krassen Gegensatz hängt ihm das fusselige Haupthaar wie eine Fadengardine von Ohr zu Ohr. »Ich hätt gern zwoa.«

Sie lächelt dankbar, dreht sich um und will gerade die Brötchen aus dem Korb greifen, als Hansje sich neben ihr einmischt.

»Und Brötchen fassen *wir* selbstverständlich *ohne* Hygienehandschuhe an«, bemerkt Fokken spitz und füllt etwas auf seinem Formular aus.

Vor lauter Wuschigkeit hätte sie tatsächlich beinah ohne Handschuhe zum Brötchen gegriffen, aber dieses »Wir«! Darauf ist sie allergisch. Sie wirft einen Blick über die Schulter. »Entschuldigung, Herr Huber. Ich bin sofort für Sie da!« Dann wendet sie sich zu Hansje um und holt tief Luft.

»So, nu' is aber Feierabend!« Wanda haut mit Karacho auf die Brötchentüten neben der Kasse. »Biste zum Schikanieren gekommen, oder was willste? Du machst einen ja ganz bescheuert mit deiner Korinthenkackerei. Erst setzt du mir die Bude unter Sturm, dass meine Kundschaft sich vor Wespen retten muss. Dann betest du mir deine blöden Paragrafen vor, und jetzt willste mir nach fünfunddreißig Jahren vorschreiben, wie ich meine Brötchen einzupacken hab? Haste mit 'm Kopp vor der Wand gebremst?«

Vor Schreck gleitet Hansje der Kugelschreiber durch die Finger, krüselt über den Boden und bleibt vor dem Stammtisch liegen. Fienchen, die das wohl für ein Leckerchen hält, steht schwanzwedelnd auf und schnüffelt daran.

Hinnerk, Onno und Henni sitzen auf ihren Logenplätzen wie im Kino. Onno ahmt eine Faustbewegung nach wie Boris Becker beim ersten Wimbledonsieg. Fehlt nur, dass er sich jubelnd auf die Knie schmeißt.

»Könnt ich jetzt meine Semmeln kriegn«, meldet Huber sich zu Wort. »Ich hab's eilig. Dürfen S' auch mit der Hand einpacken.«

Fienchen tapst in Richtung Huber um die Verkaufstheke herum.

Hansje richtet seinen Krawattenknoten und fixiert Huber, der dem Blick standhält. Einen Moment lang scheinen sie sich zu belauern. Kennen die sich? Dann bückt Huber sich zu Fienchen runter. »Bist a Guade«, sagt er und krault ihren Kopf. Die findet den angeschmuddelten Verband an Hubers

Zeigefinger aber viel spannender und dreht ihre Schnauze geschickt über seine Hand, damit sie besser daran schnuppern kann.

Hansje beugt sich nach unten, um seinen Kugelschreiber aufzusammeln. Dann richtet er sich ungelenk auf und stopft sein Hemd in den Hosenbund.

»Was für dich Korinthenkackerei ist, nennt man Hygiene«, maßregelt Hansje sie.

»Dich hat es früher nicht die Bohne interessiert, dass ich dir die Süßigkeiten mit den Händen in die Tüte gezählt hab. Ausgenommen natürlich die, die du geklaut hast.«

»Ich bin verpflichtet, Hygienemängel anzuzeigen. Und dein Hund und dieses dreckige Kissen neben den Backwaren sind eindeutig ein Verstoß gegen die Vorschriften.« Hansje trägt etwas in sein Formular ein.

Muss der das vor dem Huber ausdiskutieren? Wenn sie könnte, würde sie Hansje am liebsten die Ohren langziehen und rauswerfen, aber der sitzt blöderweise am längeren Hebel.

Als er fertig ist, tippt er mit dem Kuli auf seiner Notiz herum und sieht sie scharf an. »Diesmal ist ein sattes Bußgeld fällig. Beim nächsten Mal – ist dein Hund fällig. Dann geht der ins Tierheim, oder ich mach dir den Laden dicht!«

Die Frühstücksrunde guckt schockiert. Wanda bleibt die Spucke weg. Sie braucht einen Augenblick, um zu verdauen, womit Hansje ihr droht.

»Wenn ich wos sagn derf?«, durchbricht Huber die erdrückende Stille. Huber und Hansje werfen sich angriffslustige Blicke zu.

»Du tätest besser woanders aufn Tisch haun. Da machst nix! Oder hast die Hosen voll, wenn der Fischheini dich zsammenbrüllt?« Huber sieht Hansje finster an und stützt sich mit der Hand an der Theke ab. »Oder zahlt er guat?«

Hansjes Miene wirkt wie versteinert. Mit hochrotem Kopf tritt er einen Schritt auf Huber zu. »Das – nennt man Behinderung einer Amtshandlung!«, fährt Hansje ihn an.

Was ist denn jetzt los? Sonst kriegt Huber die Zähne kaum auseinander, geschweige denn, dass er zu irgendwem aus dem Ort Kontakt hätte. Der zugereiste Bayer hat erst vor ein paar Monaten das Haus neben Tammes Firma gekauft. Nicht mal sein Nachbar Hinnerk, der jetzt achselzuckend den Schlagabtausch der beiden Kampfhähne verfolgt, kennt Huber näher. Zahlt er gut? Wer? Der Fischheini?

»Ich kann mir auch Amtshilfe von der Polizei holen«, sagt Hansje, als wäre das das Normalste auf der Welt.

»Von mir aus konnst dir auch katholischen Beistand vom Papst holn. Mir machst nix vor. Ich weiß, wos do läuft.«

Was wo läuft?

»Und da Hund hier, des is meiner! Frau Poppen, hab ich letztes Mal meine Leine hier liegen lassen?« Huber zwinkert ihr zu.

Fienchen? Sein Hund? Wanda braucht einen Moment, um zu kapieren, worauf er hinauswill.

Dann fasst sie sich an die Stirn. »Ach ja! Die hätt ich fast vergessen«, antwortet sie und verschwindet in der Backstube, um kurz darauf zurückzukehren. »Hier isse.« Wanda schwenkt die Hundeleine durch die Luft wie eine Fahne und reicht sie Huber. Fienchen, für die das blecherne Klimpern der Steuermarke der Startschuss ins Glück ist, springt aufgeregt an Huber hoch.

Hansje pocht mit den Fingerknöcheln auf seinen Aktenkoffer. »Meinst du, ich kenne deinen Hund nicht?«, fragt er überheblich.

Sie blinzelt Huber zu. In Zeitlupe verschränkt sie die Arme vor der Brust und wendet sich an Hansje. »Den Quatsch da auf deinem Zettel kannste wieder durchstreichen. Der Hund gehört jetzt Herrn Huber.« Wanda packt zwei Brötchen in Hubers Beutel. »Herr Huber, ist es Ihnen recht, wenn ich das Hundekissen gegen Abend vorbeibringe?«

Huber lacht. »Passt scho. Wos kriegn S' für die Semmeln?«

Wanda kichert. »Passt scho.«

14

Etwa zeitgleich bei Greetsiel Seafood

Fiete fühlt sich wie vor seiner Wurzelbehandlung letzten Sommer, bei der ihm der Zahnarzt einen dünnen Draht bis in die Wurzelspitzen gebohrt und so lange darin herumgestochert und gepikt hat, bis die Wurzelkanäle gereinigt waren. Was ihm gleich bevorsteht, ist wie die Wurzelbehandlung. Nur ohne Betäubung.

Die DNA-Probe vom Opfer in Bremerhaven und das Vergleichsmaterial, das er gestern in Gerdes' Haus gesammelt und per Kurier ins Labor geschickt hat, stimmten zu 99,9% überein.

Mit schwitzigen Händen wickelt Fiete das rot-weiße Absperrband um einen Pömpel vor dem Seafood-Eingang. Das Flatterband lässt sich kaum abspulen, so sehr haftet das Plastik an seinen Fingern. Gleich wird er zum ersten Mal auf Janne treffen. Das erste Mal, seit er Bremerhaven verlassen hat. Das erste Mal, seit er aus Bremerhaven geflüchtet ist, stimmt vielleicht eher. Er wollte weg. Weg von Janne. Weg aus Bremerhaven. Unter den gegebenen Umständen hätte er keinen Tag länger mit ihr zusammenarbeiten können. Die einzig freie Stelle in ganz Niedersachsen war die in Greetsiel. Vom Ermittler für Mord- und Schwerstverbrechen zurück in den Streifendienst, aber die beste und schnellste Lösung. Von einem auf den anderen Tag hat er die Stelle angenommen, genauso wie die zwei Zimmer bei Wanda, die ihm sein Vorgänger vermittelt hat. Janne. Die Enttäuschung seines Lebens. Er war nicht darauf vorbereitet, dass ihn seine Vergangenheit derart ungnädig einholen würde. Erst recht nicht auf diese ganz persönliche Wurzelbehandlung, die gerade in Form eines dunkelblauen A5-Kombis auf den Seafood-Parkplatz rollt und knapp vor der Baugrube stoppt. Durch die getönten Scheiben kann er nicht erkennen, wo Janne sitzt. Gleich darauf folgen drei schwarze Bullis der Spurensicherung, die sich knirschend über den Schotter schieben und rechts und links neben dem Eingang parken.

Möglichst unauffällig hält Fiete die Rolle Absperrband vor seinen Bauch. Er ärgert sich, dass er kein frisches Hemd angezogen hat. In der Eile vorhin, um noch vor den Bremerhavenern in Gerdes' Betrieb anzurücken, hat er sein Frühstücksbrötchen mit ins Auto genommen. Beim Einlegen des Rückwärtsgangs rutschte ihm die Brötchenhälfte aus der Hand, streifte sein weißes Leinenhemd in Bauchnabelhöhe und landete auf der Marmeladenseite im Fußraum. Wobei das Flatterband und sein Hemd nun, dank Birte Wybrands Übereifer, farblich passend und vor allem flächendeckend aufeinander abgestimmt sind. Das sieht bei den ehemaligen Kollegen schon gleich danach aus, dass er in der Greetsieler Einsamkeit verlottert.

Die Bullitüren fliegen auf und spucken nach und nach die Jungs der Spurensicherung aus, die schnurstracks in ihre weißen Overalls schlüpfen.

»Moin, Fiete! Schön, dich wiederzusehen!« Malte Lührs, Leiter des Teams, zieht den Reißverschluss des Overalls hoch und stülpt blaue Überzieher über seine Sneaker.

Fietes Zunge klebt am Gaumen wie ein Stück Pappe, sodass er sich auf ein festgetackertes Dauergrinsen und Dauernicken beschränkt. Gegenüber öffnen sich die Türen des

Kombis. Sören, Bente Bächler und Lambertus Picht, seine Ex-Kollegen, steigen aus. Keine Janne. Vielleicht braucht sie noch einen Moment, um sich zu sammeln. Auch für sie dürfte es angenehmere Situationen geben als diese.

Sören knatscht auf einem Kaugummi, gibt der Fahrertür einen lässigen Schubs und schlackst auf ihn zu. Bächler und Picht sehen aus wie Dick und Doof ohne Hüte und trotten ihm wie Schoßhündchen hinterher. Bächler stopft wie immer einen Schokoriegel in sich hinein, während Picht wieder mal über seine eigenen Füße stolpert und auf dem rutschigen Schotter kurz ins Straucheln gerät. Fiete weiß, dass er Sören mit seiner Versetzung den allergrößten Gefallen getan hat, weil ihm niemand mehr Kontra gibt. Der wird keine Gelegenheit auslassen, den dicken Max zu markieren, weil er angeblich um hundertachtundvierzig Ecken mit dem Polizeipräsidenten verwandt ist.

»Na, wie hoch war die Staubschicht auf deinem Absperrband?«, frotzelt Sören und findet sich wie gewohnt unwiderstehlich witzig.

Lackaffe. Fiete verzieht gelangweilt das Gesicht und kommt sich vor wie der Platzanweiser bei einer Großveranstaltung.

»Ihr geht mit der Spusi«, kommandiert Sören die beiden jüngeren Kollegen, die Fiete mit schlaffem Händedruck begrüßen und artig in der Halle verschwinden.

Während die Jungs der Spurensicherung die ersten Kisten und Koffer an ihm vorbeimanövrieren, schlägt Sören ihm kumpelhaft auf die Schulter und hätschelt den Erdbeerfleck, den er wohl entdeckt hat, als Fiete Bächler und Picht die Hand gab.

»Extra für uns in Schale geschmissen?«

»Was man von dir nicht behaupten kann«, grummelt Fiete. Sören trägt eins dieser 70er-Jahre-Hemden, bei denen schon die Farbkombination in den Augen brennt, und die aussehen, als wäre er im falschen Jahrzehnt gelandet.

»Oder haste dich für Janne aufgebrezelt?« Sören lacht dreckig und lässt die Gelenke seiner Fingerknöchel knacken.

Fiete atmet zweimal durch die Nase ein. »Für den beschränkten Geist ist das ein Fleck. Für alle andren ein Designerstück.«

Für einen Moment verliert Sören die Kontrolle über seine Gesichtszüge. Dann setzt er sein süffisantes Lächeln auf. »Made by Dorfsheriff?«

Fiete lächelt müde. »Bei deinem Charme spielt dein Hemd auch keine Rolle mehr.«

Sören starrt ihn an. »Dein Designerstück hättest du heute im Schrank lassen können. Falls du dich fragst, wo Janne ist, die packt grad Koffer. Last-minute-Urlaub«, sagt er mit süßlich fiesem Unterton.

Janne? Urlaub? Nicht, dass er unglücklich darüber wäre, aber seltsam ist es trotzdem. Sie hat zwar ein dickes Überstundenkonto angesammelt, aber bei einem Mordfall Urlaub zu nehmen, passt nicht zu ihr. Seine überraschende Versetzung hat ihr wohl schlimmer zugesetzt, als er dachte.

»Eine karitative Ader hatte sie immer schon«, bemerkt Fiete schmunzelnd.

Sören runzelt die Stirn. Den Bogen kriegt er nicht hin. Deswegen hilft Fiete ihm auf die Sprünge. »Dann kannst du endlich beweisen, dass in dir der nächste Polizeipräsident schlummert.«

Das Team der Spurensicherung ist wie ein Ameisenvolk auf Futtersuche in alle Räume und Ecken des Betriebs ausgeschwärmt. Equipment wird hin und her geschleppt. Blitzlichter zucken auf. Die Örtlichkeiten werden dokumentiert oder Wattestäbchen und Pinsel ausgepackt.

Fiete legt gewichtig eine Hand an eine Klappleiter, auf der Malte an einer Kamera schraubt, die auf den Eingang ausgerichtet ist.

»Das Teil hier zeichnet nur einzelne Bilder auf. Im Zehnminutentakt. Hätten die sich sparen können«, ruft er aus der Höhe. Malte, mit dem Fiete während seiner Zeit in Bremerhaven immer gut ausgekommen und der ein Garant für gute Laune ist, krabbelt wieder runter und klappt die Aluleiter zusammen. Das Scheppern des Metalls hallt durch den Betrieb wie im Hochgebirge. Bis auf Tamme Gerdes' Büro sind die Wände bis zur Decke gekachelt. Malte schiebt die Kapuze seines Overalls in den Nacken, wonach ihm seine graumelierten Haare um den Kopf schweben wie ein Heiligenschein. »Die Kamera ist 'n Billigteil. Die Fotos kannste knicken. Und die im Hof ist 'ne Attrappe.« Er fasst Fiete am Arm und zieht ihn ein paar Schritte von Birte Wybrand weg, die gleich daneben hinter dem Empfang kauert und in ein Taschentuch schnieft.

»Schöne Scheiße, dass du nicht mehr da bist«, flüstert er und gibt acht, dass niemand mithört. »Was war denn los? Hättest dich ruhig melden können.«

»Ich weiß«, antwortet Fiete kleinlaut und schaut sich nach seinen Ex-Kollegen um, die im Gänsemarsch durch den Betrieb watscheln. »Lange Geschichte«, winkt er ab.

Malte, der sofort kapiert, dass Fiete nicht darüber sprechen will, blickt dem Gänsemarsch-Trio hinterdrein. »Jetzt dreht der ganz am Rad«, sagt er und deutet mit dem Kinn auf Sören.

»Bächler und Picht sind gute Jungs, aber leider noch zu unerfahren, um dem Paroli zu bieten.«

»Der Knallkopp hat sich auf die Stelle zum Ersten Kriminalhauptkommissar beworben.«

Fiete zuckt innerlich zusammen, als hätte der Zahnarzt den empfindlichsten Nerv seines Kiefers angestochen, dennoch quetscht er sich ein Lächeln ab. »Wenn der auf dem Bewerbungsfoto *das* Hemd trägt, ist alles im grünen Bereich.«

Malte beömmelt sich. Er strubbelt sich durch die Haare und zieht die Kapuze wieder über. »Ich hoffe, wir finden Hinweise auf die Tat. Ist ja naheliegend. So was gibt 'ne ganz schöne Schweinerei. Der Täter kannte sich aus.«

»Im Betrieb?«

»Weiß ich nicht. Du bist doch der Ermittler.« Malte grinst anerkennend. »Der Täter wusste auf jeden Fall, wie man filetiert. Ist zwar nicht mein Fachgebiet, aber ich kenne Kappernagels Assistentin neuerdings ganz gut.« Malte zwinkert vielsagend.

Auf die Assistentin von Rechtsmediziner Kappernagel hat Malte es schon länger abgesehen.

»Und? Was sagt die *Assistentin*?« Fiete grinst.

»Kappernagel meint, dazu gehört schon etwas Übung.« Dabei fuchtelt er mit den Händen in der Luft herum, wie bei einer Karatetrockenübung.

»Lass mal. Ich hab mit dem Fall sowieso nichts am Hut. Ich kümmere mich nur noch um Falschparker.«

Malte zieht die Brauen hoch und guckt nachdenklich. »Wenn die den Fall allein lösen sollen, dann gute Besserung.« Er deutet auf Sören, der mit Bächler und Picht durch den Hintereingang der Halle wieder reinschlurft.

»Zum Glück ist Janne noch da.« Malte blickt um sich. »Wo ist die eigentlich?«

Das wüsste Fiete selbst gerne, versucht aber, sich nichts anmerken zu lassen. »Urlaub.«

»Malte«, ruft jemand aus dem Team und eilt aus einem der Kühlhäuser auf sie zu. Die Art, in der er auf sie zukommt, erinnert Fiete an das hektische Umherschwirren eines bläulich schillernden Brummers, was bestimmt an der dicken Hornbrille liegt, die sein halbes Gesicht verdeckt. Wahrscheinlich nennen ihn die Spusikollegen deshalb Mügge. Eigentlich heißt der nämlich Konrad Rautenschläger. Sogar der Fischgeruch, der mit Mügge auf sie zuwabert, passt zu einer aasfressenden Schmeißfliege. Fiete hält sich die Hand vor die Nase, um nicht die volle Ladung des Gestanks abzubekommen.

»Ja, tut mir leid. Ich stinke wahrscheinlich wie die Pest.«

Fiete lacht. »Schlimmer.«

»Dann geh mal in die Kühlhäuser. Dagegen rieche ich wie 'ne Parfümfabrik.« Er wendet sich an Malte. »Ich glaub nicht, dass wir hier was finden. Die dampfen die Fliesen jeden Tag mit Hochdruckreiniger ab.«

»Woher weißt du das?«, fragt Fiete automatisch.

»Hier rannte doch so'n Kleiner mit karierter Kappe und Schnauzer rum«, sagt er und dreht sich auf der Suche nach ihm einmal um die eigene Achse. »Ich brauch erst mal 'ne Nase Frischluft.« Mit einem Schulterzucken schwirrt er in Richtung Ausgang an Birte Wybrand vorbei und rennt beinah in jemanden rein.

In dem Hin und Her, wer nun links oder rechts vorbeigeht, erhascht Fiete einen Blick auf eine bräunlich gemusterte Sonnenbrille.

15

Währenddessen bei Wanda

Zufrieden schaut Wanda Sepp Huber nach, der mit Fienchen an der Leine aus dem Verkaufsraum spaziert.

»Damit kommst du nicht durch«, sagt Hansje Fokken, der neben ihr an der Verkaufstheke steht.

»Ich kann meinen Hund verschenken, wann und an wen ich will«, hält sie dagegen, aber freundlich genug, um Hansje nicht weiter zu provozieren. Am Ende kontrolliert der noch jede einzelne Brötchentüte auf Keime.

Hansje blickt zum Frühstückstisch, an dem Henni, Onno und Hinnerk einstimmig nicken. Er holt geräuschvoll durch die Nase Luft.

»Gesunde Menschenkenntnis ist nicht jedem gegeben«, sagt Hansje, als täte Wanda ihm aufrichtig leid, weil sie Huber ihren Hund anvertraut.

Gesunde Menschenkenntnis – was denkt der sich? Dass Huber Fienchen zum Mittag grillt? Bloß weil der nicht von hier ist? Ist ja wieder typisch. Schublade auf, Huber rein, fertig. Aber was da eben zwischen Huber und Hansje abging, ist schon komisch, denkt sie. Huber schmeißt dem doch nicht aus Jux und Dollerei Bestechlichkeit an den Kopp. Obwohl – diese Anschuldigung vor Zeugen ist auch nicht die feine ostfriesische Art. Kein Wunder, dass

Hansje zurückgeschossen hat. Letztlich macht der nur seinen Job.

Hansje hält einen Moment inne. Dann schmeißt er Notizblock samt Kugelschreiber in seinen Koffer und drückt die Schnapper zu. »Belassen wir's für heute dabei. Das war nur eine Nachkontrolle. Ich hab alles gesehen.« Er hievt seinen Koffer von der Ablage. Zögerlich streckt er Wanda die Hand hin. Was is denn nu' los? Auf einmal so zurückhaltend?

»Tut mir leid.«

Perplex schlägt Wanda ein und sieht ihm in die Augen. Hansje wendet den Blick zu Boden.

»Wegen der Gummifrösche.«

»Was war dat denn?«, fragt Henni, als Hansje aus dem Laden ist und sogar die Tür wieder hinter sich geschlossen hat.

»Wat meinste jetzt? Die Gummifrösche oder die Sache mit dem Huber?« Hinnerk schenkt sich Tee ein.

Onno starrt wieder ins Leere, als wäre er zwischendrin nur mal kurz aufgewacht.

»Beides! Is übrigens Vollmond.« Henni kreiselt mit dem Zeigefinger vor ihrer Stirn.

Henni und ihre Mondtheorie. Seit Onno ein Mal bei Vollmond Blödsinn angestellt hat, behauptet sie steif und fest, dass bei Vollmond alle spinnen. Obwohl bei Onno eher die zwei Wochen vor und die zwei Wochen nach Vollmond kritisch sind.

»Was das für 'ne Mondphase ist, kriege ich raus, wenn ich Fienchen später abhole.«

Im selben Moment steht Abbo Ubben mit einem lauten »Moin« auf der Matte, hechtet auf den Stammtisch zu und drückt Wanda beiläufig seinen Einkaufsbeutel in die Hand.

»Wieso kommt mir Huber grad mit deinem Hund entgegen?« Dabei betont er »Huber«, als sei der ein giftiges Petermännchen, mit dem man sich besser nicht anlegt.

»Wieso? Darf er das nicht?«, dreht Wanda ihm gleich den Hahn zu.

»Ja doch«, rudert Abbo zurück. »Hat der nix erzählt?«

Da Huber wie ein Einsiedlerkrebs lebt, ist der von Dorftratsch so weit weg wie Abbo von einem Schweigegelübde.

Henni strickt unbeirrt an der pinken Socke, während Onno auf den Tisch starrt und Hinnerk die Dekovase zu sich ranholt.

Weil alle schwer beschäftigt sind, bohrt er nach. »Von der Umgehungsstraße?«

Was kommt denn jetzt? So langsam kann sie's nicht mehr hören. Wanda schaut instinktiv zu Hinnerk, der an den Blütenblättern der Margerite rupft.

»Hallo?« Abbo sieht sekundenlang jeden einzeln an.

»Und?«, fragt Wanda schließlich, weil der sonst eh keine Ruhe gibt.

»Heute Morgen gab's doch im Baumarkt diesen Bosch-Elektro-Turbinenhäcksler-AXT-25TC mit 53-Liter-Fangbox im Angebot. Onno, den wolltest du doch auch holen.«

Was hat nun der Turbinenhäcksler damit zu tun? Statt knapp zu erzählen, was Sache ist, fängt der bei der Entstehung der Erde an.

Onno schaut kurz zu Abbo auf, der einen Schritt näher auf den Frühstückstisch zutritt.

»Du kaufst besser 'nen neuen Spaten! Sonst wird dat dies Jahr wieder nix mit dem Gemüsebeet«, ranzt Henni Onno an, obwohl der nicht mal geatmet hat. »Wofür brauchen wir denn 'nen Turbinenhäcksler?«

»Für die Strauch- und Baumabfälle im Herbst«, antwortet Abbo an Onnos Stelle. »Zum Schreddern.«

»Lass mich bloß mit Schreddern in Ruhe!«, mault Onno.

Abbo guckt verwirrt. »Du warst doch so grelle auf dat Teil.«

»Seit gestern nich mehr.«

»Was 'n mit dir los?«, fragt Abbo, sieht verwundert zu Wanda und kratzt sich an der Nase. Der würd mal besser aufpassen, wenn irgendwo Nasenhaartrimmer im Angebot sind. Aber wie soll der auch verstehen, dass Onno keine Lust auf Häckslerangebote hat, weil ihm der Anblick der geschredderten Leiche nachläuft. Das kann Abbo nicht wissen und wird er sicher nicht von ihr erfahren.

»Das hast *du* offenbar noch nicht gehört«, sagt sie und gibt sich keine Mühe, ihre Schadenfreude zu verbergen.

Abbo steht da, als hätte er die letzte Bahn verpasst.

»Was hab ich nich gehört?«

»Kriegst du noch raus.« Wanda hält ihm seinen Brötchenbeutel hin.

Abbo sieht zu Onno, der wieder seinen Tee hypnotisiert. Hinnerk entblättert die erste Margerite.

»Is ja auch egal«, sagt Abbo, als würde ihn das sowieso nicht interessieren. »Auf jeden Fall ist bei Gerdes der Teufel los. Das Auto von deinem Mieter steht da und mindestens fünfzehn schwarze Bullis mit Bremerhavener Kennzeichen. Die sind grad bei Gerdes auf den Hof gefahren, als ich Richtung Baumarkt los bin. Ich wollte erst anhalten, aber wegen dem Häcksler musste ich Gas geben. Im Angebot sind die ruckzuck weg. Als ich zurückkam, war da überall Tatortband gespannt. Da rannten mindestens fünfzig Polizisten rum und haben alles fotografiert. Das is garantiert wegen dieser Sache im Vorgarten von Montag.«

Wanda verschlägt es für einen Moment die Sprache. Auch wenn man Abbos Mengenangaben grundsätzlich durch zehn teilen muss, hört es sich nicht besser an. Polizei aus

Bremerhaven? Ob die schon wissen, wer die Leiche ist? Fiete wird wohl kaum Schlöters Schlüsseldienst gerufen haben, damit er bei Gerdes ins Haus kommt, um die Blumen zu gießen, weil Tamme und Wiebke verschwunden sind. Birte kann man zwar auch nich alles glauben, aber das wird sie schon wissen. Wenn nun wirklich Tamme oder Wiebke ermordet wurde … sie darf gar nicht drüber nachdenken. Zur Krönung stellt Abbo noch einen Zusammenhang mit Hinnerks Gammelaktion her. Hoffentlich geht das für Hinnerk nicht nach hinten los.

Henni rutscht beinahe die Brille von der Nase. Sogar Onno ist plötzlich hellwach. Nur Hinnerk kruschtelt an seiner Klappentasche am Bein, weil die Margeriten keine Blätter mehr haben.

»Was war denn Montag?«, fragt Wanda, um auf den Busch zu klopfen. Bei dem ist nie auszuschließen, dass er lediglich weiterplappert, was er irgendwo aufgeschnappt hat.

»Bei Gerdes war am Montag der ganze Vorgarten verwüstet!«

Was erst mal ungefährlich ist, solange er nicht gesehen hat, was da sonst noch im Garten war und dick und breit an Tammes Gartenbeleuchtung hing.

»Deswegen kommt die Polizei. Mittwochs. Weil sich einer 'nen Streich erlaubt hat. Fünfzig Polizisten aus Bremerhaven. Merkste selber, oder?«, versucht sie ihn auf eine andere Fährte zu locken und tippt sich an die Stirn.

Onno starrt Hinnerk an, der mit dem Fuß hibbelt.

»Deine Fantasie geht mit dir durch«, schimpft Henni, die wohl Wandas Gedanken teilt. »Wegen so 'nem Pillepalle fahr'n die nich los!«

»Nach Pillepalle sah das aber nicht aus.«

»Fahr doch noch mal zum Baumarkt und kauf 'n paar Schrauben. Dann kannste direkt bei Gerdes anhalten und die

Polizei fragen, bevor du Gerüchte in die Welt setzt!«, meckert Wanda. Angriff ist die beste Verteidigung.

»Aber die haben alles abgesperrt«, verteidigt Abbo sich.

Hinnerk krallt sich an einem Zipfel der Tischdecke fest und rollt die Ecke ein.

»Hinnerk! Du wohnst doch gegenüber!«, versucht er ihn auf seine Seite zu ziehen.

Der lässt vom Tischdeckenzipfel ab und sieht ihn grimmig an.

»Bin ich der Frührentner oder du? Ich war schon um sieben Uhr in Pilsum beim Wuttke, weil der seinen Bullen wieder abholen muss. Den will die Meier-Piepenkötter nich.«

»Da die angeblich *alles* abgesperrt haben … den Vorgarten auch?« Wanda sieht Abbo an, dass er keine Ahnung hat. Der würde sogar die Welle machen, wenn da nur einer mit 'ner Rolle Tesafilm über die Straße getigert wäre.

»Ich glaub … da war'n die grad bei«, überlegt er.

Wanda tippt den Brötchenbetrag in ihre Kasse, die ratternd den Bon ausspuckt. Dann reißt sie den Papierstreifen ab und hält ihn Abbo hin.

»Ein Euro zwanzig.«

16

Nach Abbos Getratsche

»Hinnerk, warst du wirklich in Pilsum?«, fragt Wanda, nachdem Abbo pikiert abgezockelt ist.

»Ja, sicher! Wo soll ich 'n sonst gewesen sein? Der Zuchtbulle von Wuttke is 'n Törfkopp. Dirty Harry. Pfff …« Hinnerk wedelt sich mit der flachen Hand vorm Gesicht rum. »Der frisst mir den ganzen Tag die Weide kahl. Und wenn dem mal einfällt, was er hauptberuflich macht, springt der Eierkopp am verkehrten Ende hoch. Den kann der Wuttke wieder abholen. Wieso fragste?«

»Wegen der Polizei bei Gerdes!« Wanda zählt zehn Brötchen ab und schneidet sie auf. Vor lauter Hickhack mit Huber, Hansje und Abbo ist sie nicht mal dazu gekommen, belegte Brötchen für die Auslage zu schmieren.

»Nö, davon hab ich nix geseh'n. Ich fahr mal gucken. Muss sowieso da sein, wenn der Wuttke gleich mit dem Viehtransporter kommt.« Hinnerk rafft sich hoch.

»Du setzt dich schön wieder hin!« Wanda weist mit dem Brotmesser auf seinen Platz. Jetzt is gut mit Abhauen. »Außerdem kannste erst mal deinen ganzen Blütenkram einsammeln, den du mir auf der Tischdecke verstreut hast.« Um Hinnerks Stammplatz herum liegen halbmondförmig Margeritenblättchen auf der pinken Plastikdecke, was von Weitem wie ein pink-weißer Fliegenpilzschirm aussieht.

»Was da wohl los ist«, grübelt Henni, die Hinnerk beim Auflesen seiner Tischdekoration hilft.

»Ist doch klar.« Wanda streicht Butter auf die Hälften. »Warum war Fiete gestern wohl bei Gerdes im Haus?«

Henni schaut kurz auf und sammelt weiter. »Gute Frage.«

»Der war todsicher da, um was für 'nen DNA-Vergleich zu suchen«, erklärt Wanda.

Henni und Hinnerk sehen ratlos aus.

»Guckt ihr keine Krimis?«

»Ich guck nur Dokus und Tagesschau«, antwortet Hinnerk.

»Ich am liebsten den Bergdoktor und Traumschiff.« Henni steht auf, um die in der hohlen Hand gesammelten Blättchen in den Abfalleimer zu werfen. Sie lacht und blickt in Richtung Onno, der mit den Ellbogen auf dem Tisch hängt, wie ein Schluck Wasser in der Kurve. »Mit dem hab ich jeden Tag genug Krimi.«

Nach Wandas Bericht vom Vorabend mit Fiete und seinem DNA-Spruch schaut Henni sie an. »Und du meinst, Fiete war im Haus, weil die vermuten, dass Tamme die Leiche ist?«

»Oder Wiebke. Birte hat gesagt, dass beide weg sind und sie keinen von beiden erreichen kann.«

Henni setzt sich wieder. Die hat die Ruhe weg. Bei den Öffnungszeiten in ihrer *Knüttinsel* hätte Wanda die auch. Ihre Aushilfe Gesa musste sich die restliche Woche wegen Tomkes Ohrenschmerzen freinehmen. Zum Glück hat ihr Bäcker für Ersatz gesorgt und seinen Bruder geschickt, sonst dürfte sie nachts auch noch in der Backstube stehen. Wäre Gesa da, könnte sie selbst bei Gerdes gucken, weil sie Fienchen sowieso bei Huber abholen muss.

»Wenn bei Tamme Großeinsatz ist, kannste davon ausgehen, dass Tamme oder Wiebke ermordet worden sind«, ist Wanda überzeugt.

»Von wem?« Onno ist in seinem eigenen Film, den kann man heute komplett abhaken.

»Nu' pass doch mal auf! Wenn die das wüssten, wär da kein Großeinsatz.« Henni versetzt ihm einen zarten Seitenhieb.

»Wiebke hab ich letzte Woche bei Svenja getroffen«, erinnert Wanda sich.

Spätestens alle vier Wochen ist Wanda in *Svenjas Frisurenkoje*, um Farbe und vor allem den grauen Ansatz aufzufrischen. Nach Klaas' Tod brauchte sie Veränderung. Svenja hat dreimal nachgefragt, ob Wanda sicher sei, als sie die feuerrote Strähne aus der Musterpalette zog. *Hellfire red*. Da sie Gott einen Umzug in die Hölle wünschte, weil er Klaas so früh zu sich rief.

Als Wanda beim letzten Färben mit dem Nacken überm Becken hing, stürmte Wiebke in den Laden und war so motzig, dass Svenja versehentlich den eiskalten Wasserhahn aufdrehte.

»Die wollte 'ne Haarverlängerung. Svenja meinte, das fängt sie gar nich erst an. Dafür hätte sie keine Kundschaft, und das Gerät wär auch viel zu teuer. Wiebke hat irgendwas von ›unflexibel‹ und ›wichtigem Termin‹ gemeckert, und weg war sie.«

»Was will die denn mit Haarverlängerung? Ich finde ja immer, Wiebkes Haare seh'n aus wie 'n Vogelnest.« Henni grinst.

»Blond«, brummelt Onno vor sich hin.

»Nee, dat sieht aus wie 'n kackbraunes Möwennest«, beschreibt Hinnerk Wiebkes Frisur treffsicher.

»Das war blond«, beharrt Onno.

»Seit ich Wiebke kenne, ist die dunkelbraun«, widerspricht Henni.

»Nee … auf dem Förderband.« Onno guckt, als hätte er einen Geist gesehen. »Das waren blonde Haare.«

»Bist du sicher? Ich meine … konnte man das … erkennen?«, fragt Wanda mit gesenkter Stimme.

Onno schweigt. Dann nickt er. Für einen Augenblick ist es still wie in der Kirche.

Wanda krönt die belegten Unterhälften mit den Brötchendeckeln und schaut zu ihnen auf. »Denkt ihr dasselbe wie ich?«

Henni räuspert sich. »Tamme hat blonde Haare.«

»Oder *hatte*«, ergänzt Wanda.

»Wer macht sich denn an dem die Finger schmutzig?«, bemerkt Hinnerk spitz, als wäre ein Mord an Tamme genauso ausgeschlossen wie die Wahrscheinlichkeit, dass Dirty Harry doch noch die richtige Seite findet. Der sollte sich besser nicht so weit aus dem Fenster lehnen.

Wanda sortiert die belegten Brötchen in die Auslage. »Auf wen die Polizei da wohl tippen wird? Vielleicht auf den, der Streit mit ihm hatte?«, fragt sie schnippisch.

Hinnerk hibbelt mit dem Fuß im Kreis. »Wenn sie die alle befragen wollen, brauchen die 'ne Hundertschaft«, patzt er und verschränkt die Arme vor der Brust.

»Oder sie vernehmen zuerst den, der Tamme im duunen Kopp eins auf die Mütze hauen wollte. Ist nämlich einfacher.«

»Wann soll dat denn gewesen sein? Mit dem hab ich kein Wort mehr gesprochen, seit der mich in der *Börse* beleidigt hat. Da kannste Tönnissen nach fragen. Der war dabei.«

»Oder die Polizei befragt alle, die den Streit an dem Abend in der *Börse* mitbekommen haben! Freitags ist da ja die Hütte voll.«

Am Abend vor dem Streit mit Tamme war Hinnerks Antje grad mit dem Masseur durchgebrannt. Tamme beschimpfte Hinnerk in der *Börse* als »Vollpfosten«, weil der selbst schuld sei, dass Antje die Biege gemacht habe. Tönnissen ging dazwischen, packte Hinnerk an Arsch und Kragen und zog ihn mit nach draußen, wo der Streit mit Tamme weiterging.

Hinnerk zieht ein Gesicht, als wäre das das Neueste, was er hört.

»Tu nicht so unschuldig. Du hast ausgeholt, wolltest Tamme eine kleistern und hast aus Versehen Tönnissen getroffen. Das Veilchen hat zwei Wochen in allen Farben des Regenbogens geleuchtet!«

»Das war ich nich! Tönnissen ist auf dem Rückweg an so 'nem grünen Begrenzungspfeiler hängen geblieben, die hier überall rumstehen. Der is gestolpert und mit dem Kopp an den nächsten Pfeiler getitscht.«

»Das hat Tönnissens Frau beim Stricktreff aber ganz anders erzählt.« Henni wechselt die Stricknadeln und sieht Hinnerk aus dem Augenwinkel an. »Die Story mit dem Begrenzungspfeiler hat er ihr auch aufgetischt. Als sie den ausquartiert und seine Bettwäsche im Wohnzimmer aufs Sofa schmiss, war dat plötzlich 'ne ganz andre Geschichte.«

Henni hat Wanda direkt am Morgen nach dem Stricktreff davon erzählt, was die beiden aber für sich behielten, um kein Salz in Hinnerks frische Wunde zu streuen. Antjes Liebschaft verknusert der nicht. Und dass Tönnissen seiner Frau unter Androhung von vier Wochen Sofa-Exil reinen Wein einschenken würde, hat er anscheinend nicht einkalkuliert.

»Ich kann hier nich den ganzen Tag rumsitzen und quatschen«, sagt er, vergisst seine Knieprobleme und springt auf.

»Dann biste wenigstens zu Hause, wenn die Polizei kommt, um dir unangenehme Fragen zu stellen«, ärgert

Wanda ihn und räumt an Hinnerk vorbei die leere Teekanne vom Tisch. So dickfellig, wie der tut, is er nicht. Sie schafft die Teetassen vom Stammtisch und zwinkert Henni zu.

»Denn bis später«, raunt er und fummelt seinen Schlüsselbund aus der Brusttasche. Onno guckt kurz aus seiner Narkose auf. Hinnerk trödelt auf die Eingangstür zu und greift zur Türklinke. Dann dreht er sich um.

»Meinste, die Polizei kommt zu mir?« Hinnerk kneift seine Scheuerbürsten-Augenbrauen zusammen.

Guck an. Da hat einer Manschetten. »Ich denke, der Wuttke holt gleich den Bullen ab?«

Er wirft einen prüfenden Blick zur Standuhr. »Ich dachte, es is schon viel später. Wuttke ruft an, bevor er in Pilsum losfährt, damit ich nich grad aufm Trecker sitz. Eigentlich könnt ich ja ma so'n Macchiato probieren.«

Typisch. Erst bocken, und dann das Gehirn einschalten. Der und freiwillig Latte macchiato? Gegen ihre Kaffeemaschine hat er von Anfang an gestänkert. Er bummelt wieder an seinen Platz zurück. Wanda spielt das Spiel mit, stellt ein Glas unter den Auslauf und drückt auf Start.

»Meinste, die kommen wirklich zu mir?«, fragt er gegen das Mahlwerk der Kaffeemaschine an. »Ich hab ja gar nix gemacht!«

»200 Kilo Gammel und 'n blaues Auge sind *nix*?«, pflaumt Henni, die sich bisher stur auf ihre Socke konzentriert hat. Sie funkelt Hinnerk an.

»Die müssten mit 'm Klammerbeutel gepudert sein, wenn sie den Nachbarn direkt gegenüber und mit bester Aussicht auf das Seafood-Gelände *nicht* befragen würden.« Wanda reicht ihm den Latte macchiato. Hinnerk ist blass um die Nase und schiebt das Glas zu Onno durch, der es wie in Trance zu sich ranzieht.

»Vor allem, wenn sie von eurem Streit erfahren.«

»Aber ich bringe keine Leute um! Höchstens mal ’n Hühnchen für Frikassee.«

»Von Frikassee würde ich besser nix erzählen, wenn die dich besuchen«, spöttelt Henni.

»Wir können das ja schon mal üben.« Wanda grinst, bevor sie ihn ernst ansieht. »Herr Schoof, haben Sie in den letzten Tagen irgendetwas Merkwürdiges beobachtet?«

Hinnerk guckt wie eine Kuh, wenn’s donnert, fügt sich aber in ihr Theaterspiel und schüttelt hilflos den Kopf.

»Wir haben gehört, dass Sie dem Opfer kurz vor seinem Tod ’ne Wagenladung Fischgammel in den Garten gekippt haben? Ist das korrekt?«

»Könnte sein«, brummt er und schaut auf die Tischplatte.

Wanda greift sich nachdenklich ans Kinn und imitiert eine männliche Stimme. »Und was haben Sie anschließend gemacht?«

Hinnerk stutzt. »Wie, anschließend?«

»Na, danach!«, hilft Henni ihm auf die Sprünge, knufft ihn und findet offensichtlich Gefallen an Wandas gespieltem Kreuzverhör.

»Bin ins Bett gegangen.«

»Wie jetzt? Du hast nich mehr geduscht?« Henni rümpft die Nase.

»Weiß ich nich mehr«, raunzt er.

»Gibt’s dafür Zeugen?«

»Für das Duschen?«, fragt er ungläubig.

»Ob Sie danach sofort ins Bett gegangen sind!«

Die Frage gefällt ihm nicht, weil Antje weg ist, die jetzt wohl eher bezeugen kann, wann der Masseur aus dem Vitalis im Bett ist. Hinnerks Blick reicht ihr als Antwort.

»Und was haben Sie zu der Drohung zu sagen?«

»Wat denn für ’ne Drohung?«, fragt Hinnerk, als würde Wanda gegen die Spielregeln verstoßen. »Ich hab dem gesagt, dass er ’n arroganter Grützkopp is, und das is keine Drohung, sondern die Wahrheit!«

»Ich meine nich die Auseinandersetzung in der *Börse*, sondern die Drohung auf dem Schild im Vorgarten.«

»Wat denn für’n *Schild*?« Henni guckt, als sei das was besonders Ekliges.

»Unsere Superhelden hier haben den Gammel rund um den Pfeiler von Tammes Gartenbeleuchtung verteilt. Als ich morgens da vorbeifuhr, hing so’n gebasteltes Pappschild an der Lampe, und darauf stand mit rostroter Farbe gepinselt ’ne Drohung.«

Hinnerk runzelt die Stirn. »Meinste ich schlepp dem zweihundert Kilo Gammel in den Garten und schreib noch ’nen Liebesbrief dabei? Was soll’n da angeblich gestanden haben?«

»Jeder kriegt, was er verdient!«, antwortet Wanda und beobachtet Hinnerks Reaktion. »Hört sich das nach Liebesbrief an?«

»Jeder kriegt, was er verdient?«, wiederholt Henni. »Und dat hing im Vorgarten?«

»War ich nich!«, wehrt Hinnerk ab und friemelt an der Klappentasche am Hosenbein. »Und Onno auch nicht!«

»Meinste, das glauben die dir, wenn die von dem Streit in der *Börse* Wind kriegen?«

Hinnerk bläht die Backen auf und presst hörbar die Luft raus. »Und nu’?«

»Wenn du es nicht warst, wüsste ich gerne, wer durch den Gammel gestiefelt ist, um Tamme diese Drohung an die Gartenleuchte zu hängen.«

17

Etwa zeitgleich bei Greetsiel Seafood

Fiete starrt zur Eingangstür wo Spusimann Mügge und die hereinkommende Person sich nicht entscheiden können, wer rechts oder links vorbeigeht. Immer wieder blitzt die gemusterte Sonnenbrille neben Mügge auf. Die kennt Fiete. Sehr gut. Viel zu gut. Laut Sörens Aussage sollte die Sonnenbrille samt Besitzerin eigentlich auf dem Weg in den Urlaub sein.

Fiete sucht nach einem Fluchtweg, um unauffällig zu verschwinden, bevor sie ihn sieht. Er hat sich nicht nach Greetsiel versetzen lassen, damit Janne ihn bis hierhin verfolgt. Er will nicht mit ihr sprechen. Schon gar nicht vor allen Leuten. Durch den Hinterausgang kommen Sören, Picht und Bächler gerade wieder reingeschlichen. Mist! Die anderen Räume oder Kühlhäuser sind auch keine Alternative, um ihr zu entgehen.

»Da is sie ja!« Malte strahlt und stößt Fiete unsanft mit dem Ellbogen an. »Dann gibt's noch Hoffnung!«

Hoffnung? Es gibt keinen Ausweg! Instinktiv streckt Fiete den Rücken durch und zieht den Bauch ein. Nicht dass er zu dick wäre, aber durch Wandas Verpflegung und ihre Zitronenplätzchen hat er vielleicht doch ein, zwei Kilo zugelegt. Er harkt sich durch die gegelten Haare und befühlt sein Kinn. Gut, dass Wanda ihm gestern neue Rasierklingen mitgebracht hat.

Mügge huscht rechts an Janne vorbei. Ihr Blick trifft Fiete mit solch einer Wucht, dass er sich die Hand vor den Bauch hält, weil es sich anfühlt, als würde jemand mit einer Harpune in seinen Magen hacken. Janne ist gerade groß genug, um über die hohe Empfangstheke hinweg Birte Wybrand zu grüßen, die dort in ihr Taschentuch flennt. Jannes weiße Bluse steckt vorne locker im Hosenbund ihrer Jeans, die über dem Knie eingerissen ist. Die hellgraue Lederkette mit Kunstfellpuschel pendelt bei jedem ihrer Schritte auf ihn zu. Die Anspannung ist ihr anzusehen. Sie greift an ihren Ohrring und tüddelt daran, als sei das Steckerschräubchen gelockert. Warum sollte sich diese Angewohnheit auch in den letzten zwei Wochen geändert haben? Fiete hält kurz die Luft an, obwohl Jannes frisch-würziger Duft sogar den ätzenden Fischgestank einen Augenblick lang übertüncht.

»Moin, Malte.« Janne gibt Malte die Hand und streicht ein verirrtes Haar beiseite, das sich an ihrem erdbraunen Lippenstift verfangen hat.

»Moin!« Malte strahlt über alle vier Backen und setzt seine Kapuze wieder ab. Er grinst Fiete an. »Wat erzählste für'n Scheiß von wegen Urlaub!«

Janne übergeht Maltes Bemerkung und fixiert Fiete aus katzengrünen Augen. Gegen die Hitze, die in seinem Gesicht aufkocht, ist er machtlos.

»Moin. Habt ihr schon was?«, fragt sie mehr an Malte gerichtet und wendet ihren Blick von Fiete ab.

Moin? Das ist alles? Gegen das, was er sich letzte Nacht ausgemalt hat, ähnelt das einem Kindergeburtstag mit Topfschlagen. Aber was hat er nach seinem Abgang aus Bremerhaven auch erwartet? Er wird noch ein paar Minuten bleiben und dann zusehen, dass er abhaut. Das können die ohne ihn. Janne sowieso. Fiete hört Maltes Erklärungen zur Lage wie durch Wattepfropfen. Team im Wohnhaus. Haushälterin.

Mercedes S500 AMG in der Garage. Was macht er hier eigentlich noch?

»Janne!« Sörens überzogene Tonhöhe hinter sich, reißt Fiete aus seiner Wattewelt, sodass er sich unweigerlich zu ihm umdreht. Sören ignoriert ihn und drängelt sich zwischen ihm und der Wand, an der die Aluleiter lehnt, zu Janne durch.

Warum schubst er Fiete nicht gleich zur Seite? Das wäre wenigstens ehrlich. Für sein herablassendes Grinsen hätte der direkt eins auf die Zwölf verdient.

»Wir haben das Wohnhaus gecheckt«, bläht Sören sich auf und steckt seine Hände in die Gesäßtaschen.

Die seitlich abgewinkelten Arme demonstrieren klar Sörens Bereich und grenzen Fiete aus. Eindeutiges Revierverhalten. Warum pinkelt der nicht gleich an Gerdes' Bürowand? Fiete kommt sich vor wie eine dekorative Stehlampe, die niemand braucht, und bummelt ein paar Meter von dem Grüppchen weg. Das hat er nicht nötig.

Birte Wybrand kauert wie ein Häufchen Elend auf ihrem Drehstuhl und trötet in ein Taschentuch. Der vorher balkenartige kohlrabenschwarze Lidstrich hat sich in dunkle Schatten und Schlieren über ihre Wangen verflüchtigt. Sören und Janne tuscheln nur ein paar Schritte daneben und beachten sie nicht. Bächler und Picht flankieren die beiden wie Zinnsoldaten. Die Wybrand stiert ausdruckslos auf den Monitor vor sich, wirft das vollgeschnupfte Tempo unter den Tisch und greift sich ein neues. Irgendwas an ihr irritiert ihn. Wenn er nur wüsste, woran ihn dieser waidwunde Blick erinnert. Er hat noch vor Augen, wie verängstigt sie in einer Ecke stand, weil Gerdes seinen Bürostuhl mit einem Tritt wie eine Rakete gegen den Aktenschrank schoss, als wäre ein Lkw in eine Hauswand gekracht.

Und die Superspürnasen daneben labern und labern. Meine Herren! Fiete kann sich das Getue kaum ansehen. Malte, der verloren bei dem Grüppchen steht, anscheinend auch nicht. Er zieht seine Kapuze wieder auf und verdreht die Augen zur Decke. Dann stiehlt er sich um Janne und Sören herum zu ihm.

»Ich mach mal weiter. Der geht mir auf den Sack«, flüstert er und klopft Fiete aufmunternd auf die Schulter.

Er stupst Malte am Arm, um ihm zu verstehen zu geben, dass er gleich nachkommt. Wie lange wollen die noch diskutieren und ihn links liegen lassen? Er hat keine Freudenstürme erwartet, aber er ist auch nicht der Fußabtreter. Wenn man's genau nimmt, müsste er derjenige sein, der Janne ignoriert! Fiete holt tief Luft, schreitet auf das Grüppchen zu und drängt Bächler zur Seite.

»Wenn ich euern Gesprächskreis 'ne Sekunde unterbrechen darf? Ich hätte auch noch 'n bisschen Arbeit.«

Sören fährt erschrocken seine Ellbogen ein und sieht ihn an, als wäre er eine lästige Zecke. »Hat einer im Supermarkt 'nen Teebeutel geklaut, oder musst du am Leuchtturm 'nen Wildpinkler verhaften?«

»Dabei verblitze ich mir wenigstens nicht die Augen«, kontert Fiete, wirft einen abschätzigen Blick auf Sörens Karnevalshemd und wendet sich um.

»Bevor du *wieder* abhaust, hätte ich noch etwas mit dir zu klären.« Janne nimmt ihre Sonnenbrille aus den Haaren und lässt sie in ihre Handtasche gleiten.

Die Betonung auf dem »Wieder« war unmissverständlich. Auch Sören, der ihn von oben herab belächelt, ist Jannes Unterton nicht entgangen. Fiete versucht, sich nichts anmerken zu lassen, zuckt mit den Schultern und grummelt: »Ich warte draußen.«

Was gibt's da zu klären? Sein Umzug nach Greetsiel sollte deutlich genug gewesen sein.

Vom Eingang aus sieht er Mügge, der an einer Zigarette zieht. Der brauchte doch eben noch Frischluft. Er unterhält sich angeregt mitten auf dem Parkplatz mit jemandem, versperrt aber durch seinen Schutzanzug, in dem er wie ein wandelnder Heißluftballon aussieht, wieder die Sicht auf die andere Person. Als er Fiete bemerkt, dreht er sich zu ihm um. Fiete erkennt den Gesprächspartner, dem jegliche Farbe aus dem Gesicht gewichen ist. Lebensmittelkontrolleur Fokken. Was will der schon wieder hier? Er stellt seinen Aktenkoffer ruckartig auf den Boden. Dann kramt er in der Hosentasche und zieht ein Taschentuch hervor, mit dem er sich über die Stirn wischt.

»Fiete! Der Herr möchte zu Herrn Gerdes. Übernimmst du? Ich muss weitermachen.« Mügge bückt sich, drückt seinen Glimmstängel in den Kies und lässt Fokken stehen, der verloren auf den Schotter starrt.

Obwohl das nun Sache der Mordkommission wäre, kommt der Kontrolleur ihm eigentlich gelegen. Vor dem wird Janne nicht die Gelegenheit haben, dieses klärende Vieraugengespräch zu führen, auf das Fiete keine Lust hat. Außerdem wüsste er gerne, in welchem Verhältnis Fokken und Tamme Gerdes standen. Die beiden waren per Du. So viel hat er bei seinem Amtshilfeeinsatz mitbekommen. Gerdes' Satz: »Der Arsch kann mich kreuzweise«, hat für Fiete angesichts der aktuellen Umstände dennoch eine spezielle Würze. Immerhin schoss Gerdes seinen Bürostuhl nur haarscharf an Fokken vorbei. Vielleicht wollte Gerdes den Kontrolleur aber auch damit treffen und hat nur danebengezielt.

Ein paar Fragen werden wohl erlaubt sein. Schließlich ist er live dabei gewesen. Ehe Fiete den Lebensmittelkontrolleur erreicht, schlendern Janne und Sören aus dem Foyer und tuscheln.

Beim Anblick des Kontrolleurs hält Janne inne. »Wir telefonieren später«, sagt sie zu Sören, der Fiete einen gehässigen Blick zuwirft und widerwillig in Gerdes' Büro verschwindet.

Meine Herren! Hätten die nicht drei Minuten warten können?

Fokken hebt seinen Koffer auf und trottet auf sie zu.

»Janne, das ist Herr Fokken vom Lebensmittelamt.«

Mit zwei Schritten ist Janne bei Fokken und streckt ihm die Hand entgegen. »Kriminalhauptkommissarin Janne Janssen«, stellt sie sich vor. Fokken erwidert ihren Gruß mit einem angedeuteten Diener und stellt die Tasche ab.

»Herr Fokken hat letzte Woche meine Amtshilfe benötigt, weil Herr Gerdes ihm den Zutritt zum Betrieb verweigert hat.«

Fokken räuspert sich. »Ja, das ist richtig.« Er streicht über seinen fettig glänzenden Scheitel. »Stimmt es denn, dass man Tamme umgebracht hat?«, krächzt er, als hätte er die letzte Nacht zu lange und vor allem zu laut Kneipenlieder gesungen. Wobei Fokken eher so viel Spaß versprüht wie eine Todesanzeige.

Fiete denkt gar nicht dran, auf seine Frage einzugehen. Janne wollte mit aller Gewalt eine Führungsposition. Bitte schön, die kann sie haben. Schauen wir mal, ob sie die nächste Steilvorlage verwandelt, um etwas über das Verhältnis der beiden herauszufinden.

»Tamme Gerdes hat Herrn Fokken damals als *Arsch* tituliert und ihn beinah mit einem Bürostuhl abgefeuert.« Dann gibt er sich unbeteiligt und beobachtet den Mann mit den Fusselhaaren auf dem Nachbargrundstück, der heute hinter zwei Hunden her durch den Garten flitzt. Wie hieß noch der Hund von dem Nachbarn? Irgendein Name von den Peanuts. Schröder! Der weiße Hund, den Schröder kläffend durch die Wiese verfolgt, kommt Fiete aber sehr bekannt vor. Liegt das an dem pinkfarbenen Halsband? Die beiden Hunde spielen Fangen. Wobei … Schröder hüpft von hinten auf das weiße Etwas, das vor dem Maschendrahtzaun eine Vollbremsung hingelegt hat. »Weg da, du Sauigel«, brüllt Schröders Besitzer und hastet auf seinen übermotivierten Vierbeiner zu.

»War es so?«, hakt Janne nach, als sie registriert, dass Fiete keinerlei Interesse zeigt, sich in das Gespräch einzuklinken.

»Na ja, Tamme war sicher ein wenig genervt«, wägt Fokken ab. »Da könnte ich Ihnen ganz andere Beispiele aus der Praxis erzählen. Mit der Zeit gewöhnt man sich dran, dass man bei Betriebskontrollen nicht mit offenen Armen empfangen wird, und Tamme war immer schon ein Hitzkopf.«

»Dann kannten Sie Herrn Gerdes näher?«, fragt Janne.

»So, wie man sich eben kennt, wenn man zusammen zur Schule gegangen ist«, antwortet Fokken.

»Also sind Sie heute aus privaten Gründen hier? Die Kontrolle war dann letzte Woche?«, bohrt sie.

Fokken schüttelt den Kopf. »Privat hatten wir selten Kontakt. Es sei denn, wir sind uns beim Kutterkorso oder Maibaum-Aufstellen zufällig über den Weg gelaufen. Ich bin zur Nachkontrolle hier. Das ist das übliche Prozedere. Wenn wir Mängel feststellen, muss im Anschluss die ordnungsgemäße Beseitigung protokolliert werden.« Fokken lockert seinen Krawattenknoten, tupft sich mit dem Taschentuch Schweißperlen von der Stirn und schaut zur Sonne auf.

»Und welche waren das hier im Betrieb?«

Auf dem Nachbargrundstück wettert der mit den Fusselhaaren vor sich hin. Dann hebt er den weißen Hund hoch und schimpft mit Schröder. »Geh ab, du Lümmel!«

»Wirkliche Mängel gab es hier nicht.« Fokken schaut ebenfalls zum Nachbarn und wieder zu Janne. »Mit dem da drüben gab es aber wohl Ärger«, wispert er. »Das Lebensmittelamt muss jedem Hinweis aus der Bevölkerung nachgehen. Manchen Leuten scheint es Spaß zu machen, jemanden anzuschwärzen. Verständlich, dass Tamme letzte Woche sauer war, weil ich schon wieder zur Kontrolle anrücken musste.«

»Dann kamen häufiger Beschwerden von dort?«, will Janne wissen.

Fokken presst die Lippen zusammen. »Ich will nichts Falsches sagen, aber wir müssen auch anonymen Hinweisen nachgehen.«

»Wenn es keine ernsthaften Mängel gab und Sie Tamme Gerdes privat kannten, hatte er bei der Kontrolle doch nichts zu befürchten«, funkt Fiete dazwischen und kassiert für den Überraschungsangriff einen giftigen Seitenblick von Janne.

Natürlich passt ihr das nicht. Aber diese private Schiene neben den offiziellen Kontrollen, das passt Fiete nicht. Da muss er auf den Busch klopfen. Das stinkt nach persönlichen Gefälligkeiten.

Fokken runzelt die Stirn. »Ich kann mir denken, worauf Sie anspielen«, antwortet er, schaut kurz zum Nachbargrundstück und wieder zu Fiete. »Dann hätte ich Ihre Amtshilfe sicherlich *nicht* gebraucht«, umschifft er das Wort Bestechung.

»Und wie erklären Sie sich, dass Herr Gerdes Sie in meinem Beisein als *Arsch* beschimpft und Ihnen beinah den Bürostuhl in die Hacken geschossen hat?«, setzt Fiete erneut den Hebel an.

»Unter Druck kann man schon mal die Nerven verlieren«, winkt Fokken ab. »Ich würde das nicht überbewerten. Und ehrlich gesagt – ich bin mir ziemlich sicher, dass er mit dem *Arsch* nicht mich gemeint hat«, sagt er zögerlich. »Sie waren doch dabei.« Fokken tupft sich mit dem Taschentuch über die Oberlippe. »Soweit ich mich erinnere, hat Tamme geschrien: Der Arsch *da drüben* kann mich mal.«

Und soweit Fiete sich erinnert, hat Fokken damit leider recht.

»Aber Frau Wybrand war mit im Raum. Sie wird Ihnen das sicher bestätigen.«

Auf die Schnelle fällt Fiete nichts mehr ein, um Fokken über das private Verhältnis zu Tamme Gerdes auszuquetschen.

»Um auf meine Frage zurückzukommen«, hakt Janne ein. Sie ahnt nach zehn Jahren gemeinsamer Ermittlungsarbeit voraus, wann Fiete die Fragen ausgehen. »Sie meinen, der Nachbar dort drüben beschwerte sich ständig über den Betrieb, obwohl es keinen Grund dazu gab? Warum sollte er das tun?«

»Wegen dem geplanten Bau.« Fokken deutet auf die ausgedörrte Baugrube, die bis zum Zaun reicht. »Da soll eine neue Produktionshalle hin. Kostet 'ne Stange Geld, wenn man einen Baustopp hat, weil es dem Nachbarn nicht gefällt.«

Janne kräuselt die Stirn und schaut prüfend zum Nachbargrundstück. »Wegen der Grenzbebauung? Meinen Sie, dem Nachbarn war der Bagger zu laut?«

Gut beobachtet.

Fokken wirft einen verstohlenen Blick rüber. Er schüttelt den Kopf. »Mit Grenzbebauung oder Baulärm hat das eher nichts zu tun.«

»Sondern?«

»Mit Hubers Grundstück.«

Als Janne ihn abwartend anschaut, fährt er fort. »Tamme wollte Huber das Grundstück abkaufen, weil die neue Produktionshalle darüber hinweg gebaut werden sollte. Tamme hat dem eine Unsumme dafür geboten. Das übernächste Grundstück gehört auch zu Seafood. Huber liegt genau dazwischen.«

»Woher wissen Sie das?«

»Weil das Lebensmittelamt bei vielen lebensmittelverarbeitenden Betrieben schon während der Planungsphase involviert ist, um spätere Umbaukosten zu vermeiden.«

»Sie meinen, Herr Huber wollte mit allen Mitteln den Bau der Halle verhindern?«

Fokken reißt die Augen auf. »Das habe ich nicht behauptet! Frau Gerdes weiß bestimmt mehr darüber.« Dann hebt Fokken seinen Koffer vom Boden.

Janne sieht Fiete an. Vor ein paar Wochen wäre er wieder dran gewesen, ihren Fragenleerlauf zu überbrücken. Fiete verschränkt jedoch die Arme vor der Brust und signalisiert ihr, dass das nicht seine Baustelle ist. Sie kann Fokken nicht auf die Nase binden, dass Frau Gerdes grad verschwunden ist, weswegen sie für weiterführende Informationen leider nicht zur Verfügung steht. Janne dreht erneut an ihrem Ohrstecker.

Fokken schaut auf seine Armbanduhr. »Ich hab in zehn Minuten einen Termin in Norddeich und bin sowieso schon spät dran.«

Fiete hat alles gehört, was er wissen wollte. Er muss zusehen, Fokkens Abgang für sich zu nutzen. Alles, was im Anschluss kommen könnte, ist das klärende Gespräch mit Janne, wovon er gar nichts wissen will.

Fokken greift in seine Brusttasche und fischt eine Visitenkarte heraus, die er Janne hinhält. »Die brauchen Sie vielleicht, falls Sie noch Fragen haben? Gibt es denn schon einen Verdacht?«

Janne nimmt die Karte und wirft einen Blick darauf. »Vielen Dank, Herr Fokken«, antwortet sie und übergeht seine Frage. »Wir melden uns, wenn wir Hilfe brauchen.«

»Ich schließe mich Ihnen an«, sagt Fiete hastig, lächelt Fokken an und kramt schon halb ihm Weggehen seinen Schlüsselbund aus der Gesäßtasche, um Janne den Wind aus den Segeln zu nehmen.

Überrumpelungstaktik. Schlagfertigkeit ist nicht Jannes Stärke. Sie hat sich in der Vergangenheit oft genug darüber geärgert, weil ihr die besten Antworten erst Stunden später einfallen.

Fokken startet bereits den Motor eines älteren, graumetallicfarbenen Ford Mondeo Kombi und winkt Fiete zu. Warum steht sein Dienstwagen auch am hinteren Ende des Parkplatzes? Ach ja, weil er die vorderen Plätze für die Bremerhavener frei lassen wollte. Zügig knirscht er die letzten zwei Meter über den rutschigen Schotter zu seinem Dienstwagen. Auf diese Begegnung braucht er eine Pause am Deich bei Tjark und 'ne Tasse Kaffee. Extra stark. Oder 'nen doppelten Espresso. Er legt die Hand an den rettenden Türgriff und öffnet die Autotür. Halleluja!

»Fiete!«

Vor Schreck lässt er vom Wagen ab, als hätte er einen gewischt bekommen.

»Du kannst mich in einer Stunde vorm *Hohen Haus* abholen. Wir beide ermitteln vor Ort!«

Was hat sie gesagt? Vor Ort? Wir beide? Er kann sich nur verhört haben, weil Fokken gerade das Standgas seines ollen Mondeo aufheulen lässt, als gäb's kein Morgen mehr.

»Und ich weiß nicht, ob es dir schon aufgefallen ist?«, kämpft sie gegen den dröhnenden Motor an. »Vielleicht ziehst du dir vorher noch 'n frisches Hemd an. Du hast 'nen ziemlich dicken Fleck vorm Bauch.«

18

Eine Stunde später bei Fiete

Fiete ist speiübel. Er schließt die Dachluke mit einem Ruck, weil die Fensterdichtung ihre besten Zeiten hinter sich hat, und legt den Riegel um. Sicher ist sicher. Janne wird, so lange die Ermittlungen andauern, in Greetsiel bleiben. Unter Einsatz von Verdrängungstechniken wär das noch irgendwie zu schlucken. Aber Janne muss natürlich eins obendrauf setzen! Sie rückt ihm sogar so dicht auf die Pelle, dass sie höchstens fünfzig Schritte von ihm entfernt ist, weil sie im *Hohen Haus* übernachtet. Im allerschlimmsten Fall kann sie von ihrem Zimmer aus auf sein Dachfenster gucken und sehen, wann er abends das Licht ausschaltet.

Angefressen von Jannes spitzer Bemerkung über sein Hemd, schmeißt er es im Vorbeigehen gegen den Wäschemuff und trödelt nach unten. Auf der Treppe hört er aufgeregtes Gekicher und Geschnatter aus der Bäckerei.

Zögerlich streckt er den Kopf durch den Vorhang zum Verkaufsraum.

»Fiete!« Wandas Stimme klingt aufgekratzt. »Du hast mir nich erzählt, was du für eine reizende Kollegin hast!« Wanda sieht Janne an, die neben der Theke vorm Stammtisch steht und geschmeichelt lächelt.

Jetzt stürmt sie auch noch sein Zuhause, weil sie sicherlich seinen Dienstwagen vor der Bäckerei gesehen hat. Könnte bitte jemand diesen Film anhalten? Henni sitzt mit glänzenden Augen am Stammtisch. Meine Herren! Muss die nicht mal arbeiten? Wasser auf die Mühlen der Greetsieler Damenwelt. Er will sich gar nicht vorstellen, was die jetzt zu tuscheln haben. Wandas Bäckerei und Hennis Strickladen sind die Hauptumschlagplätze für siedend heiße Informationen. Nicht zu vergessen die Käsetheke im Lebensmittelladen.

»Die bleibt nich lange«, murrt Fiete und tritt durch den Vorhang.

»So lange – bis wir den Täter gefasst haben«, kontert Janne. In ihrer Stimme schwingt Überlegenheit.

»Sag ich ja!«, pampt er zurück.

»Fiete hat mir gar nicht erzählt, dass er eine so entzückende Vermieterin hat«, übergeht sie seine patzige Antwort.

Wenn die sich weiter gegenseitig beweihräuchern, wird ihm gleich noch schlechter. Statt sich ihn als Zielscheibe auszusuchen, könnte Janne doch mal erzählen, was sie *ihm* verheimlicht hat.

»Wisst ihr schon, weshalb man Tamme umgebracht hat?«, fragt Wanda beiläufig.

Woher weiß sie das denn? Fiete sieht zu Janne, die unschuldig beide Hände hebt.

»Wie kommst du drauf, dass Tamme Gerdes das Opfer ist?«

Wanda verdreht genervt die Augen zur Decke. »Glaubste, wir leben hier in 'nem informationsfreien Vakuum?«, fragt sie und sieht ihn an, als sei er derjenige, der grundsätzlich auf der Leitung steht. »Schon vergessen? Onno hat die Haare von dem Toten auf dem Förderband gesehen!«

»Und daraus schließt du, dass Tamme Gerdes tot ist. Klingt logisch«, veralbert er Wandas Kombinationsvermögen und schaut ebenso genervt zur Decke.

»Meinste, ich bin plemplem? Wenn die Haare in dem Gammel blond waren, deine Truppe Gerdes' Firma auseinandernimmt, und Wiebke und Tamme weg sind …«

»Könnte es auch Wiebke Gerdes sein«, unterbricht er sie.

»Nee, du Schlaumeier. Die hat nämlich *braune* Haare«, feuert sie zurück, raschelt mit einer Brötchentüte und reicht sie Janne. Die kichert hinter vorgehaltener Hand und gönnt ihm vermutlich Wandas Schlagfertigkeit.

»Geben deine … *Informationen* was über Tamme Gerdes' Privatleben her?«, brummelt er, um davon abzulenken, dass sie richtig kombiniert hat.

»Bin ich der Greetsieler Nachrichtendienst? Kein Wunder, dass die dir Verstärkung schicken.« Wanda zwinkert Janne zu. »War der immer schon so'n Bollerkopp?« Dann sieht sie Fiete scharf an. »Aber wenn man mich *freundlich* um Hilfe bittet, mache ich vielleicht 'ne Ausnahme. Vorausgesetzt, man erklärt mir, wieso am Montagabend vorne aus meinem Hund Krabben rauskamen. Und zwar in hohem Bogen.«

***

»Bevor du etwas sagst«, erstickt Fiete jedes private Wort im Keim und lässt das Fenster seines Dienstwagens runter, damit er nicht an Jannes HUGO BOSS Women erstickt. »Wir ziehen das professionell durch, und dann is der Käse für mich gegessen. Außerdem hab ich keine Ahnung, weswegen ich überhaupt an dem Fall mitarbeiten soll. Ich bin erst seit zwei Wochen hier. Falls da jemand auf meine Ortskunde spekuliert; von *ortskundig* kann keine Rede sein.«

»Stimmt. Deine Vermieterin kennt die Einheimischen besser«, sagt sie und klickt den Anschnallgurt ein.

»Wessen großartige Idee war das?«, fragt er angesäuert und steckt den Schlüssel ins Zündschloss.

Janne knistert mit der Brötchentüte, zieht ein Krinthstuutje heraus und beißt herzhaft hinein.

Gleich ist wieder alles voller Krümel. Auf, unter, neben dem Sitz. Da hat er schon den Kaffee auf! Und der Staubsauger an der Tanke ist defekt, weil angeblich irgendein Döskopp abgebrochene Stricknadeln aus ’nem Auspuff gesaugt hat. Wenn Janne weg ist, wird er sich vermehrt um Alkoholkontrollen kümmern.

Janne weiß, er hasst es, wenn sie im Auto isst. Damals musste er tagelang im Dienstwagen nach der Quelle eines undefinierbaren Gestanks fahnden, weil ein Stückchen Esrom von Jannes Käsebrötchen zwischen Handbremse und Sitz steckte.

Sie kaut, packt den Rest Krinthstuutje zurück in die Tüte und klemmt das Päckchen in die Türablage.

»Wie lange soll die Tüte da bleiben? Bis die alleine zum Mülleimer laufen kann?«, fragt er stinkig, weil sie ihn ignoriert.

»Fischbecks Idee«, sagt Janne und schluckt den letzten Bissen runter.

»Hä? Was?«

»Du hast gefragt, wessen Idee es war, dass wir vor Ort ermitteln«, antwortet sie emotionslos. »Fischbeck will den Fall abschließen, bevor er in Pension geht.«

Fischbeck. Jens Fischbeck. Erster Kriminalhauptkommissar in Bremerhaven würde Ende des Jahres pensioniert und hat den Stein damit erst ins Rollen gebracht.

Seine Tochter Alina und Janne sahen sich zum Verwechseln ähnlich. Da Alina seit einer Rucksacktour durch Vietnam als vermisst gilt, hat Fischbeck in Janne wohl so was wie die Auferstehung seiner Tochter gesehen und Janne auf Teufel komm raus protegiert.

»Und du hast damit selbstverständlich nichts zu tun!«, fährt Fiete sie heftiger an als beabsichtigt. Als er bemerkt, dass er auch zu heftig in Richtung der Zwillingsmühlen die Einkaufsstraße hinabdonnert, tritt er reflexartig auf die Bremse.

Janne schießt in ihrem Sitz nach vorne, wird aber von ihrem Gurt gehalten. »Sach mal, geht's noch? Erst lässt du dich heimlich versetzen und haust ab, ohne ein Wort zu sagen, geschweige denn, dass man den *feinen Herrn* ans Telefon bekäme. Und jetzt unterstellst du mir, es sei meine Schuld, dass ich in diesem Nest ermitteln muss?«, meckert sie los. »Lieber gucke ich den ganzen Tag auf Sörens Hemden und krieg 'ne Augenentzündung!« Janne blickt demonstrativ nach rechts, wo die grüne und rote Mühle an ihnen vorbeiziehen.

Ihren sturen Rechtsblick aus dem Fenster liebt Fiete genauso wie Krümel und Esrom unterm Sitz. Ein untrügliches Signal dafür, wie sauer sie auf ihn ist.

Aber es stimmt. Er hat ihre Anrufe ignoriert. Absichtlich. Weil er sich betrogen und hintergangen fühlte. Für Jannes Verhalten gibt es keine Entschuldigung. Nach zehn gemeinsamen Jahren erst recht nicht.

»Ich hatte zu tun«, rechtfertigt er sich.

»Mit Touris, die nach dem Weg fragen?«, patzt sie.

»Mit einer geschredderten Leiche und einer Ex-Freundin, die mich hintergangen hat und die sich anscheinend mit meiner Vermieterin verbrüdert!«

»So viel zum Thema – *professionell*«, sagt sie zu sich selbst und zieht resigniert die Brauen hoch.

19

Mittags bei Huber

Je höher die Sonne klettert, desto tiefer rutscht Fietes Laune in den Keller. Auch der stahlblaue Himmel über dem Hof von Tamme Gerdes' Nachbarn kann daran nichts ändern. Neidisch blickt Fiete zwei lachenden Mountainbikern hinterher, die mit Sonnenbrillen, Picknickkorb und am Lenker befestigter Straßenkarte an ihnen vorbeistrampeln.

Während die vergnügten Radler eine Tour mit Windmühlen, Gulfhöfen und Häuptlingsburgen genießen und sich heißen Juliwind um die Nase wehen lassen, ist die Stimmung zwischen Janne und ihm am Gefrierpunkt.

Gut, dass es nach zehn Jahren Teamarbeit wenigstens beruflich nichts zu diskutieren gibt. Nach dem Gespräch mit Lebensmittelkontrolleur Fokken hat Fiete nicht den geringsten Zweifel, wo sie ansetzen würde.

Sepp Hubers Haus- und Hofdekoration passt hervorragend zu Fietes Stinklaune. Vor der Haustür des renovierungsbedürftigen Backsteinhauses steht eine verwitterte Holzbank mit rostigem Gestell. Gleich daneben dient ein ausrangierter Treckerreifen ein paar vertrockneten Geranien als Blumenkübel. Hinter schmuddeligen Fenstern laufen sich angegraute Gardinen, Trockensträuße und Steinfiguren den Rang ab.

Janne drückt naserümpfend auf den angeranzten Klingelknopf, der keinen Ton von sich gibt. Huber scheint zu Hause zu sein, weil ein schlammverkrusteter Jeep in der Einfahrt parkt.

Ehe Fiete hier mit Janne blöd rumsteht, weil keiner aufmacht, stiefelt er los ums Haus herum.

Drinnen winselt ein Hund in den erbärmlichsten Tönen. Aus den seitlichen Fenstern hat man einen ungehinderten Blick auf Seafood, wo die Jungs der Spurensicherung über den Parkplatz und durch den Vorgarten waten. Hoffentlich haben die bald brauchbare Ergebnisse, umso eher ist er Janne wieder los. Fiete atmet tief durch den Mund ein. Der Fischgestank ist derart penetrant, als hätte man ihm einen Hering direkt vor die Nase gebunden. Hier möchte er nicht wohnen. Kein Wunder, dass Huber öfter das Lebensmittelamt einschaltete.

Fiete lugt um die Ecke zum Garten. Die Deko hier ist auch nicht besser. Zwei Berge Brennholz und zerrissene Pappkartons notdürftig mit Plastikplanen abgedeckt, ein aufgebocktes grünes Schrottauto ohne Reifen, Farbeimer, Pinsel und jede Menge Gerümpel. Am Ende des weitläufigen Grundstücks steht ein Schuppen, der aussieht wie ein altes Backhaus. Plötzlich öffnet sich die Brettertür des Häuschens, und der weiße Hund mit dem pinken Halsband kommt herausgeschossen. Durchs hohe Gras hoppelt er wie ein Kaninchen auf Fiete zu und kläfft. Dahinter tritt der Nachbar mit der wirren Dirigentenfrisur heraus.

Was hat der denn in der Hand? Als er Fiete sieht, dreht er um, verschwindet kurz wieder im Schuppen und kehrt mit leeren Händen zurück. War das ein Hackebeil?

Huber hebt eine Hand zum Gruß und bindet sich auf dem Weg zu Fiete eine Schürze ab. Der kleine Kläffer ist bereits bei Fiete angekommen und springt vor Freude an ihm hoch. Hat er sich eben doch nicht getäuscht.

»Was machst du denn hier?« Fiete beugt sich zu Fienchen runter, die mit dunkelroten Sprenkeln getupft ist wie ein Dalmatiner. »Du hast mich bei deinem Frauchen verpfiffen, weißt du das?« Fienchen setzt sich und legt den Kopf schräg, als wüsste sie genau, dass er die Krabben meint. »Wie siehst du eigentlich aus?« Die roten Tupfen sehen nach frischem Blut aus. Als Fiete die Hand nach Fienchen ausstrecken will, um die roten Tröpfchen zu befühlen, hält sie das wohl für eine Spielaufforderung, springt mit einem Satz auf und flitzt im Zickzack durch die Wiese wieder auf das Backhaus zu.

»Griaß di«, murrt Huber und stopft sein Karohemd in die speckig glänzende Krachlederne. Was an einzelnen Stellen noch Wildleder erahnen lässt, ist an den Oberschenkeln fettig und abgewetzt. Unten aus der Lederhose staksen ein paar drahtig-kernige Waden hervor. Dass der darin bei dieser Hitze nicht schwitzt.

»Moin!«, tönt es hinter Fiete. »Herr Huber? Kriminalhauptkommissarin Janne Janssen. Das ist mein Kollege Mommsen«, kommt sie Fiete zuvor und wedelt mit ihrem Dienstausweis.

Kollege Mommsen. Das kann ja heiter werden. Bisher durfte sich immer jeder selbst mit Dienstgrad vorstellen.

»Ich hätte ein paar Fragen an Sie«, sagt sie, als wäre Fiete gar nicht da, und steckt ihren Polizeiausweis umständlich in ihre Handtasche.

Huber faltet seelenruhig seine Schürze zusammen und guckt grimmig. Der hutzelige Endfünfziger sieht aus wie der Almöhi, der sich in einer einsamen Berghütte am wohlsten fühlt, in der er seine Suppe mit einem selbst geschnitzten Löffel schlürft. Die gerötete Knollennase lässt erahnen, dass es zum Nachtisch einen Selbstgebrannten gibt. Was den wohl nach Greetsiel verschlagen hat?

Huber stemmt abwartend seine Hände in die Hüften. An der rechten Hand trägt er einen schmuddeligen Mullverband.

Fiete deutet darauf. »Haben Sie sich verletzt?«

Der ist ja sehr gesprächig. Der schaut nicht nur aus wie ein Almöhi, der seit Monaten keinen Menschen mehr gesehen hat, der benimmt sich auch, als würde er keinen gesteigerten Wert auf soziale Kontakte legen.

»Schönes Grundstück«, lügt Fiete deshalb. Er wüsste zu gerne, was der da hinten mit dem Hackebeil veranstaltet und woher Fienchen die blutigen Tupfen hat. »Ist das Backhaus noch in Betrieb?«

Huber steht regungslos da.

»Das würde ich mir gerne mal ansehen.«

»Wieso? Haben S' einen Durchsuchungsbeschluss, oder weswegen san S' do?« Huber stellt sich breitbeinig hin, als wolle er Fiete den Weg versperren.

»Wir sind wegen Tamme Gerdes hier«, mischt Janne sich ein und deutet zu Seafood hinüber.

Huber kneift seine Augenbrauen zusammen und guckt finster. »Ich hab mit dem nix zu schaffen«, antwortet er abfällig. »Hat er was ausgfressen oder weswegen is Großrazzia?«

»Nach derzeitigem Ermittlungsstand wurde Herr Gerdes ermordet«, antwortet Janne und lässt den Satz auf Huber wirken.

»Ja mei, ist er wohl an den Falschen graten«, stellt Huber fest, als hätte man ihm erzählt, dass in Usbekistan die Parkgebühren steigen.

»Wie meinen Sie das?«, hakt Janne nach. »Hört sich an, als wäre Herr Gerdes nicht gerade beliebt gewesen.«

Meine Herren, Janne! Wohin soll denn das Geplänkel führen?

»Was meine Kollegin damit sagen will, wir haben Hinweise darauf, dass es zwischen Ihnen und Gerdes Streitigkeiten gab.«

»So, haben S' des?«, entgegnet Huber mürrisch.

»Stimmt es denn?«, will Janne wissen, der es nicht gefällt, dass Fiete vorgeprescht ist.

Huber mustert sie. »Bringn S' gleich jemanden um, mit dem Sie sich ned guat verstehen?«

Janne wirft Fiete einen angesäuerten Blick zu. Wenn sie könnte, würde sie das vermutlich grade tun.

»Welche Unstimmigkeiten gab es denn zwischen Ihnen?«, kürzt Fiete ab. »Den Fischgestank?« Er lacht und zieht die Nase kraus.

»Ich will bloß meine Ruhe.«

Das macht den kratzbürstigen Huber allerdings fast sympathisch. Mehr als seine Ruhe will Fiete nämlich auch nicht.

Fiete steckt relaxt beide Hände in die Hosentaschen, um Huber kumpelhaft aus der Reserve zu locken. Er wendet sich zum Maschendrahtzaun, hinter dem die Baugrube endet. Nebenan werden die ersten Spusikisten zurück in die Bullis getragen. »Es ging um Ihr Grundstück, oder?«

»Hören S', ich bin erst vor ein paar Monaten hergzogen. Ich lasse mich ned vertreiben, nur weil der spinnt.«

»Und deshalb haben Sie alle Hebel in Bewegung gesetzt, den Bau zu stoppen?«, funkt Janne wieder dazwischen.

»So einen Hirntoni stoppt man ned einfach. Der hat meinen Grund und Boden verplant, ohne zu fragn, ob ich überhaupt verkaufen will. Hat aber ganz schnell gmerkt, dass er bei mir auf Zement beißt.«

»Ohne Sie zu fragen?«, wiederholt Fiete missbilligend und wirft Janne einen flüchtigen Blick zu. »Scheint ja modern zu sein.«

»Genauso wie Zement«, kontert sie spitz.

»Weil es die beste Lösung ist, Grenzen aufzuzeigen«, hält Fiete dagegen.

Hubers Gesicht nach weiß der grad nicht, wo die Glocken hängen und was das für eine Unterhaltung ist.

»Und deshalb haben Sie sich mit dem Lebensmittelamt dafür revanchiert«, schwenkt Janne um. Huber kann gar nicht so schnell folgen und zögert einen Moment.

»Hat der Gsichtskrapfn das gsagt?«

»Wer?«

»Na, der Gschaftlhuaber vom Amt. Ich hab gesehen, dass Sie eben mit dem gesprochen haben. Der hat's grad nötig mit seine Segelohrn. Daheim in den Bergen tät man den bei Sturm wegschließen, damit er ned übern Hochwanner fliegt.«

Innerlich muss Fiete lachen. Fokken ist ein Schaumschläger. Da hat Huber recht. Dem aufgescheuchten Gesicht der Bedienung in der *Börse* neulich abends nach, als Fokken im dicksten Gedränge vor der Theke auftauchte, ist klar, was der bei Kontrollen für einen Zinnober veranstaltet. So einer ist nervtötend. Hubers Ärger über Fokken bestätigt aber – er hat sich tatsächlich beim Lebensmittelamt über Seafood beschwert.

»Dennoch gab es Differenzen«, sagt Janne kiebig und zieht vielsagend die Brauen hoch.

»Das hat Herr Huber ja nicht abgestritten. Die *Differenzen* kann man sogar riechen«, fährt Fiete ihr in die Parade und rümpft die Nase. »Aber man kann sich auch nicht alles gefallen lassen!«

Janne sieht ihn vorwurfsvoll an. Mist! Genau so einen Schnitzer wollte er vermeiden.

»Tamme Gerdes hat offenbar hinter Herrn Hubers Rücken dieses Grundstück beim Neubau mit eingeplant.« Um seine Feststellung zu untermauern, deutet Fiete mit dem Zeigefinger auf die Erde. »Da würde jeder reagieren!«

Jannes strafender Blick sagt ihm, dass sie seine Anspielung verstanden hat. Auf der Rückfahrt wird sie nicht stur nach rechts aus dem Fenster starren, sondern ihm eine deftige Standpauke halten. Er ärgert sich, weil er für einen winzigen Augenblick die Kontrolle verloren hat.

Huber nickt zustimmend, guckt aber dennoch verwundert zwischen ihnen hin und her. »Sonst noch was?«

Janne setzt pikiert ihre Sonnenbrille auf und schaut zu Seafood rüber.

Fiete räuspert sich. »Ist Ihnen in den letzten Tagen etwas Ungewöhnliches aufgefallen?«

Huber krempelt mit der verbundenen Hand seinen linken Hemdsärmel auf, reibt bedächtig seinen Nacken und sucht die Antwort wohl auf der ungepflegten Rasenfläche. »Außer der Sache im Vorgarten von dem Deppen hab ich nix gsehen. War a ordentliche Sauerei.«

Sauerei? Wo hat Fiete das zuletzt gehört? Sicher. In Verbindung mit der Umgehungsstraße. Dies hier ist die Umgehungsstraße.

»Was war denn mit dem Vorgarten?«, fragt er und freut sich ein bisschen, dass er Abbos rätselhafter Geschichte auf die Schliche kommt.

Huber druckst einen Moment herum. Dann fährt er sich ein paarmal durch die fusselige Frisur und kratzt sich am Hinterkopf. »Ich weiß ned, wer des war!«, betont er, obwohl Fiete gar nicht danach gefragt hat. »Fischabfall. Der Vorgarten sah aus wie nach einem Gemetzel. Des lag überall. Ich hab des um fünf in der Früh gsehen, weil mein Hund rausmusste. Und gerochen hat man's.«

Fiete grinst. »Ich nehme an, Sie meinen den Fisch.«

Huber guckt irritiert. »Des hat gstunken, pfuiteife!«

»Haben Sie sonst noch was gesehen?«

Er schüttelt den Kopf.

»Wie steht es mit Ihrem Verhältnis zu Frau Gerdes?«

Huber reißt die Augen weit auf. »Ich hab kein Verhältnis!«

»So war das auch nicht gemeint«, stellt Fiete richtig und lächelt verlegen. »Ich meine ihr nachbarschaftliches Verhältnis.«

Huber presst kurz die Lippen aufeinander. »Die Wiebke? Des is a fesches Madl. Ich weiß ned, wos die gritten hat, so einen Deppen zu heiraten! Die hätt einen Bessren verdient.«

»Wiebke«, wiederholt Fiete.

Dafür, dass Huber noch nicht lange hier wohnt, scheint er sie besser zu kennen als erwartet. Sollte der sich mit Wiebke ein bisschen zu gut verstanden haben? Wenn Gerdes davon Wind bekommen hätte … Fiete erinnert sich an Gerdes' jähzornigen Ausraster, bei dem er gegen den Bürostuhl trat. Sollte Janne mit ihrem Anfangsverdacht richtig liegen? Er will gar nicht dran denken. Das würde sie ihm bis in alle Ewigkeiten aufs Brot schmieren.

»Dann haben Sie öfter mit ihr gesprochen?«

»Bloß übern Zaun, wenn er mal ned do war. Hat sich immer für ihrn Mann entschuldigt, weil der mich weghaben wollt. War's des?«

»Im Moment, ja. Wenn Ihnen sonst noch was einfallen sollte, melden Sie sich.« Fiete guckt Janne an, aber die stiert eingeschnappt zu Gerdes rüber und legt sich vermutlich grad parat, was sie ihm im Auto an den Kopf ballern wird. Da das Gespräch damit für Huber wohl beendet ist, nickt er und wendet sich zum Gehen um. Fienchen steht aufgeregt vor der Holztür des Backhauses und kratzt wie wild daran herum. Was ist denn mit der los? Janne bekommt das gar nicht mit. Eigentlich müsste er der Sache nachgehen, denkt Fiete.

20

Etwa zeitgleich auf Willems' Hof

Jan Willems knallt das Stallfenster an der Frontseite der Scheune zu. Seine Mutter ist wieder heimlich hier drin gewesen. Das geöffnete Fenster ist der sichere Beweis. Beim letzten Mal verirrte sich dieses Möwenmistvieh in seiner provisorischen Zuchtanlage. Vor lauter Panik, weil das Tier wohl den Ausgang nicht wiederfand, hat es das frische Algengranulat vollgeschissen. Das musste er danach entsorgen.

Glaubt seine Mutter ernsthaft, er macht das hier aus Langeweile? Während seines Praktikums auf Helgoland hat er etliche Basstölpel elendig durch Plastikmüll verrecken sehen. Ihre Nester am Lummenfelsen waren nicht nur aus Algen, sondern auch aus Plastikmüll gebaut. Sein schlimmstes Erlebnis – ein Basstölpelküken, das durch eine Plastikschnur stranguliert im rauen Nordseewind am Galgen baumelte. Seine Geschwister hockten über ihm im Nest und rissen gierig die Schnäbelchen auf, um sich von ihrer Mutter füttern zu lassen. Das Bild wird ihn sein Leben lang verfolgen. Der Anblick dieses Kükens ist alles wert.

Die schwüle Luft, die nach Fisch und Meer riecht, treibt ihm den Schweiß auf die Haut. Er zieht das schwarze Shirt mit dem Druck *May the Bass be with you* aus, das ihm am Oberkörper pappt, und hängt es über den Rand eines Zuchtbeckens. Eine ordentliche Belüftung ist am Geld gescheitert. Geld, das er sich ohnehin mühsam von seinem studentischen Aushilfsjob an der Uni Bremen absparen musste, bevor er sein Meeresbiologiestudium letztes Jahr hinschmiss, um sich ganz auf sein Projekt zu konzentrieren. Wenn alles glattläuft, sind seine Sorgen abgehakt.

Mit ein paar Klicks aktiviert er am Handy Spotify, das sich mit den eingebauten Boxen in der Scheune verbindet, und schiebt den Lautstärkeregler auf volle Pulle. Nicht nur, weil die uralten Umwälzpumpen, die das Wasser in den Becken zirkulieren lassen, möderlaut sind. Er muss sich ablenken. Seit zwei Tagen hat er nichts von Wiebke gehört. Durch Tamme, diesen Arsch, haben sie schon genug Zeit vergeudet. Wenn Jan an seine verfressene Visage denkt, als er Montagabend in der Firma war, wird ihm kotzübel. Wie konnte Wiebke das nur so lange mit diesem Dreckskerl ertragen? Zum Glück hat der selbstherrliche Penner nicht ansatzweise gemerkt, was hinter seinem Rücken läuft. Aber das hat ja nun ein Ende.

Der Rhythmus der House-Musik wummert über die Boxen, dass der Boden vibriert. Je lauter, desto besser und umso schneller bringt er die Reinigung der mittlerweile zwanzig Becken hinter sich. Eine lästige Arbeit, die aber im Gegensatz zur Offshore-Zucht den Vorteil bietet, eine konstant hochreine Qualität zu gewinnen und Schadstoffe auszuschließen.

Im Vorbeigehen schnappt er sich einen Metallkescher, der am Beckenrand lehnt, und steigt die fünf Stufen hinauf auf einen verzinkten Gitterrost, der wie eine Brücke über den brusthohen Becken schwebt.

Langsam lässt er den Kescher ins Wasser eintauchen, als die Scheunentür auffliegt.

Seine Mutter hält sich die Ohren zu, eilt auf ihren nylonbestrumpften Drahtbeinen auf ihn zu und bleibt vor den

Stufen stehen. »Schalt diesen Krach aus! Davon kriegt man ja Kopfschmerzen!«

»Mach die Tür zu«, brüllt Jan zurück und schmeißt den Kescher zur Seite, der tiefer in das Becken einsinkt. Er schaltet sein Smartphone aus und sieht seine Mutter an. »Ich will nicht, dass du ständig hier rumschnüffelst.«

»Kriegst du außer diesem Schwachsinn überhaupt noch was mit?«, wettert sie und glättet ihre weiß-lilastichigen Haare.

Jan springt von der Brücke und stellt sich breitbeinig vor sie hin. »Mehr, als du glaubst!«, sagt er und bemüht sich, einen Gang runterzufahren. Vielleicht war er zu heftig, aber seine Nerven sind zum Zerreißen gespannt. Was, wenn etwas schiefgegangen ist? Oder Wiebke sich nicht an den Plan hält und querschlägt? Was, wenn van Hoorn sie einlullt? Dann kann er einpacken.

»Dann hast du ja sicher mitgekriegt, dass Tamme ermordet wurde«, keift sic zurück.

Ehe Jan etwas erwidern kann, rauscht sie ab und knallt die Scheunentür von draußen zu.

21

Während der Mittagspause in Hubers Garten

Wanda stapft durchs hohe Gras von Hubers Wiese und wundert sich über Onnos Bräsigkeit.

Halb Greetsiel hat im Laufe des Vormittags die wildesten Theorien aufgestellt, wer Tamme ermordet haben könnte. Ob das nun Hinnerk war, der direkt die Fisch-Mafia verdächtigt. Seit er Mitglied beim Naturschutzbund ist, vermutet der sowieso hinter jeder Ecke die Vertuschung eines Umweltskandals. Henni, die Gianni aus der Pizzeria nicht über den Weg traut, weil Tamme überall rumposaunte, wie »scheiße« Giannis Pizza schmecke, und der seitdem kaum noch Gäste habe. Oder Tönnissens Frau Merle, die auf eine Verschwörung der kompletten Seafood-Belegschaft tippte, weil Tamme seit drei Monaten keine Löhne mehr gezahlt und sich stattdessen einen neuen Mercedes gegönnt habe. Alle haben spekuliert. Außer Onno. Ausgerechnet er, der beim Anblick von Tammes Überresten aus den Puschen gekippt ist, hat gar keinen Verdacht. Dabei müsste doch gerade Onno wissen wollen, wer ihm den filetierten Tamme in die Ladung gemogelt hat. Aber Fehlanzeige! Der hatte nix anderes im Kopp, außer sich zu ärgern, dass er wegen Tamme das Häcksler-Angebot im Baumarkt verpasst hat.

Das Scharnier der Holztür am Backhaus quietscht, als Huber sie einen Spaltbreit öffnet und Wanda aus ihren Gedanken reißt. Fienchen zwängt sich hindurch und hüpft an Wanda hoch. Wie sieht die denn aus? denkt Wanda bestürzt. Von Schnauze bis Schwänzchen ist ihr Fell mit rotbraunen Flecken übersät. Wanda beugt sich runter und streicht ihr über die gesprenkelte Nase. Die Tupfen fühlen sich hart und trocken an.

Huber räuspert sich. Wanda schaut auf und zuckt zusammen. Mit blutverschmierter Schürze und Fleischermesser in der Rechten steht er im Türrahmen und guckt sie düster an.

»Menschenskinners!« Vor Schreck fallen ihr die beiden Brötchentüten aus der Hand, die sie ihm mitgebracht hat. Huber sieht aus wie ein Kopfschlächter. Alle, die heute Vormittag noch unterschiedlicher Meinung waren, vor allem Hinnerk und Henni, wären sich jetzt einig. Huber war's! Sogar Onno wär der Häcksler grad schnuppe.

Huber bückt sich, hebt ihre Tüten auf und gibt sie Wanda zurück.

»Sie haben mich zu Tode erschreckt. Was haben Sie denn gemacht?«, platzt Wanda raus und zeigt auf Hubers Schürze.

Er fasst mit der Hand darüber und verschmiert seine Frontansicht. »Weißwurscht. Selbstgmacht. Hier gibt's ja nur Fisch. Warten S'.«

Dann dreht Huber sich um und verschwindet im Häuschen, um kurz darauf mit einem in Zeitungspapier eingewickelten Päckchen zurückzukehren.

»Zwanzig Minuten bei fünfundsiebzig Grad gar ziehen. Und hier«, er stellt Wanda ein Einmachglas obenauf, »des is selbst gmachter Senf. Ich hoff, der ostfriesische Gaumen verträgt des.«

Wanda balanciert das Senfglas auf dem Wurstpäckchen. »Deshalb sieht mein Hund so aus! Die ist fürchterlich verfressen. Am schlimmsten sind ihre Bettelanfälle, wenn sie Krabben oder Sahnesößchen riecht. Aber wenn sie Fleisch wittert, fällt ihr auch ab und zu ein, dass sie ein Raubtier ist.«

Fienchen setzt sich neben Huber und drückt ihren Körper an sein Bein. Das ist in jedem Fall ein gutes Zeichen. Auf Fienchens Instinkt kann sie sich verlassen. Und das sieht ganz klar danach aus, dass sie Huber mag.

Huber schaut zu Fienchen hinab. »Sie meinen, wegen der Punkte?« Er reibt sich den Nacken und guckt ein wenig betreten.

»Die ist Ihnen doch keinen Meter vom Schlapp gegangen, wenn Sie gewurstet haben.«

»Des is Ochsenblut.«

»Und wieder was dazugelernt«, freut Wanda sich. »Das sieht man den weißen Würsten gar nicht an.«

Huber lacht. »De Würschte san so weiß, weil die mit Eis gkuttert wern. Ochsenblut is Farbe! Damit streich ich die Holzdielen im Flur. Die Farbe is aba ned aus Ochsenblut. Des nennt man nur so, weil des Pigment Eisenoxidrot ist und an Blut erinnert.«

Farbe? Wanda hält einen Moment inne. Dann muss sie Fienchen trimmen, es sei denn, sie würde die empfindliche Hundenase mit Verdünnung quälen, und das kommt gar nicht in die Tüte.

»Des tut mir leid«, sagt Huber.

»Ach«, winkt Wanda ab. »Halb so wild. Die ist sowieso mit 'ner neuen Frisur dran.«

»Die zwei Rabauken haben getobt wie die Verrückten. Dabei hat mein Schröder den Farbtopf umgworfen. Der sieht noch schlimmer aus als Fienchen. Hat sich geschüttelt, der Lump! Da stand sie daneben.«

Huber guckt bedröppelt. Um die Situation für ihn etwas aufzulockern, streckt Wanda ihm die Brötchentüten mit dem gelbbraunen Logo der *Bäckerei Poppen* hin. Vielleicht kann sie ihn mit einer Nettigkeit etwas aus der Reserve locken. Ein Hundekuchen in Ehren kann niemand verwehren.

»Eine ist für Sie und in der anderen sind selbstgebackene Leberwurst-Leckerlis.« Dabei deutet sie auf ein Kreuz, das sie mit rotem Edding auf die Tüte gemalt hat. Vorsichtshalber. Weil Onno aus Versehen mal 'ne ganze Ladung davon verputzt hat und nur beanstandete – sie hätte den Zucker vergessen.

»Des wär nich nötig gewesen«, brummelt er und nimmt die Tüten entgegen.

»Da muss ja heute der Teufel losgewesen sein«, tastet Wanda sich ran und zeigt zu Seafood rüber. Der Parkplatz ist wie leer gefegt. Anscheinend sind die fünfzehn Bullis, die Abbo gesehen haben will, schon wieder abgerauscht. Fiete ist noch unterwegs, den kann sie erst heute Abend ausfragen.

»Mir is des wurscht, Hauptsache, ich hab meine Ruh«, entgegnet er.

Mehr hat er nicht dazu zu sagen?

»Das hört sich an, als hätten Sie sich mit dem ollen Knötterkopp auch nicht gut verstanden«, wagt sie sich vor. »Da sind Sie nicht der Einzige.«

»Ned guat verstanden?« Huber bohrt mit seinem grünen Gummilatschen an einer Grasnarbe herum und scheint mit sich zu ringen. Dann kneift er seine Augenbrauen zusammen. »Wie guat würden Sie sich mit jemandem verstehen, der dem Fienchen a paar Leckerlis geben würde, die ned aus Leberwurscht wär'n?« Er schaut auf die Tüte mit dem roten Hinweiskreuz.

Die Leberwurst ist wohl nicht sein Problem. »Sondern?« Wanda sieht ihn fragend an.

»Ich kann's ned bweisen«, sagt er. Seine Augen sind nur noch schmale Schlitze.

»Was können Sie nicht beweisen?«

»Dass der hinterfotzige Brunzkopf meinen Schröder vergiftet hat.« Dann öffnet Huber die Tüte und angelt einen Hundekeks für Fienchen raus. Die schnappt das Leberwurstgebäck aus der Luft und macht es sich damit im Gras gemütlich. »Des war Rettung auf den letzten Drücker.«

Wanda schlägt die Hand vor den Mund. Vergiftet? Sie muss sich einen Augenblick sammeln. Tamme soll Hubers Hund vergiftet haben? Das ist schon starker Tobak. Wenn jemand Fienchen etwas antun würde. Um Himmels willen! Sie wüsste nicht, was sie mit dem anstellen würde; aber im Watt gäb's für den 'ne schöne Stelle zum Antöckern und Warten, bis die Flut kommt. Was, wenn Huber genauso tickt? Wanda schluckt. Hubers Augen werden von einen auf den anderen Moment gläsern.

»Mein Schröder war des letzte Geschenk meiner Frau«, fügt er hinzu und wischt sich mit dem Handrücken über die Augen. Er wirft Fienchen noch einen Keks hin und zieht die Nase hoch.

War. Da hakt Wanda besser nicht ein, wenn Huber das nicht von selbst erzählt. Hört sich an, als wär der Witwer. Das ist bei Hinnerk mit Antje schon ein heikles Thema, obwohl die putzmunter ihr Leben genießt. Nur eben mit dem Masseur. Außerdem weiß Wanda, wie es sich anfühlt, wenn jemand für immer und ewig fehlen wird. Da will sie keine Wunden aufreißen.

»Und wieso meinen Sie, dass Tamme Ihren Hund vergiftet hat?«

»Wie gsagt, ich kann 's ned beweisn«, weicht Huber aus. Dem Gesichtsausdruck nach würde der nicht bis zur Flut abwarten, sondern den Tierquäler gleich mit dem Kopp in die nächste Regentonne drücken. Ob Fiete schon hier war und davon weiß?

»Tut mir leid«, sagt Wanda.

»Zum Glück ist der Tierarzt in Uttum auf Zack. Als ich mit ihm in der Praxis ankam, war er scho bewusstlos«, fügt Huber hinzu, schnieft und ballt seine Fäuste.

Du liebe Güte! Das arme Tier. Darauf will Wanda nicht näher eingehen. Um mehr über die Sache rauszukriegen, kann sie den Tierarzt auch direkt fragen, da der jeden Donnerstag ein Ostfriesisches Landbrot bei Wanda kauft.

Fienchen erhebt sich, tapst zu Huber und stupst ihn mit der Schnauze an, weil es keine Kekse mehr regnet. Ihr Rücken sieht aus wie moderne Kunst.

»Bevor ich es vergesse«, sagt Wanda und wirft noch einen Blick auf Fienchens getupftes Fell. »Heutzutage muss man der Konkurrenz ja immer einen Schritt voraus sein.« Wanda zwinkert. »Da Sie sich offenbar sehr gut mit Rezepten auskennen: Hätten Sie nicht ein echt bayerisches Backrezept für mich?«

»Ich müsst erst nachschaun, in welcher Kiste des Kochbuch meiner Frau ist. Ich bin no ned dazu gekommen, alle Kartons auszupacken. Mei Gekrakel kann niemand lesen. Reicht es, wenn ich Ihnen später etwas ausdrucke und morgen früh mitbringe?«

Wanda lächelt.

»Oder brauchn S' es sofort?«, fragt Huber nach und kräuselt die Stirn.

»Wissen Sie, ich hab eine uralte Sammlung mit Rezepten ab 1900. Da bin ich vielleicht ein bisschen altmodisch.« Wanda wiegt den Kopf hin und her. »Ich würde mich sehr freuen, wenn Sie mir das Backrezept für meine Sammlung höchstpersönlich auf einen Zettel schreiben könnten. Das bekäme natürlich einen Ehrenplatz.« Wanda grinst und sieht Huber an, dass der sich geschmeichelt fühlt.

Nebenan rollt ein roter VW Golf auf das Seafood-Gelände.

Auf einmal hat Huber es eilig. Ruckzuck bindet er sich die Schürze ab, schaut zum Parkplatz rüber und fährt sich durch die fusselige Frisur. Irgendwie scheint er nicht mehr ganz bei ihr zu sein, weil er den Parkplatz fixiert. Als Wiebke Gerdes aus ihrem Auto aussteigt, hellt sich sein Gesicht auf.

Wandas Leberwurst-Leckerlis

120 g Leberwurst
50 g Quark
1 Ei
200 g Dinkelmehl

Quark, Ei und Leberwurst vermengen. Mit dem Mehl zu einem glatten Teig verkneten. Anschließend 5–6 mm dick ausrollen und mit Förmchen ausstechen. Im vorgeheizten Backofen bei 150 Grad etwa 20–25 Minuten backen.
Alternativ kann auch Roggen-, Mais- oder Vollkornmehl verwendet werden.
Die Konsistenz des Teigs eventuell mit etwas Sonnenblumenöl oder Mehl ausgleichen.

Wandas Geheimtipp: etwa 3 Esslöffel Mehl durch Rindermehl ersetzen!

22

Am Nachmittag in der Bäckerei

»Hier stinkt was ganz gewaltig«, sagt Wanda und stellt Teetassen samt Kanne geräuschvoll auf den Stammtisch.

Onno zieht den Hemdkragen lang unter die Nase. »Ich bin's nich.«

»Sach mal, kannste mal dein Gehirn einschalten?«, ranzt Henni ihn an und verteilt das Geschirr.

»Nee, der Schalter is heute kaputt, weil die Häcksler ausverkauft sind. Ole Petersen war drei Sekunden schneller und hat die letzten zwei genau vor Onnos Nase weggeschnappt. Und jetzt will Ole ihm einen zum stinknormalen Ladenpreis andrehen«, frotzelt Hinnerk und gießt sich Tee ein. »Is die Revanche für den Akkuschrauber.« Hinnerk lacht sich scheckig und haut Onno auf die Schulter.

»Bloß weil mir einer 'nen Einkaufswagen in die Hacken gerammt hat. Kann ich mich auch drüber aufregen«, brummt Onno.

Wahrscheinlich war heute ganz Greetsiel auf der Jagd nach 'nem Häcksler in Norden, nur um einen Grund zu haben, an Seafood vorbeizufahren und zu luppern.

»Du solltest dich lieber drüber aufregen, dass dir einer den kleingehäckselten Tamme in die Ladung geschummelt hat und du nix gemerkt hast«, holt Wanda ihn auf den Boden der viel schlimmeren Tatsachen zurück.

»Ach, und wie hätte ich das merken sollen? Glaubste, ich drehe das Gestinke noch ordentlich auf links um, bevor ich das verlade«, antwortet Onno trotzig.

Was hat der denn jetzt für ein Problem?

»Auf jeden Fall war Huber ganz schön von der Rolle, als Wiebke plötzlich auf den Hof fuhr«, stellt Wanda fest und überhört Onnos Gemotze einfach. »Hast du noch was gesehen?«, fragt sie Hinnerk.

»Ich hab nix mitgekriegt, weil der Wuttke und ich drei Stunden gebraucht haben, um den blöden Bullen in den Transporter zu schieben. Immer wenn der grad mit drei Beinen drinstand, hat die Meier-Piepenkötter gemuht, und der Döskopp is rückwärts wieder raus.«

»Ja, nu', so schön kann Liebe sein«, witzelt Henni und schlägt neue Socken an.

»Liebe? Die is froh, dass sie den los is. Pfff ...«, pustet Hinnerk durch die Backen und löffelt Sahne in seinen Tee.

»Kannste das noch mal wiederholen?«, fragt Wanda.

Hinnerk guckt Wanda skeptisch an. »Pfff ...«

»Mensch, Hinnerk, biste jetzt auf dem gleichen Trip wie unser Schnäppchenjäger? Das, was du gesagt hast!«

»Könnt ihr euch nich mal 'nen anderen zum Piesacken aussuchen?«, meckert Onno los und wurschtelt in seinen Hosentaschen rum.

Wanda, Henni und auch Hinnerk, der eben noch seinen Spaß hatte, Onno wegen Ole zu foppen, gucken sich ratlos an. Im Gegensatz zu heute früh, als Onno wie ein hypnotisiertes Kaninchen auf seinen Tee gestiert hat, weil ihm die Tamme-Sache offenbar ziemlich an die Nieren ging, wirkt er wie ausgewechselt. Wanda sieht Henni fragend an, die nur mit den Schultern zuckt, weil ihr Bruder kaum genießbar ist.

»Suchste irgendwas?«, fragt Henni, weil Onno unaufhörlich seine Hosentaschen durchwühlt.

»Mir is grad nur was eingefallen.«

»Die Hose is frisch gewaschen, da findeste nix drin.«

»Ich such ja auch gar nix«, pampt Onno zurück.

»Und warum wühlste dann in deiner Büx?«

»Kann ich doch machen, wie ich will.«

»Du bist nicht mit der Kneifzange zu genießen«, mischt Wanda sich ein, weil das bei Henni und Onno sonst immer so weitergeht, wenn die sich einmal in den Haaren liegen. »Um auf die verliebte Kuh zurückzukommen«, setzt Wanda an.

»Die is nich verliebt!«, berichtigt Hinnerk.

»Ja eben!«

Wanda sieht Henni und Hinnerk an, dass sie ihr nicht folgen können. Onno gibt sich erst gar keine Mühe, weil der noch mit seiner Hosentaschenausgrabung beschäftigt ist.

»Findet ihr das nicht komisch? Das ist doch kein Zufall, dass ausgerechnet Wiebke spurlos verschwunden war. Genau zu dem Zeitpunkt, als Tamme abgemurkst wurde. Und nachdem die Spurensicherung weg war, oh Wunder, ist Wiebke plötzlich wieder da.«

»Und was hat dat jetzt mit Hinnerks Kuh zu tun?«, fragt Henni und rückt ihre Brille zurecht, als würde sie dann besser durchblicken.

»Leute, ehrlich! Ab und zu mal 'nen Krimi statt Traumschiff könnte nicht schaden. Vielleicht ist Wiebke genauso froh, wie Hinnerks Kuh, dass sie den dösigen Bullen los ist.« Wanda grinst.

»Hätte ich nich besser ausdrücken können«, sagt Hinnerk und schmunzelt.

Dass Tammes Tod bei Hinnerk keine wochenlange Trauerdepression auslösen würde, war vorauszuahnen.

Henni legt beim Stricken einen Zahn zu. Angeblich kann sie sich dann besser konzentrieren. »Du meinst, Wiebke war absichtlich nicht zu Hause?«

»Wäre doch möglich. Man guckt den Leuten immer nur vor den Kopp.«

»Und *auf* den Kopp«, ergänzt Hinnerk und nippt an seinem Tee.

»Eben, das ist auch so'n Ding. Wofür will Wiebke denn auf einmal 'ne Haarverlängerung? Ich sag euch, wenn Frauen die Frisur radikal verändern, stimmt was nicht.«

Henni hält einen Moment inne und starrt auf ihr Strickzeug, als hätte sie sich zum ersten Mal im Leben beim Muster verzählt. »Und wenn Frauen zentnerweise Unterwäsche kaufen? Is dann auch was verkehrt?«

»Dann is dat Konto im Minus und die Frau mit Unterwäsche und Liebhaber aufm Weg nach Borkum«, schnauzt Hinnerk los und donnert seine Faust auf den Tisch, dass die Teetassen klirren. Er knetet seine Wurstfinger durch, als wollte er sich für einen Kampf von Mann zu Mann aufwärmen.

»Sach ma, Hinnerk!«, zetert Henni und hält eine Stricknadel in die Höhe. »Jetzt hab ich vor Schreck die Nadel rausgezogen und darf die ganzen Maschen wieder einsammeln.«

Menschenskinners, sind die heute alle durch den Wind. Erst Onno mit seiner Stimmungsschwankung, Hinnerk ist sofort auf dreitausend, weil Henni was von Unterwäsche quasselt, und die is jetzt auch noch grätig, weil sie sich durch Hinnerks Schlag auf den Tisch verjagt hat.

Wanda wirft einen Blick zur Uhr. Erst halb fünf Uhr. Sie verschwindet kurz hinter dem Vorhang der Backstube. Dann kehrt sie mit einer verkorkten Flasche und vier Pinneken zurück. Sie dreht den Korken ab und gießt selbst aufgesetzten Kruiden in die Gläschen.

»Dürfen wir das?«, wendet Henni ein, zieht den Söpke zu sich ran und schaut dabei verunsichert zur Ladentür.

»Angesichts der Tatsache, dass Tammes Tod euch offenbar allen auf den Magen geschlagen ist, ist das ausnahmsweise erlaubt.«

»Aber es ist noch nicht sechs Uhr«, gibt Henni zu bedenken und erinnert Wanda damit an ihren verstorbenen Klaas, dessen Lebensmotto es war: Trinke niemals vor sechs Uhr.

Wanda lächelt und guckt in die Runde. »In meiner Bäckerei bestimme ich, wann sechs Uhr ist! Außerdem ist die Flasche jetzt sowieso um.«

Hinnerk und Onno fackeln nicht lange und rücken die geleerten Gläschen bereits in die Tischmitte neben die leere Buddel.

Onno sieht auf einmal nachdenklich aus.

»Brauchste den Korken noch?«, fragt er Wanda und dreht den Stöpsel, der allmählich wegen Altersschwäche auseinanderbröselt, zwischen den Fingern hin und her.

»Was willst'n damit?«, fragt Henni, die nicht mal am Schnaps gekostet hat und verständnislos den Kopf schüttelt.

»Kannste nicht einfach deine Maschen sortieren?«, nörgelt Onno und deutet auf Hennis Stricksalat.

»Nimm mit«, sagt Wanda. Wenn der Schnaps schon nicht geholfen hat, dann hoffentlich der Korken.

»Wie bist du eben eigentlich auf Unterwäsche gekommen?«, fragt Wanda Henni.

»Heike war doch vor ein paar Wochen zum Stricktreff da«, antwortet sie und hebt nach und nach die Laufmaschen zurück auf die Nadel.

Heike Schmidtke von *Heikes Wäscheträume*, die eigentlich nur beim Treff dabei ist, wenn sie was zum Weiterquatschen hat.

»Wenn ihr euch jetzt über Unterwäsche unterhalten wollt, dann fahre ich besser«, grummelt Hinnerk und schickt sich an aufzustehen.

»Nu' warte doch mal und lass Henni ausreden«, beschwichtigt Wanda und drückt ihn energisch auf seinen Stuhl zurück.

»Jedenfalls hat die erzählt, dass Wiebke Großeinkauf gemacht hat. Heike meint, die hat bisher immer nur weiße Baumwollschlüpper gekauft. Und jetzt fängt sie an mit feiner Spitze und Schischi und Rot und Schwarz, und das Ganze für fast sechshundert Euro. Sechshundert Euro!« Henni tippt sich mit der flachen Hand vor die Stirn. »Heike sagt, da is was im Busch. Für Tamme braucht die keine Schischischlüpper.«

»So, und nu' wissen wir alle, was Wiebke für Unnerbüxen trägt. Darf ich jetzt gehen?«, mault Hinnerk und will wieder aufstehen.

»Wo wir grad bei Schwarz sind. Wo is eigentlich mein schwarzer Anzug«, wirft Onno dazwischen.

»Wozu brauchste denn deinen schwarzen Anzug? Da muss ich erst den Knopp annähen. Willste zu Tammes Beerdigung? Oder machste wieder 'n Date an mir vorbei?«

»Kann ich auch selber annähen«, muffelt Onno.

»Du willst 'nen Knopp annähen? Mit deinen Knubbelsfing...«

Ehe Henni ihren Satz aussprechen kann, bimmelt die Ladentür und unterbricht das geschwisterliche Gekabbel. Sepp Huber klemmt halb zwischen Tür und Rahmen und streckt Wanda einen Zettel rein. Sein Schröder, der tatsächlich rundum nach Ochsenblut aussieht, zerrt an der Leine in die entgegengesetzte Richtung.

»Ich hab das Rezeptbuch gefunden«, sagt Huber strahlend und wedelt mit dem Papier. »Ich dacht, ich bring 's Ihnen fix vorbei.«

Wanda eilt ihm entgegen und lächelt dankbar.

»Ich hab mir Mühe gebn, ordentlich zu schreiben«, fügt er hinzu.

Guck an. Da hat sie sich nicht in Huber getäuscht. Er fühlt sich wegen des Rezepts gebauchpinselt. Darum war er bestimmt auch so schnell.

»Vielen Dank, Herr Huber!«

»Ich hoff, Buchteln sind in Ordnung? Sagn S' gerne, wenn S' weitere Rezepte möchten.«

»Selbstverständlich! Doch ich befürchte, meine Buchteln können denen Ihrer Frau keine Konkurrenz machen, aber Sie werden der Erste sein, der sie probieren darf.«

»Viel Erfolg. Ich bin dann wieda weg«, sagt Huber und ist auch schon durch die Tür.

»Wat is dat denn?«, fragt Henni und räumt ihr Strickzeug in den Handarbeitsbeutel.

Wanda steht vor der Runde und inspiziert Hubers Rezept.

»Was das ist?« Wanda sieht jeden einzeln an. »Das hier«, sie schlenkert den Zettel durch die Luft, »könnte vielleicht Hinnerks Hintern retten!«

»Was könnte Hinnerks Hintern retten?«, dröhnt es hinter dem Backstubenvorhang.

Fiete! Wo kommt der denn her? Und was hat der schlimmstenfalls aufgeschnappt? Mit Schwung fliegt der Sichtschutz zur Seite.

»Was machst *du* hier?«, fragt Wanda eine Spur zu vorwurfsvoll und drückt Henni eilig Hubers Zettel in die Hand.

»Ich wohne hier?« Fiete sieht Wanda an, als würde sie an einer seltenen Form von Amnesie leiden.

»Ich meine, seit wann bist du zurück?«

Fiete beäugt die Runde einen Augenblick. Henni, die konzentriert Hubers Zettel studiert. Onno, der seinen Korken von allen Seiten begutachtet, als wüsste der gar nicht, was das ist. Und Hinnerk, der mit seiner Klappentasche am Bein beschäftigt ist und den Überrest eines Fadens aus dem Stoff pusselt, der von dem appen Knopp übrig ist.

»Du meinst, was ich von eurem Gespräch mitgehört habe?« Fiete zieht fragend die Brauen hoch.

Kann der Gedanken lesen? Wäre Thies noch da, der hätte das nicht geschnallt.

»Ist Janne auch hier?«, versucht Wanda abzulenken und guckt gespielt erwartungsfroh an Fiete vorbei in die Backstube.

»Die ist im Hotel«, wehrt er ab, verdreht genervt die Augen und geht zielstrebig an Wanda vorbei auf den Nachbartisch zu, um sich einen Stuhl zu holen. Hinnerk springt wie von der Tarantel gestochen auf.

»Kannst dich hierhin setzen. Ich bin mit Melken sowieso zu spät dran.«

»Dann kommt es auf die fünf Minuten bestimmt nicht mehr an.« Fiete klopft mit der Linken auf Hinnerks Sitzfläche, damit der sich wieder hinsetzt.

Hinnerk sieht Hilfe suchend zu Wanda, als müsste er auf dem elektrischen Stuhl Probe sitzen.

Henni und Onno verfolgen das Drama aus nächster Nähe und gucken wie bei einer Begegnung der dritten Art.

»Als direkter Nachbar von Tamme Gerdes kriegt man doch 'ne Menge mit.«

»Darfst du das überhaupt?«, unterbricht Wanda ihn, ehe der Hinnerk ganz in die Mangel nimmt.

»Würdest du mir bitte einen Kaffee machen?«, fragt er Wanda und wendet sich wieder Hinnerk zu. »Wie war Tamme denn als Nachbar? Hattet ihr ein gutes Verhältnis?«

Weil Hinnerk nicht antwortet und stur geradeaus glupscht, fährt Fiete fort. »Wie wir von einem Zeugen gehört haben, war Gerdes' Vorgarten am Montagmorgen verwüstet wie nach einem Massaker.«

Ach du liebes Lieschen! Wanda beeilt sich, die Starttaste der Kaffeemaschine zu drücken, damit das Mahlwerk ihn hoffentlich aus dem Konzept bringt.

»Hast du eine Idee, wer das gewesen sein könnte?«

Hinnerk reibt seine Knie und schweigt.

»Oder hast du vielleicht sogar etwas beobachtet?«

Da Hinnerk bloß eingeschüchtert den Kopf schüttelt, springt Wanda ihm bei. »Meinste, Hinnerk hat nichts Besseres zu tun, als seine Nachbarn auszuspionieren? Seit seine Frau weg ist, arbeitet der sowieso rund um die Uhr.«

Armer Hinnerk. Das war leider unvermeidbar. Anders lässt Fiete niemals von ihm ab.

»Von Ausspionieren war auch nicht die Rede. Irgendjemand hat Gerdes 'ne Ladung Fischabfälle in den Garten gekippt. Kurz vor seiner Ermordung. Da liegt die Vermutung nahe, dass das mit dem Mord zu tun haben könnte.«

Hinnerks Gesicht leuchtet wie ein knallroter Feuermelder.

»Nee, das hat nix mit Mord zu tun, sondern damit, dass Tamme ein riesengroßes Riesenarschloch war!«, mischt Onno sich ein.

Kann der nicht einfach die Klappe halten. Der reitet Hinnerk und sich noch mit Vollgas in den tiefsten Mist. Wenn Fiete von läppischen Fischabfällen auf den Mord schließt, muss mehr dahinterstecken.

Henni reagiert prompt und rammt Onno den Ellbogen in die Seite. »Wer hat *dich* denn gefragt!«

»Ja, keiner«, motzt er zurück, »aber wenn ich so 'n Kokolores hör, kann ich mich aufregen.«

Onno verschränkt bockig die Arme vor der Brust. Da würde heute auch eine Flasche Kruiden auf ex nicht helfen, um den einzubremsen. Als Wanda Fiete den Kaffee hinstellt, hat der längst ’nen Blick drauf wie ein Jagdhund, der die blutige Fährte wittert. Was, wenn er von dem Schild und der Drohung weiß?

»Fahr mal ’nen Gang runter«, sagt Wanda zu Onno und sieht ihn fuchtig an.

Fiete rührt in seinem Kaffee. »Vielleicht möchte Hinnerk ja selbst was dazu sagen?«

»Ich? Ja, nee. Is ja alles gesagt.«

»Bist du dir sicher?« Fiete führt die Tasse zum Mund und lässt Hinnerk über den Rand hinweg keine Sekunde aus den Augen. Als bräuchte er nur abzuwarten, bis Hinnerk in die Falle latscht.

Wenn sie nur wüsste, in welche.

Hinnerk rutscht auf seinem Allerwertesten rum, als hätte man ihm Juckpulver in die Unnerbüx gestreut.

»Hab ich das eben richtig verstanden? Du vermutest, dass der Mörder die Fischabfälle in den Garten gekippt hat?« Wanda zeigt Fiete einen Vogel. »So’n Kokolores hab ich auch noch nie gehört!«

»Dieser *Kokolores* hat leider einen kleinen Haken.«

»Ach, und welchen?«, fragt Wanda und kann sich den schnippischen Unterton nicht verkneifen.

»Wir haben Grund zur Annahme, dass die Aktion ein Warnschuss war.«

Muss der so rumeiern? Bei Thies wär das gar kein Problem gewesen. Der hätte Tacheles geredet. Weiß er was von der Drohung auf dem Schild oder nicht?

»Um von ’nem kleinen Streich auf Mord zu kommen, muss man wahrscheinlich vorher ’ne Flasche Kruiden getrunken haben!« Wanda grabscht an Fiete vorbei die Buddel vom Tisch und lässt sie hinterm Vorhang verschwinden.

Verflixt noch eins! Das muss doch aus ihm rauszukriegen sein.

Fietes Gesichtsausdruck ist neutral wie die Schweiz. »Oder man hat ein handfestes Indiz.«

»Und das wäre?«

»Dienstgeheimnis.«

»Erst sollen wir dir helfen, und dann rückst du nicht mit der Sprache raus. So'n paar winzige Informationen werden dich wohl kaum deine Dienstmarke kosten. Menschenskinners noch mal!«

»Wann habe ich denn gesagt, dass ihr mir helfen sollt?« Fiete schaut in die Runde.

Hinnerk, Henni und Onno hocken da wie die drei Affen. Nichts hören. Nichts sehen. Und zum Glück auch nichts sagen.

»Ach so! Na, dann wärst du mit Hinnerk besser zum Revier gefahren, anstatt das vor versammelter Mannschaft auszudiskutieren!«

Der mit seinem bescheuerten Dienstgeheimnis. Wenn der so zickig bleibt, kann er gleich wieder ausziehen.

»Und außerdem, wenn du jeden verdächtigst, der mit Tamme Knatsch hatte, da wäre es zeitsparender, Greetsiel zu überdachen und vorne bei den Mühlen ein paar Gitterstäbe einzubauen.« Wanda haut mit der Hand auf den Stammtisch. »Und jetzt kannste noch mal drüber nachdenken, ob du Hinnerk mit zum Revier schleppst oder uns 'nen winzigen Hinweis gibst.«

Fiete guckt, als wäre gerade der Backofen explodiert und hätte seine Etage weggerissen. Henni klappt der Unterkiefer runter. Onno gafft wie ein narkotisierter Bulle, dem man gleich die Klöten abmontiert, und Hinnerks Augen sind groß wie zwei Boßelkugeln. Der glotzt Wanda an, als dürfe er dank ihr in drei Minuten seine Zelle in Guantánamo beziehen.

Einen Moment lang hört man nur das monotone Ticken der Standuhr und die quietschende Bremse eines Radfahrers, der vor der Bäckerei beinahe einen Fußgänger umgesemmelt hätte.

Fiete zeigt keinerlei Regung. Dann schaut er aus dem Fenster und räuspert sich. »Jemand hat Gerdes gedroht und ihm einen netten Spruch dagelassen. Mehr sage ich nicht«, murmelt er, als würde er mit dem Schaufenster reden.

Fiete weiß von dem Schild. Du heiliges Kanonenrohr! Logisch, dass die Polizei genauer hinschaut und von einem Warnschuss ausgeht. Woher sollen die auch wissen, dass das nicht die Aktion eines Einzelnen war? Ob die das Pappschild als Beweismittel haben? Hoffentlich ist das im Müll gelandet, denn dieses verschnörkelte V bei »Jeder kriegt, was er verdient«, das ihr gleich ins Auge gesprungen ist, könnte den Schreiber verraten.

»Was meinst du, wie viele Tamme die Pest an den Hals gewünscht haben«, bemüht sie sich, das Thema auf die Allgemeinheit zu lenken.

Fiete trinkt seinen Kaffee aus und schiebt die Tasse von sich weg. Dann stützt er die Ellbogen auf dem Tisch ab und lehnt sich zu Hinnerk rüber. »Allen voran unser Freund Hinnerk, oder?«

Wie kommt der denn jetzt darauf? Hinnerk sitzt stocksteif da und erinnert Wanda an *Greetje*. Die schmiedeeiserne Krabbenskulptur am Hafen gibt auch keinen Pieps von sich.

»Wieso allen voran?«, will Wanda wissen.

Fiete hört gar nicht hin und bohrt weiter. »Das warst du doch, Hinnerk, der mit Gerdes eine Auseinandersetzung in der *Börse* hatte? Hast du dem eine verpasst?«

Hinnerk guckt auf einen Schlag, als würde er der Einzelzelle im Knast definitiv den Vorzug geben.

»Wer behauptet das?«, fragt Wanda, weil sie Hinnerk anmerkt, dass der keinen Ton mehr sagen wird, so lange Fiete rumstochert.

»Ein Zeuge.«

»Du mit deinen dubiosen Zeugen! Wenn es davon so viele gibt, frag ich mich, wieso der Mörder überhaupt noch auf freiem Fuß ist!«, schimpft sie. »Hoffentlich hat dein *Zeuge* auch gesehen, dass Hinnerk nicht Tamme, sondern Tönnissen eine gezimmert hat!«

»Wie auch immer«, entgegnet Fiete gelassen. »Fakt ist, Hinnerk hatte Streit mit Gerdes. Und ich wüsste gerne, worum es ging.«

Wenn Fiete erfährt, dass Antjes Fahnenflucht der Grund für die Rangelei war und Tamme Hinnerk beleidigte, nimmt der Hinnerk auseinander. Der bringt das noch und unterstellt ihm ein persönliches Motiv. Zum Glück kann er Tamme nicht mehr dazu befragen. Und bei Streitereien im duunen Kopp kriegen die anderen Gäste meist nur mit, wenn die Post abgeht.

»Du bist jetzt mal still«, pfeift Wanda Hinnerk an, als hätte der die letzte Viertelstunde ohne Punkt und Komma gequatscht.

Der traut sich sowieso kaum noch zu atmen, aber sicher ist sicher.

»*Allen voran*, die diesen geistigen Tiefflieger Tamme gerne im Hafenbecken ersäuft hätten, wenn das nicht verboten wäre, bin zuallererst mal *ich*! Weil er mich beleidigt hat und mich um mein Haus betuppen wollte. Und das für'n Appel und 'n Ei. Hinnerk hat dem in der *Börse* ordentlich die Meinung gegeigt und mich in Schutz genommen. Dass Tamme direkt ausflippt, konnte keiner ahnen.«

Wanda steht mit verschränkten Armen vor Fiete und wippt auf den Füßen. »So, und wenn du möchtest, kannste mir jetzt ein Mordmotiv unterstellen. Aber dann wär's vielleicht besser, wenn du dir langfristig was Neues suchst.«

23

Währenddessen bei Gerdes

Wiebke Gerdes hockt auf dem weißen Veloursledersofa in ihrem Wohnzimmer, zieht die Beine an den Körper und umschlingt ihre Knie. Harm van Hoorn reicht ihr einen Cognacschwenker.

»Ich kümmere mich zuerst ums Tagesgeschäft, damit wir kein Geld mehr verblasen«, sagt er, spült seinen Braunen runter und schenkt sich nach. »Danach müssen wir uns mit dem Huber beschäftigen, damit es vorangeht.«

»Was hast du vor?«, fragt Wiebke. Der Alkohol brennt auf der Zunge.

»Lass das meine Sorge sein.« Harm späht durch die bodenlange Gardine zu Hubers Grundstück hinüber.

»Der wird nicht verkaufen.«

Es muss eine andere Möglichkeit geben, die Firma auszubauen, ohne Sepp zu vergrätzen, überlegt sie. Tamme wollte Sepp auf Biegen und Brechen loswerden, obwohl der erst vor ein paar Monaten seine Frau verlor und die Huber-Alm verkaufte, wo ihn jeder Grashalm an sie erinnerte. Nur der Hund ist ihm geblieben.

Und der wäre beinahe auch gestorben. Weil Sepp Wiebke beschützt hat. Mit einem Satz preschte er über den Maschendrahtzaun und drohte Tamme mit einer Anzeige, wenn der es wagen sollte, noch einmal seine Hand gegen sie zu erheben. Aus Rache spickte Tamme einen Plattfisch mit Unkrautvernichter und warf ihn in Sepps Garten.

Alles nur, weil ihre Haushälterin Dörte Willems, diese alte Krähe, Tamme die Quittung von *Heikes Wäscheträume*, die aus Versehen in der weggeworfenen Tüte steckte, absichtlich mittig auf dem Schreibtisch präsentierte. Seitdem war Wiebke keine Sekunde mehr vor Tamme sicher. Spätestens heute, nach ihrer Rückkehr aus Bremerhaven, hätte er sie verkloppt. Daraus würde nun zum Glück nichts mehr. Wäre die Willems nicht Jans Mutter, würde sie die rauswerfen.

»Huber überlass mir.« Harm kippt seinen Cognac runter. »Kümmere du dich um die Beerdigung.«

Beerdigung. Wie beerdigt man Fischmehl? Wiebke weiß nicht, was noch von Tamme übrig ist. Oder wie viel. Vielleicht gerade genug, um ein Mal Hinnerks Hühner zu füttern. Wie abgestumpft ist sie eigentlich? erschrickt sie vor sich selbst. Aber Tamme hat sich redlich Mühe gegeben, ihre Gefühle totzuprügeln ... Sie reibt sich den linken Oberarm. Die blauen Flecken von Tammes Fingern, die sich wie Schraubzwingen in ihren Arm bohrten, verfärben sich allmählich gelblich. Kurz bevor sie unauffällig nach Bremerhaven verschwinden wollte, um sich mit Harm zu treffen, muss Tamme Lunte gerochen haben. Gott sei Dank genügte Sepps drohender Blick vom Garten aus, damit Tamme von ihr abließ.

Wiebke leert ihr Glas in einem Zug und stellt es auf den Glastisch. »Tamme wollte immer eine Seebestattung.«

»Hast du was von der Polizei gehört?«, fragt Harm.

Wiebke schüttelt den Kopf. »Nur kurz. Die Willems rief natürlich gleich nach meiner Rückkehr bei der Polizei an, weil *Tammes Witwe von ihrem Beauty-Urlaub zurück ist*«, äfft sie nach, was sie durch die Flurtür mithören konnte. »Ich habe nur kurz mit denen telefoniert. Die haben morgen noch ein paar Fragen.«

»Dörte scheint sich in all den Jahren nicht geändert zu haben.«

»Solche wie die hätte man früher auf dem Scheiterhaufen verbrannt.«

»Hast du Jans Aufzeichnungen von der Pressmaschine?«

Wahrscheinlich verschimmeln die mittlerweile im Tresor. Eigentlich wollte Tamme Jans Skizzen vor Wochen an den Maschinenbauer weiterleiten. Weil der eine Anzahlung verlangte und chronische Ebbe in der Firmenkasse herrschte, hat Tamme Harm angepumpt. Per Blitzüberweisung war das Geld da, aber genauso blitzartig stand am nächsten Tag der protzige Mercedes in der Garage.

Wiebke hievt sich vom Sofa, öffnet die unterste Schublade des Eichenschreibtischs und nimmt den Safeschlüssel aus der Lederschatulle. Dann dreht sie die TV-Leinwand zur Seite, hinter der der Safe eingebaut ist.

Sie breitet Jans rote Mappe mit den Entwürfen der Pressmaschine auf dem Schreibtisch aus. Während sie die Pläne auseinanderfaltet, steht Harm dicht neben ihr und legt behutsam seine Hand um ihre Taille. Wie ein frisch verliebtes Pärchen, das zum ersten Mal die Architektenzeichnungen für das gemeinsame Heim begutachtet. Hätte sie sich nicht von Tamme blenden lassen, wäre das wohl auch so gekommen. Sie atmet tief ein. Dieses Aftershave duftet unverwechselbar nach Harm. Einmal hat Tamme sich damit eingedieselt. Weil sein Old Spice im Laden ausverkauft war und er stattdessen zufällig zu Harms Marke griff. Das einzige Mal in den letzten Jahren, dass sie bei Tamme schwach geworden war. Am Morgen danach gab sie dem Flakon im Bad einen Schubser, sodass der auf den schwarzen Fliesen in tausend Splitter zersprang. Die Jahre mit Tamme hätte sie sich schenken können.

»Tolle Entwürfe.« Harm nickt anerkennend. »Kaum zu fassen, dass aus Dörtes Sohn so ein cleverer Kerl geworden ist. Ich sehe ihn noch mit leuchtenden Augen vor mir, als er seine Hausaufgaben an diesem Schreibtisch erledigen durfte. Wie alt war er damals? Sieben? Der klebte an Tamme wie Fliegen am Honigstreifen.« Harm lacht.

Die Zeiten, in denen Jan Tamme vergötterte wie einen Vater, sind längst vorbei.

»Ich kümmere mich zuerst um den Betrieb und begleiche Löhne und Rechnungen. Mit Geert hab ich gesprochen. Die Baugenehmigung wird kein Problem.«

Dass Geert Sanders da als Bürgermeister mitmischt, was die Baugenehmigung für Sepps Grundstück angeht, hätte sie sich denken können.

»Und ich werde Jan besuchen und mir anschauen, wie die Produktion bei ihm zu Hause abläuft, damit ich ein besseres Gefühl für die Prozesse bekomme. Gut, dass Jan sich nicht an die breite Öffentlichkeit gewandt und Investoren gesucht hat.«

Als Wiebke die Zeichnungen ordentlich zusammenlegt und in den Safe zurückbringen will, poltert es gegen die Scheibe der Terrassentür.

Hansje Fokken späht durch die luftige Gardine hinein. »Könnt ihr mal aufmachen?«

Wie lange steht der schon da?

Harm wirft ihr einen Blick zu, damit sie die Pläne verdeckt und klappt eilig die Leinwand ran.

»Mein Beileid, Wiebke«, sagt Hansje, nachdem Harm ihm geöffnet hat und er schließlich im Wohnzimmer steht.

Er guckt Harm zweifelnd an. »Bist du zufällig hier?«

»Wiebke hat mich benachrichtigt und um Hilfe gebeten. Möchtest du einen Cognac?« Harm wartet seine Antwort nicht ab und gießt sich und Wiebke nach, die wieder auf dem Sofa sitzt. »Was führt dich her?«

»Vermutlich dasselbe wie dich. Kann ich etwas für dich tun?«, fragt er Wiebke, wie der Seelsorger von Greetsiel. »Das war ein Schock für uns alle.«

Wen auch immer der mit *uns alle* meint, denkt sie. Am ehesten wohl sich selbst. Weil er regelmäßig mitverdiente, wenn Tamme – wie so oft – asiatischen Billig-Butt als teure Nordseescholle umetikettieren ließ. Auf den kann sie verzichten.

»Das ist wirklich lieb gemeint, aber nein, vielen Dank«, ringt sie sich ab.

»Hat die Polizei denn wenigstens eine erste Spur?«, wagt Hansje sich vor und senkt seine Stimme. »Ich meine, haben die einen Anhaltspunkt, warum man Tamme … Oder war das ein Überfall?«

Wer weiß, welche Gerüchte bereits kursieren.

»Was spielt das für eine Rolle?«, fragt Harm. »Das macht Tamme nicht wieder lebendig.«

»Dir scheint ja eine Menge an Wiebkes Wohlergehen zu liegen«, wobei Hansje das Wohlergehen betont, als würde er den Werbespot für einen luxuriösen Spa- und Wellnesstempel einsprechen.

Wiebke greift zum Cognacschwenker. Der rollt doch nicht gerade jetzt die alten Geschichten auf?

»Exakt! Deswegen schlage ich vor, dass du wieder gehst. Wir schaffen das hier ohne dich.«

»Ihr? Oder redest du von dir?« Hansje guckt Harm stinkig an. »Meinst du, ich wüsste nicht, warum du damals nicht zur Hochzeit erschienen bist?«

Harm drückt den Rücken gerade durch und baut sich vor Hansje auf. »Ich denke nicht, dass das der richtige Augenblick ist!«

»Auf jeden Fall scheint es für dich der richtige Augenblick zu sein, sich wie der Retter von Seafood aufzuspielen!«

Hansje lockert seinen Krawattenknoten. »Du solltest mich nicht für dumm verkaufen!«

Hoffentlich setzt Harm diesen Wichtigtuer bald an die Luft.

»Ich weiß nicht, wovon du sprichst«, fährt Harm seine Stimme runter, wendet sich von ihm ab und öffnet wortlos die Terrassentür. »Bitte«, sagt Harm und deutet Hansje mit einer ausladenden Geste an, dass er hier überflüssig ist.

»Nun gut«, sagt Hansje wutschnaubend. »Ich hoffe, du machst deine Rechnung nicht ohne den Wirt!«

Harm zieht die Gardine wieder zu.

»Der kommt wieder«, ahnt Wiebke.

24

Am späten Nachmittag bei Tönnissen

Immer kühlen Kopf bewahren, Kälte-Klima Tönnissen fragen steht auf dem weißen VW-Kastenwagen, der vor einem Carport im Lorenzweg auf Höhe des Norder Tiefs parkt.

Kühlen Kopf bewahren? Wie das funktionieren soll, ist Fiete schleierhaft! Aber vielleicht weiß Mattis Tönnissen auch Rat, wenn man in der Zwickmühle zwischen Vermieterin, Ex-Freundin und Mordfall steckt. Immerhin prangt der Reklamespruch dick und fett auf seinem Monteurwagen.

Die korpulente Endfünfzigerin mit ebenso kräftigen Pustebacken, die Fiete öffnet, kennt er aus der Bäckerei. Wanda stellte ihm Merle Tönnissen als »eine ihrer treuesten Kundinnen« vor, als Fiete an seinem ersten Arbeitstag noch ein belegtes Mortadellabrötchen aus Wandas Auslage mitnehmen wollte.

»Sie möchten zu meinem Mann?«, schnattert sie nach den üblichen Begrüßungsfloskeln los. Ohne seine Antwort abzuwarten, brüllt sie durchs Treppenhaus, »Maaattis! Für dich!«, und wendet sich wieder Fiete zu. »Is das alles aufregend! Ich hab gleich zu Mattis gesagt, Mattis, hab ich gesagt, wenn Tamme tot is, vernimmt die Polizei das ganze Dorf. Is ja grauenvoll, was mit dem passiert is. Man denkt ja immer, so was kommt höchstens in Hamburg vor, in so 'ner richtigen Großstadt.« Sie beugt sich zu ihm vor und flüstert: »Da wo's Leute gibt, die nur nachts arbeiten, wenn anständige Menschen schlafen. So mit Rockerjacken und Motorrädern und Drogen im Milö.«

Weil sie offenbar auch an erhöhtem Mitteilungsbedürfnis leidet und ihre Schwatzerei an jenem Morgen kein Ende nahm, kam er beinahe zu spät zum Dienst. Mit Milö meint sie wohl die Hamburger Szene.

»Mattis! Wo bleibste denn nu'?«, ruft sie erneut ins Leere. »Ach, bis der so weit is, gieße ich uns Tee auf«, sagt sie und gibt ihm einen Wink, ihr zu folgen.

Ehe Fiete den Tee ablehnen kann, dackelt sie vor ihm her ins Esszimmer. Das ist offenbar nur für Feiertage reserviert, weil es hier muffig riecht. Neben einer Essgruppe mit braunen Bezügen, künstlich-goldenem Kronleuchter, moosgrünen Stores und Seidenblumen in jedem freien Winkel, fühlt er sich deplatziert.

»Setzen Sie sich. Mattis hat wieder Bandscheibe«, entschuldigt sie ihn. »Tee geht fix.« Sie verschwindet um die Ecke.

Hoffentlich ist der Hausherr schneller mit seiner lädierten Bandscheibe da als sie mit ihrer Teekanne.

Kurz darauf schlurft Mattis mit karierten Pantoffeln und Hosenträgern ins Zimmer. Seine Haare haben die typische Sofakissen-Knautschfrisur. Mit der rechten Hand stützt er seinen Rücken. Als er Fiete erblickt, legt sein explosionsgefährdetes Gesicht einen dunkleren Rotton nach.

Das ist also Tönnissen! Der hockte doch am Montagabend mit Hinnerk und Onno in der *Börse*. Der Knollennase nach, mit den typisch roten Äderchen, sitzt der öfter dort, als seiner Frau lieb ist.

»Herr Tönnissen?«

»Wer soll ich 'n sonst sein?« Er lässt sich umständlich in einem plüschigen Sessel neben dem Fenster nieder. »So 'ne

Bandscheibe wünsche ich keinem. Nicht mal meinem ärgsten Feind.«

»Wer ist denn Ihr ärgster Feind?«

Tönnissen ächzt, zerrt zwei Brokatkissen unter seinem Hintern vor, schmeißt sie auf die Erde und versinkt beinahe gänzlich im Plüschsessel. Nur seine überdimensionale Plauze ragt heraus. »Herr Doktor, wenn ich so liege, dann geht's«, feixt er.

Wenn der mit seiner zirkusreifen Akrobatikeinlage von Fietes Frage ablenken will, hat er sich geschnitten.

»Ihr ärgster Feind ist also Ihr Doktor?«

»Nee, aber wenn ich einen hätte. Und wenn Sie meine Frau nich zum Feind haben wollen, setzen Sie sich hin.« Er grient und zeigt auf die Essgruppe.

Zögerlich greift Fiete zur Stuhllehne. Sollte Frau Tönnissen ihn zum Teetrinken zwingen wollen, nimmt er das Risiko in Kauf.

»Lassen Sie mich gleich zum Punkt kommen. Vor ein paar Wochen waren Sie und Hinnerk Schoof in der *Börse*, wo es einen Streit mit Tamme Gerdes gab. Worum ging es dabei?«

Bevor Tönnissen etwas erwidern kann, stürmt seine Frau mit Teekanne und Stövchen dazwischen.

»Jetzt setzen Sie sich!«, befiehlt sie und signalisiert ihm, dass sie keinen Verhandlungsspielraum duldet. »Das war 'n anstrengender Tag. Wie wollen Sie denn den Mörder schnappen, wenn Sie sich keine fünf Minuten Pause gönnen? Das sag ich Mattis auch immer. Oder, Mattis?«, quasselt sie vor sich hin, ohne ernsthaft eine Antwort zu erwarten. »Ich sach immer, du musst dir Ruhe antun. Immer unterwegs, immer Stress, immer Chaos. Is ja kein Wunder, das mit der Bandscheibe. Das kommt von der Psychomatik. Da helfen keine Pillen. Dat geht nur mit Ruhe. Und bevor Sie jetzt auch noch Bandscheibe kriegen und der Mörder den Nächsten umbringt, gibt's Tee für die Nerven.«

Fietes Psychosomatik bringt gerade eher seine Magensäfte in Wallung. Weil aber ein energisches Funkeln in ihren Augen blitzt, gibt er vorerst nach.

»Sie haben meine Frage nicht beantwortet«, nimmt Fiete das Gespräch mit Tönnissen wieder auf und drückt unauffällig einen Arm vor seinen Bauch, um das Gluckern im Magen abzumildern.

»Welche Frage?«, will sie wissen und schafft das Service aus der Vitrine heran, die hauptsächlich mit bunten Porzellanfiguren und Nippes vollgekramt ist.

»Worum es in dem Streit zwischen Tamme Gerdes und Hinnerk Schoof in der *Börse* ging, bei dem Ihr Mann dabei war.«

»Siehste!«, furzt sie ihren Mann an. »Ich hab gleich zu Mattis gesagt, Mattis, hab ich gesagt, meinste, die Polizei schläft neben der Musik? Die kriegen doch raus, dass da Bambule wegen Antje war. Und ich hab gesagt, dass du dich bei Hinnerk und Tamme mal besser raushalten sollst. Da kommt nix bei rum.«

»Wer ist Antje?«

»Na, Hinnerks Frau. Die is doch mit dem Masseur vom Vitalis durchgebrannt, weil er den dreifachen Flickflack vom Kleiderschrank wohl besser konnte als Hinnerk.« Sie kichert albern. Der Bandscheibengeschädigte nestelt derweil an dem grünen Store neben seinem Plüschsessel und richtet die Falten.

Wenn der nichts zu verbergen hat, hängt Fiete morgen seinen Job an den Nagel.

»Der Streit hatte nichts mit Wanda Poppen zu tun?«

»Wie kommen Sie auf Wanda? Nee, dat ging um Antje, oder Mattis?«, fragt Frau Tönnissen verdattert und schenkt Fiete Tee ein.

Mattis angelt mit dem Fuß eins der Kissen am Boden zu sich ran und stöhnt auf.

»Was machste denn da? Sach doch was.« Mit einem Griff klaubt sie das Kissen auf und stopft es ihm unsanft in den Rücken, woraufhin er erneut losjammert. »Biste selber schuld. Hier, jetzt gib mal Antwort. Ging doch um Antje, oder?«

Tönnissen nickt eingeschüchtert.

Über Fietes Teetasse schlängelt sich ein unheilvolles Dampfwölkchen durch die muffige Esszimmerluft und steigt ihm in die Nase. Wenn Tönnissen sich querstellt, kann er auch anders.

»Herr Tönnissen, durch Ihre Rückenschmerzen sind Sie natürlich stark eingeschränkt. Aber dort draußen läuft ein Mörder herum. Ich möchte vermeiden, dass der womöglich noch vor Ihrer Haustür auftaucht und Sie sich nicht wehren können. Worum ging es in dem Streit zwischen Hinnerk Schoof und Tamme Gerdes?«

»Mattis! Wenn uns hier einer umbringt, das kriegt doch keiner mit!«, mahnt sie ihn ängstlich.

Na bitte. Geht doch. Das nächste Haus liegt sicher fünfhundert Meter weiter. Tönnissen ist zwar eine harte Nuss, aber auf seine Frau ist Verlass. Wenn Fiete nur wüsste, warum der sich windet.

»Wer soll uns denn umbringen?«, murrt Tönnissen.

»Herr Tönnissen, worum ging es?«

»Heutzutage bringen die 'ne alte Omma wegen fuffzig Cent um! Ich möchte noch 'n büschen länger leben. Mattis Tönnissen! Wenn du nix sagst, erzähle ich das!«, droht sie.

Weil Tönnissen anscheinend mehr Respekt vor seiner Frau als vor der Polizei hat, rattert er die Geschichte um den Streit zwischen Tamme und Hinnerk in einem Rutsch runter.

»Gab es Handgreiflichkeiten zwischen den beiden?«, fragt Fiete schließlich nach.

Mattis schüttelt den Kopf, erntet einen galligen Blick von seiner Frau und spielt mit dem Fuß am Kissen auf der Erde.

»Hinnerk hat ausgeholt und aus Versehen Mattis getroffen«, plaudert sie aus. Tönnissen sackt in seinem Sessel zusammen und verzieht betrübt das Gesicht. »Ja nu'! Meinste, ich hab Lust, ins Kittchen zu wandern, bloß weil du Hinnerk in Schutz nehmen willst?«

Das erklärt, weswegen Hinnerk es vorhin so eilig hatte und Wanda Fiete Blödsinn aufgetischt hat. Das fehlte ihm noch zu seinem Glück. Was, wenn Hinnerk ein persönliches Motiv hätte? Dann könnte Fiete ab morgen Wohnungsanzeigen studieren, weil Wanda sich garantiert vor Hinnerk und Fiete Gott weiß was für üble Absichten unterstellen würde.

»Dass du aus 'ner Mücke immer gleich 'n Elefanten machen musst«, wehrt Tönnissen ab. »Das darf man nich so eng sehen. Weißte, wie viele Jever die beiden intus hatten?«

»Nee, aber ich weiß, wie viele Jever *du* intus hattest, als du mit deinem blauen Auge hier angekommen bist.«

Das Jever trifft bei Frau Tönnissen wohl einen empfindlichen Nerv, weil sie angesäuert die Lippen schürzt. Der richtige Augenblick, um ihn auf Montag anzusprechen.

»Am Montagabend waren Sie mit Hinnerk und Onno Eilts in der *Börse*. Sah aus, als hätten Sie eine Auseinandersetzung gehabt.«

Frau Tönnissen zieht argwöhnisch die Brauen hoch. »Und ich sach noch, Mattis, wie sieht dat denn aus, wenn du fünfmal die Woche in der *Börse* rumhängst. Warum nimmst du nicht dein Bettzeug mit und schläfst direkt auf der Theke?«

»Was kann ich dafür, wenn die Kühlung ständig auf Störung läuft?«, verteidigt er sich.

Offensichtlich läuft nicht nur die Kühlung auf Störung, denn Frau Tönnissens Blick wird immer frostiger.

»Dann kann ich ja die Reparaturrechnung für Sonntag und Montag schreiben!« Sie sieht ihn forschend an und trommelt mit den Fingern auf dem Spitzendeckchen. »Oder?«

Sonntag? Da scheint mehr im Argen zu liegen. Genau diese zwischenmenschlichen Differenzen haben schon manchen Mörder hinter Gitter gebracht, weswegen er die Tönnissen'sche Unterhaltung laufen lässt und darauf spekuliert, dass sie ihn nicht an seinen Tee erinnert.

»Wie viele Stunden waren das am Sonntag? Plus fünfzig Prozent Zulage. Von sechs Uhr abends bis halb ein Uhr nachts. Das lohnt sich wenigstens.«

Wenn Tönnissen weiter in sich zusammenschrumpft, frisst der Plüschsessel ihn gleich komplett auf.

»Ja, da sagste nix mehr. Täte ich an deiner Stelle auch nich.«

Tönnissens rote Bombe spricht für sich.

»Mattis Tönnissen! Meinste wirklich, nach dreißig Jahren Ehe kannste mich noch einseifen?«

»Ich war nicht in der *Börse*. Frag doch Hinnerk«, schmettert er ihren Vorwurf ab.

»Ich kann auch noch mal Henni fragen. Onno war nämlich auch nicht zu Hause.«

Schau an. Frau Tönnissen hat längst Informationen über Sonntag gesammelt. Das *Börsen*-Trio scheint öfter unterwegs zu sein.

»Außerdem haste nach Fisch gestunken, als hätteste dich drin gewälzt.«

»Du und deine wilden Träume. Du hast geschnarcht wie 'n Bär«, spielt er ihre Bemerkung runter.

»Dann haben Sie am Sonntagabend mit Hinnerk und Onno ein Kühlhaus repariert? Wo war das?«

Tönnissen guckt seine Frau an, als würde er ihr am liebsten die Gurgel umdrehen. Sie ignoriert ihren Mann beleidigt und schiebt Fietes Gedeck näher vor ihn, wie um ihn daran zu erinnern, dass der Tee kalt wird. Fiete rückt mit dem Stuhl etwas vom Tisch ab, um den Abstand zur Tasse beizubehalten, und schlägt ein Bein über.

»So was Ähnliches«, nuschelt Tönnissen. »Hinnerks Milchkühlung war kaputt.«

»Und die stinkt nach Fisch? Verkackeiern kann ich mich selber«, ist sie gleich wieder bei der Sache.

»Bei Hinnerk gab's Matjesfilets.«

»Pass ma auf, dass es von dir heute keine Filets gibt!«, schimpft sie.

Sie glaubt ihrem Mann kein Wort. Nach so vielen Ehejahren wird sie am allerbesten wissen, wann der flunkert. Das bestätigt Fietes Verdacht.

»Herr Tönnissen, bevor Ihre Frau die Messer wetzt …«, er zwinkert Frau Tönnissen zu, deren Pustebacken sich augenblicklich verfärben, als hätte sie zu viel Rouge aufgelegt, »wie wäre es, wenn ich Hinnerk oder Onno danach frage?«

Tönnissen beugt sich auffällig schmerzfrei vor und langt nach dem Kissen am Boden. Der hat in jedem Fall damit zu tun.

Fiete zückt sein Handy, legt es auf den Tisch und wiegt es zwischen den Fingern hin und her. »Sie waren am Sonntagabend bei Hinnerk. Gerdes' Vorgarten war verwüstet und Sie haben nach Fisch gerochen. Was würde Hinnerk mir über Sonntagabend erzählen?«

»Mattis?!«, ermahnt sie ihn.

Unter ihrem tödlichen Blick knickt er ein. »Das war nicht meine Idee! Ich hab nur den Gammel von Brandes besorgt, weil der wegen Tamme damals in die Pleite ging. Meinste, ich hab mich nich geärgert, dass Tamme die sechstausend Euro nicht bezahlt hat?«

Na, bravo! Da das nicht Tönnissens Idee war, stammt die vermutlich von Hinnerk. Hinnerks Streit mit Gerdes wegen Antje. Onno, der den Toten durch die Gegend gondelt. Vielleicht sollte Fiete direkt eine Wohnungsanzeige aufgeben.

»Gerdes hatte Schulden bei Ihnen?«

»Nich nur bei mir. Das Geld kann ich abschreiben, jetzt wo der auch noch tot is.«

Frau Tönnissen sagt keinen Mucks mehr und schenkt sich Tee nach. Die guckt wie Janne, wenn sie angepieselt ist, und bereitet sich wohl auf den Augenblick vor, wenn Fiete weg ist.

»Und wer von Ihnen hat die Drohung geschrieben?«

Tönnissen runzelt die Stirn. »Was für 'ne Drohung? Davon weiß ich nichts! Ich war nur so lange da, bis Hinnerk und Onno die Mulde mit dem Gammel leer hatten. Keine Ahnung, was die danach noch gemacht haben. Mehr weiß ich wirklich nich«, beteuert Tönnissen. Seine Frau würdigt ihn keines Blickes.

Tönnissen reibt sich bedächtig mit der Hand unterm Kinn entlang. Eine ähnliche Handbewegung hat Fiete schon einmal bei ihm gesehen. Am Montagabend.

»Dennoch sah es für mich aus, als hätten Sie in der *Börse* gestritten. Worüber?«

Tönnissen kaut auf seiner Unterlippe. »Wir haben uns nur unterhalten.«

So schockiert, wie Onno auf diese Geste hin die Augen aufriss, glaubt der das doch selbst nicht.

»Über Tamme Gerdes?«

Um ihm auf die Sprünge zu helfen, imitiert Fiete Tönnissens Kopf-ab-Geste.

Tönnissen zögert. »Eher über seinen Vorgarten.«

Dann deutet er verschüchtert mit dem Kinn auf seine Frau, der man ansieht, dass es in ihr gärt.

»Wenn man so lange verheiratet ist, weiß man, was einem blüht.«

25

Früh am Abend bei Hinnerk

Seit Hinnerk Wanda eben angerufen hat und atemlos berichtete – Fiete sei bei Tönnissen gewesen –, brennt der Baum. Tönnissen konnte nicht dichthalten. Und, was viel schlimmer ist: Wanda hat Fiete angelogen und Hinnerk damit in ein verdächtiges Licht gerückt.

Am liebsten würde sie das Gaspedal durchtreten, aber Hinnerks zweihundert Meter lange Auffahrt ist nicht der Nürburgring. Die sieht aus, als wäre der letzte Meteoritenhagel genau hier eingeschlagen. Bei der Tiefe der Schlaglöcher könnte die Vorderachse brechen, wenn sie aus Versehen mittendurch steuert. Immer wieder schlägt Wanda das Lenkrad ihrer Ape scharf ein, damit sie beim Umfahren der Krater nicht am Stacheldraht entlangschrammt, mit dem Hinnerks vordere Weide eingezäunt ist. Mal ganz abgesehen von den armdicken Eschen, die ihr beim Slalom rechts und links im Weg stehen und die Auffahrt umsäumen.

Vor dem Freigärhaufen, der mit schwarzer Plane und Altreifen abgedeckt ist, hält sie und steigt aus. Über den brusthohen Gärhaufen hinweg hat man freie Sicht auf die gegenüberliegende Straßenseite. Rechts liegt Tammes Wohnhaus, an das sich die Seafood-Halle anschließt. Links daneben Hubers Haus.

Da Wanda Hinnerk um diese Uhrzeit noch im Stall vermutet, nimmt sie den direkten Weg zum Hintereingang. Am Giebel des Kuhstalls prangt ein eisernes 1825. Die dunkelgrün gestrichene Stalltür darunter steht offen.

Im Laufstall glotzen sie Dutzende brauner Augenpaare an. Um ihre Füße herum schleicht Minka, Hinnerks dreifarbige Katze, die ihm vor Kurzem zugelaufen ist. Minka ist eine Kratzbürste und verpasste Fienchen bei der ersten Begegnung eine blutige Nase, weshalb sie heute zu Hause bleiben muss.

Da Hinnerk nirgends zu sehen ist, eilt Wanda an den käuenden Kühen vorbei, die sie neugierig beobachten. Je näher sie dem Melkstand kommt, desto lauter wird das Zischen und Klackern der Melkmaschine.

Wanda lugt um die angelehnte Tür. Sie erblickt Hinnerk nicht sofort, weil er sechs Stufen tiefer ein paar Zitzenbecher an eine Schwarzbunte andockt, die mit weiteren Damen in einem flammneuen Fischgrät-Melkstand wartet.

Premium 2, wohlgemerkt. Darauf ist Hinnerk besonders stolz. Vor dem Umbau schleppte er wochenlang stapelweise Prospekte mit sich rum und referierte jeden Morgen über Melkstände, pneumatische Steuerung durch Druckzylinder oder die physiologischen Vorteile für die Eutergesundheit. Bis Henni die Hutschnur platzte und sie immer, wenn das Wort Fischgrät fiel, sagte: »Zwei Maschen rechts verschränkt zusammenstricken. Dann musste die erste Masche von der Nadel gleiten lassen und wieder zwei Maschen rechts verschränkt zusammenstricken.« Und weil auf eine Rundstricknadel unendlich viele Maschen passen, wiederholte Henni das so oft, bis Hinnerk seine Werbelektüre beleidigt vom Tisch räumte.

»Wenn man dich einmal braucht, hast du keine Zeit!«, wettert Hinnerk wie ein Rohrspatz in sein Handy. »Geh du man schön zum Date mit dieser Braunschweig-Britta. Ich ziehe uns dann beide aus der Kacke, wenn Fiete und die Bremerhavener Sprotte mich verhaften kommen!«, schnauzt er und steckt das Telefon in seine Brusttasche am Overall.

»War das Onno?«, fragt Wanda.

Hinnerk erschrickt und fährt herum.

»Ach, du bist's.« Seine Erleichterung steht ihm ins Gesicht geschrieben.

Wahrscheinlich rechnet der schon mit seinem zeitnahen Abtransport in den Knast.

»Wen hast du erwartet? Die Polizei? So schnell rasten die Handschellen nicht ein«, flachst sie.

»Da haste uns mit deiner Lügengeschichte schön reingerissen! Und ich darf das jetzt alleine ausbaden, weil Onno nur noch diese Britta im Kopp hat.«

»Augenblick mal! Ihr wart diejenigen, die Tamme eins ausgewischt haben. Ich hab nur versucht zu retten, was zu retten war, bevor Fiete bei der Ermittlung auf komische Ideen kommt. Für den Moment hat es jedenfalls gewirkt.«

Auch wenn abzusehen war, dass Fiete die Wahrheit über ihre Notlüge früher oder später herausfinden würde. Wobei der Moment bedauerlicherweise nicht lange anhielt.

»Spitzenmanöver!« Hinnerk öffnet das Gatter, um die ersten Kuhdamen in ihren Laufstall zu entlassen. »Biste nur hier, um mir das mitzuteilen, oder treibt dich dein schlechtes Gewissen? Fiete muss doch jetzt erst recht denken, dass wir Tamme kaltgemacht haben!«

Womit Hinnerk exakt ins Schwarze getroffen hat. Bevor sie auf Fiete trifft und in Erklärungsnot gerät, braucht sie entweder eine glaubhafte Ausrede oder eine heiße Spur für Fiete, um Hinnerk, Onno und auch Tönnissen aus der Schusslinie zu bringen. Um die Stunde der Wahrheit ein wenig hinauszuzögern, erschien es ihr am klügsten, erst mal nicht da zu sein, wenn Fiete nach Hause käme. Zum Glück ist zum Abend hin in der Bäckerei nicht mehr allzu viel los, sodass sie Henni die letzte Stunde aufs Auge drücken konnte. Immerhin hat nicht Henni gelogen, sondern sie, und außerdem würde Henni sich notfalls mit ihren Stricknadeln gegen Fietes Fragen verteidigen. Da kennt sie keine Gnade. Schließlich geht es auch darum, Onnos Hintern zu retten.

»Dann sollten wir uns beeilen, Fiete das Gegenteil zu beweisen.«

»Dafür haste sicher noch so'n grandiosen Masterplan wie vorhin!«, höhnt Hinnerk, stampft die Stufen herauf und knallt rücklings das Metalltürchen hinter sich zu.

Wanda grinst. »Und ob ich den habe! Du hast heute Abend doch sicher nichts vor?«

Zeitgleich in Wandas Küche

Fiete ist gespannt, wie Wanda sich aus der Affäre ziehen wird, weil sie ihn wegen der Fischabfälle an der Nase rumführt und dadurch die Ermittlungen behindert. Streng genommen, schon bevor Gerdes ermordet wurde.

Vielleicht wäre es gar nicht erst zum Mord gekommen, wenn Fiete früher von der Sache erfahren hätte. Er kann nur hoffen, dass Janne ihm daraus keinen Strick dreht, weil er nichts davon wusste. Woher auch? Dass Wanda Hinnerk deckt, ist nachvollziehbar. Beste Freunde liefert man nicht einfach ans Messer. Aber warum Gerdes den Vorfall nicht zur Anzeige brachte, macht ihn stutzig. Es sei denn, Gerdes hätte den Warnschuss als solchen verstanden und selbst einiges auf dem Kerbholz. Das könnte ihn veranlasst haben, über die Drohung und eine Anzeige hinwegzusehen, um keine schlafenden Hunde zu wecken.

Bevor Fiete Hinnerk morgen aufs Revier lädt, brennt Fiete darauf, Wandas Version zu hören. Ihre Lügerei bereitet ihm Magengrummeln. Genauso wie der Gedanke an Janne. Wenn die bloß schon wieder in Bremerhaven wäre.

Im Hausflur hängt er seinen Schlüssel an das Brett neben der Tür. Wo ist denn Wandas Schlüsselbund, der um diese Uhrzeit längst hier hängen müsste? Er streift seine Schuhe von den Füßen und schlüpft in ein paar Latschen. Fienchen flitzt um die Ecke und freut sich, als hätten sie sich Jahrzehnte nicht gesehen. Warum ist Fienchen hier, wenn Wandas Schlüsselbund fehlt? Fiete späht ungläubig noch einmal durch die Haustür, um nach Wandas Ape im Hof zu schauen. Auf die hat er eben nicht geachtet. Die Einfahrt ist leer. Seltsam. Ohne die kleine Malteserhündin fährt Wanda normalerweise nirgendwohin, wenn die Bäckerei geschlossen ist.

»Wanda?«, ruft er durchs Treppenhaus.

Er lauscht. Keine Antwort. Dafür Geräusche und Tellerklappern in der Küche. Wahrscheinlich hört sie wieder nichts, weil die Dunstabzugshaube rauscht. Außerdem riecht es hier ungewohnt. Nicht, wie üblich, nach Fisch oder Backwaren.

»Wanda?«

»Is nich daaaa!«, trötet es zurück.

Henni steht in geblümter Kittelschürze am Herd und stochert mit einer Gabel in einem blubbernden Kochtopf. »Wanda musste noch mal weg. Geschäftlich.«

»Um diese Uhrzeit? Es ist gleich acht.«

»Wann soll sie das denn sonst machen? Nachts?«

Fiete fällt nichts ein, was er darauf erwidern könnte. Sie quasselt weiter. »Der Küchenchef vom *Möwchen* will irgendwas Dringendes mit ihr besprechen. Deshalb musste ich hier einspringen.«

Dass das Hotel zu Wandas Neukunden zählt, hat Wanda ihm gefühlte zweihundertmal vorgebetet.

Fiete tritt auf den Küchentisch zu, der aussieht, als würde hoher Besuch erwartet. Die alltägliche, mit Rosen bestickte Mitteldecke ist einem gestärkten Tischtuch gewichen. Zwei Teller mit Goldrand. Die standen bisher nur ein Mal auf dem Tisch. Am Abend seines Einzugs. Allerdings ohne die Bleikristallgläser daneben. Es gab auch keine Flasche Spätburgunder mit weißem Lätzchen, das herunterlaufende Rotweintropfen abfängt. Sogar im Brotkörbchen liegt eine Serviette unter einem Berg von Laugenbrezeln.

»Ich hätte mir ein Brot schmieren können.«

Henni legt die Gabel beiseite und wendet sich zu ihm um. »Nee, hätteste nich. Wie sieht dat denn aus? ’ne Stulle vom guten Geschirr.« Henni greift sich verständnislos an die Stirn.

»Hat Wanda Geburtstag?«

»Erst am vierzehnten August. Die is Löwe.«

Obwohl er sich nicht mit Sternzeichen auskennt – das hätte er sich denken können, so wie sie Hinnerk verteidigt.

»Dann klär mich bitte auf. Was ist hier los?«

Henni rollt zwei Würstchen in Alufolie ein. Dann knöpft sie ihre Kittelschürze auf und stopft sie in ihren Häkelbeutel.

»Wenn du bis jetzt nich aufgeklärt bist, isses jetzt auch zu spät.« Henni grient und hat offensichtlich Spaß für zehn. »Eins hab ich dir zum Probieren im Topf gelassen. Wanda is bestimmt fix wieder zurück. Wär gut, wenn du ihren Besuch so lange bei Laune hältst. Soll ich dir ausrichten!«

Mit Betonung auf dem letzten Satz. Was übersetzt heißt: So lange ich weg bin, kümmerst du dich um meinen Besuch! Dabei will er nach diesem Höllentag nichts sehnlicher als sein Sofa und ein paar Folgen seiner Lieblingsserie.

»Wer kommt denn? Der Chef des Bäcker-Innungsverbands Nord?«

»Die hier«, dabei hält sie ein Zeitungspapier-Päckchen in die Höhe, »musste nur noch zwanzig Minuten ziehen lassen, wenn er da ist«, sagt sie und deutet auf den dampfenden Kessel. »Im Kühlschrank steht noch Wein, falls du Nachschub brauchst.« Und schon rauscht sie mit Häkelbeutel und ihren Würstchen davon.

26

Währenddessen auf Hinnerks Hof

Im Gegensatz zu Hinnerks Kuhstall, der auf dem modernsten Stand der Technik ist, wirkt die Küche wie anno Knick. Heugrüne Hochglanzschränke und eine ebenso heugrüne Sitzgruppe mit Eckbank unter dem Fenster. Auf der gegenüberliegenden Seite ein alter Stocherofen, der mittlerweile Shabby Chic ist. Das Highlight sind nach wie vor die Prilblumen auf dem bahamabeigen Fliesenspiegel.

Antjes vor zehn Jahren gescheiterter Versuch, den bunten Aufklebern mit einem Ceranfeldschaber auf den Leib zu rücken, löste eine zweiwöchige Ehekrise aus. Hinnerk würde die Blümchen vermutlich mit seinem Leben verteidigen. Frei nach dem Motto: Die kleben da schon immer, und das will ich auch so haben.

Seit Antjes Auszug hat sogar der Turm aus schmutzigem Geschirr eine gewisse Konstanz. Ebenso wie der dumpfe Raumduft, der einem den Atem verschlägt und nach einer Kombination aus Kuhmist, Hühnerstall und ranzigem Fett müffelt. Wanda reißt das Küchenfenster auf.

Vielleicht hätte Hinnerk sich doch lieber um die physiologischen Vorteile für Antje durch eine moderne Einbauküche mit integrierter Spülmaschine kümmern sollen, statt um den Premium 2 mit pneumatischer Steuerung für seine Kuhdamen.

»Und nu'?«, fragt Hinnerk. Er betritt in seinen rundum mit Kuhmist eingesauten Gummistiefeln die Küche und schmeißt seine maisgelbe Baseballkappe auf den Büfettschrank. Dann stemmt er die Hände in die Hüften. Wie ein Möbelpacker, der einen fünfhundert Kilo schweren Konzertflügel anliefert, nur dass der nicht bei jedem Schritt einen Flatschen Kuhdung verliert.

»Hier!« Wanda wirft ihm ein blau kariertes Trockentuch zu und lässt Spülwasser einlaufen. »Danach mache ich was zu essen, damit du mir nicht vom Fleisch fällst.«

Hinnerk blickt auf das Küchenhandtuch, als hätte Wanda ihn dazu verdonnert, das ganze Haus mit einer Zahnbürste zu scheuern.

»Sei froh, dass wir noch Zeit haben, zu reagieren, bevor Fiete dir den Hintern über die Ohren zieht.«

Gut, dass Merle wenigstens auf Zack war nachzubohren, ob Fiete im Anschluss Hinnerk aufsuchen würde. Denn »schließlich sei das Ganze ja auf Hinnerks Mist gewachsen«. Woraufhin Fiete was von »Feierabend, wenn der Bericht getippt ist« entgegnet hätte. Das verschaffte ihnen gerade so viel Zeit, etwas zu improvisieren, um Fiete zu Hause festzusetzen.

»Was ich dir zu verdanken habe!«, motzt Hinnerk.

»Vor allem Tönnissen, weil der nicht schweigen kann.«

Oder seiner Merle, die sowieso angespitzt ist. Bei seinem Bluthochdruck trinkt Mattis kein Jever weniger, und die Kühlung in der *Börse* ist in letzter Zeit auffällig oft kaputt. Die wird geahnt haben, wo Mattis sich Sonntagabend rumgetrieben hat. Die konnte garantiert nicht schweigen, weil Hinnerk Mattis angestiftet hat.

»Und wenn Fiete doch noch hier aufkreuzt?«

»Das passiert garantiert nicht. Dafür hab ich gesorgt!«

»Dann eben morgen. Das hilft mir jetzt auch nicht weiter.«

»Deshalb sollten wir uns beeilen, Fiete auf die richtige Fährte zu setzen. Mit dem, was er aktuell weiß, liegt der nämlich komplett daneben.«

»Ach, klar! Du weißt ja, wer der Mörder ist. War mir kurz entfallen«, bemerkt er schnippisch und haut sich mit dem Trockentuch vor den Kopf.

»Das wollen wir ja herausfinden.«

»Bin ich die Polizei?«

»Du bist im Moment eher der Hauptverdächtige, weil du nach Tönnissens Plauderei in diesem Augenblick ein persönliches Motiv hast und Fiete annimmt, dass der Gammel und die Drohung aus *deiner* Hand stammen. Außerdem hat Onno Tamme nach Bremerhaven kutschiert. Das macht es nicht besser.«

Der Hauptverdächtige poliert nachdenklich an einem Suppenteller herum. »Aber ich hab das verdammte Schild nicht geschrieben!«, verteidigt er sich.

»Eben. Deshalb glaube ich, es gibt jemanden, der tatsächlich ein persönliches Motiv hatte.«

»Und wer soll das sein?«

»Hinnerk, es wäre durchaus hilfreich, wenn du wenigstens ab und zu mal ein bisschen mitdenken würdest.«

Gleichzeitig bei Fiete

»Wir zwei Doofis sitzen hier schön fest«, sagt Fiete zu Fienchen, die unternehmungslustig die Ohren spitzt, als hätte die beste Zeit des Tages gerade angefangen. »Dein Frauchen erwartet hohen Besuch, glänzt durch Abwesenheit, und wir beide spielen Pausenclowns. Hat sie dir deshalb die neue Frisur verpasst? So bunt, wie du ausgesehen hast, war das auch nötig.«

Er dreht das Etikett der Doppelmagnum-Flasche Spätburgunder zu sich. Drei Liter! Und zwei Flaschen Reserve im Kühlschrank. »Wie es aussieht, sollen wir den Staatsbesuch in der Zwischenzeit ordentlich abfüllen.«

Aber ob ausgerechnet ein Spätburgunder die ideale Wahl zu den acht Weißwürsten ist, die in Zeitungspapier eingewickelt neben dem Herd liegen, sei dahingestellt. Und wie kommt Wanda überhaupt auf Weißwürste? Die hat er im Juli noch bei keinem Metzger gesehen. Höchstens im September, wenn irgendein Supermarkt die »Oktoberfest-Woche« einläutet und ein bayerisches Sortiment mit weiß-blauen Girlanden dekoriert. Oder sind die Würste aus dem letzten Oktober-Angebot? Eingedreht ins *Emder Tageblatt*?

Entweder hat Wanda den Gast eingeladen und es hapert an Geschmack, oder der Besuch hat sich so überraschend angekündigt, dass Wanda irgendwas aus dem Hut zaubern musste. Mit etwas gutem Willen geht Fiete von Letzterem aus.

Hoffentlich ist sie zügig wieder da, damit er sich auf sein Zimmer verziehen kann und nicht die halbe Nacht um die Ohren schlagen muss. Eigentlich wollte er Wanda in die Mangel nehmen, damit er Klarheit über diese Hinnerk-Geschichte bekäme.

Seit Tönnissens Aussage hätte Hinnerk ein mögliches persönliches Motiv. Der Streit. Die Drohung. Am liebsten würde er Hinnerk einfach verhaften, der Täter wäre überführt und Fiete Janne wieder los. Aber die aktuelle Beweislage gibt absolut gar nichts her.

Gerichtsmediziner Kappernagel geht davon aus, dass der Täter sich auskannte. Womit das Zerlegen des Toten gemeint ist. Obwohl Hinnerk als Landwirt sicher auch weiß, wie man schlachtet. Aber ob der tatsächlich in der Lage gewesen wäre, Gerdes zu demontieren?

Auf der Polizeischule in Hannoversch Münden haben sie im Fach Kriminologie über Serienmörder Fritz Haarmann und sein psychologisches Täterprofil diskutiert. Anfangs benötigte der für die Zerlegung seiner Opfer mehrere Tage. Außerdem handelte Haarmann mit Fleischkonserven. Damals spekulierte man darüber, dass er die Leichen zu Wurst verarbeitet hätte. Haarmann stritt das zwar ab, konnte aber auch keine nachprüfbare Quelle für das von ihm verkaufte Fleisch angeben.

Fiete läuft es eiskalt den Rücken runter, als er die einsame Wurst im Topf beäugt. Auch wenn er nicht ernsthaft dran glaubt, dass in dem Kochwasser obenauf ein bisschen was von Gerdes schwimmt, ist ihm der Appetit vergangen.

Fienchen ist das völlig egal, weil sie zu ihm hochguckt und bettelt.

»Mein Würstchen darfst du gerne haben«, sagt er und will die Wurst aufspießen, um sie für Fienchen klein zu schneiden, da läutet es an der Haustür.

27

Etwa zeitgleich bei Willems

Die Temperatur des Wassers in den Algenbecken steht bei fünfundzwanzig Grad. Optimale Wachstumsbedingungen für die Braunalgen. Jan sitzt an seinem provisorischen Schreibtisch, den er sich aus zwei stählernen Arbeitsböcken und einem alten Buchenbrett zusammengezimmert hat, und trägt die Daten in seine gelbe Din-A4-Kladde ein.

Obwohl er dazu Excel-Dateien verwenden könnte, zieht er die Oldschool-Methode vor. Weil es die sicherste ist. Selbst mit den raffiniertesten Virenscannern ist ihm die Sache zu heiß. Sein Albtraum wäre ein durchgeknallter Hacker, der seine Aufzeichnungen kopiert.

Er trägt den Jodgehalt in die Tabelle ein, als es energisch an der Scheunentür bollert. Dass jemand mit der Faust dagegendonnert, hört er sogar über die Bässe von AC/DC hinweg, die aus dreckigen Kehlen röhren. Seine Mutter geht ihm auf die Eier. Die mit ihrem scheiß Abendbrot. Er kann nicht mal an Essen denken. Ihm ist kotzschlecht, sodass er seit Stunden sauer aufstoßen muss und ihm die Magensäure im Hals brennt. Er wartet auf einen Anruf von Wiebke. Seit Tagen. Seine Schmerzgrenze ist überschritten.

Wieder poltert es an der Tür. Jan schlägt seine Kladde zu und wirft einen Blick aus dem Stallfenster. Ein silbergrauer

Ford Mondeo Kombi parkt direkt darunter. Fokken? Was will der von ihm? Auf den hat er noch weniger Lust als auf seine Mutter. Aber der könnte ihnen Steine in den Weg legen.

Jan öffnet ihm und bleibt im Türrahmen stehen.

»Tut mir leid, dass ich unangekündigt zu so später Stunde hier aufkreuze«, entschuldigt Fokken sich. »Könnten wir vielleicht kurz unter vier Augen sprechen?«

Eigentlich will er keine Leute in seiner Zuchtanlage, aber mit dem darf er es sich nicht verscherzen. Und bevor ihm seine Mutter wegen des Abendessens auf den Piss geht, für die das hier sowieso nur Spinnerei und ein Gehirnfurz ist, bittet er Fokken herein.

Fokkens Blick schweift durch den Raum. Dann wischt er sich mit einem Tuch über die Stirn und hält es sich einen Moment unter die Nase. »Die Luft hier drin ist wirklich eine Herausforderung.« Er verzieht den Mund zu einem künstlichen Grinsen und starrt auf Jans Bauch.

Warum grinst der so blöd? Ach! Jan schnappt sein T-Shirt, das über dem Beckenrand hängt, und wirft es sich über.

»Ich möchte dir einen gut gemeinten Rat geben«, fängt er an.

Einen Rat, wofür?

Fokken tritt auf eins der Becken zu und dreht sich zu ihm um. »Sei bitte etwas vorsichtig.«

Das fehlte ihm jetzt, dass das Lebensmittelamt doch noch tausend Einwände hat.

»Weshalb? Gibt es Probleme?«

»Nein, nein, aus unserer Sicht ist alles im Fluss«, beruhigt Fokken ihn.

Was hat der dann für Anwandlungen, für die er sich extra herbemüht?

»Ich war eben bei Wiebke, um zu kondolieren und ihr meine Hilfe anzubieten. Nach dem, was passiert ist …« Er blickt gedankenverloren auf das Wasser des Beckens vor sich. Die Oberfläche wellt sich durch die Zirkulation der Umwälzpumpe wie in einem überdimensionalen Aquarium. »Ist das Mindeste, was ich für sie tun kann. Vor allem, wenn man sich so viele Jahre kennt.«

Wovon redet der?

»Dir sagt der Name Harm van Hoorn etwas?« Fokken zieht die Augenbrauen hoch.

Wie kommt der auf van Hoorn?

Jan nickt.

»Harm van Hoorn war bei ihr, um sie zu … *trösten*.«

Van Hoorn? Bei Wiebke? Was ist das für eine Nummer? Sie wollte Kohle besorgen! Aber es war nicht die Rede davon, dass sie den mit herschleppt.

»Ich bringe es mal auf den Punkt. Der ist nicht hier, weil er Tammes Witwe *beistehen* will.« Er winkt ab, als wolle er damit ausdrücken: Kannst du gleich vergessen. Dann schlendert er auf ein Big Bag zu, in dem Jan eine frische Charge Algengranulat zwischenlagert.

Was soll das denn heißen? Dass der mit Wiebke in die Kiste will?

»Mich geht das zwar rein gar nichts an«, beteuert er. »Aber ich kenne Harm zu lange.«

»Was wollen Sie damit sagen?«

»Ich muss ein bisschen ausholen.«

Jan hockt sich auf eine der Treppenstufen am vorderen Becken. Er atmet tief durch die Nase ein.

»Für Harm ist das Leben ein einziges Pokerspiel. Er sah in allem einen persönlichen Wettkampf zwischen sich und Tamme. Und wenn ich alles sage, meine ich *alles*! Zwei Alphamännchen. Als Harm damals spitzkriegte, dass Tamme hinter Wiebke her ist, hat Harm so lange dazwischengeschossen, bis er der strahlende Sieger war.«

Wiebke und van Hoorn? Das hat sie nie mit einer Silbe erwähnt! Tamme ist aus dem Weg, und sie knüpft an alte Zeiten an?

»Als Harm gewonnen hatte, ließ sein Interesse an Wiebke ganz schnell nach. Der Hahnenkampf ging erst wieder los, als Tamme und Wiebke heiraten wollten. Zum Glück war sie so gescheit, nicht noch einmal auf Harm reinzufallen.«

Jan zuckt innerlich zusammen. Was, wenn er selbst stattdessen auf Wiebke und ihren Plan reingefallen ist? Dann Gnade ihr Gott!

»Anstatt sich wie ein Sportsmann zu verhalten, ist Harm damals nicht zur Hochzeit erschienen.« Er schaut Jan an.

»Was hat das mit mir zu tun?«

Fokken zögert. »Im Moment noch nichts. Aber ich bin mir sicher, worauf es hinauslaufen wird. Harm van Hoorn krümmt keinen Finger, ohne seinen Profit davon zu haben!«

In seinem Kopf dreht sich alles. Er muss Wiebke zur Rede stellen.

»Ich weiß, dass es Seafood nicht rosig geht, aber Wiebke wird jetzt ganz andere Sorgen haben, als sich um den Betrieb zu kümmern. Das ganze Theater mit der Polizei; mit dem Huber. Jeder Tag, an dem du nicht mit der Produktion loslegen kannst, kostet die Firma bares Geld. Was meinst du, wie lange sie das durchstehen kann?«

Jan starrt auf den Boden und kann kaum einen klaren Gedanken fassen.

»Was glaubst du, wer sich *aufopfernd* um Wiebke und Seafood kümmern wird? Wenn Harm von dem Algengeschäft erfährt, zieht der dich schneller über den Tisch, als du Alge sagen kannst.«

Wenn van Hoorn von dem Geschäft erfährt? Das weiß der längst. Weil Wiebke und er besprochen haben, dass sie van Hoorn eine Beteiligung anbieten.

»Dem wird finanziell nicht die Puste ausgehen. Noch dazu mit seiner Armada von Rechtsanwälten hinter sich. Daher mein Rat, auch weil ich weiß, wie sehr Tamme sich auf das Projekt gefreut hat. Überlege dir bitte sehr genau, ob Seafood noch der richtige Partner für dich ist. Tamme würde nicht wollen, dass Harm gewinnt. Solltest du dich dagegen entscheiden, ruf mich einfach an. Auch ich habe Kontakte.«

War er zu gutgläubig? Ist er auf einen gemeinsamen Plan der beiden reingefallen?

»Was lässt Sie so sicher sein, dass van Hoorn nur aus diesem einen Grund hier ist?«

Fokken sieht ihn an, als hätte er ihm nicht richtig zugehört. Er stützt eine Hand auf den Beckenrand. »Weil ich Augen im Kopf habe! Ich weiß, was ich von der Terrassentür aus gesehen habe. Und das war sicher kein Trauergebet!«

28

Währenddessen in Wandas Küche

Fiete ist immer noch geplättet, als Janne wenige Minuten später am Küchentisch sitzt und er ihr Burgunder einschenkt. Seine Hände zittern. Das Lätzchen an der Rotweinflasche saugt einen blutroten Weintropfen auf.

Janne stützt ihr Kinn auf dem Handrücken ab und lächelt. Mit dem Gedanken an Fritz Haarmanns Würstchen aus Menschenfleisch versucht er, sich von Jannes Aussehen abzulenken. Sie trägt das weiße luftige Hippiekleid mit hellblauem floralem Muster, das sie sich im letzten Urlaub auf der Norderneyer Strandstraße in einer winzigen Boutique gekauft hat. Eine Stunde lang wartete er vor der Umkleidekabine auf einem unbequemen Hocker, bis sie mit ihrer Modenschau durch war und in diesem Kleid aus der Kabine trat.

»Deine Vermieterin ist wirklich ein Einzelstück.« Janne streicht sich eine Strähne aus dem Gesicht.

Schräge Schraube wäre passender. Sobald Wanda zurück ist, spätestens morgen früh, dreht er ihr den Hals um.

»Deine Gäste sind auch ihre Gäste, hat sie gesagt. Ein Nein auf die Einladung käme überhaupt nicht in die Tüte.« Sie lacht und zwirbelt an ihren Haaren.

Wehe dem, das ist ein abgekartetes Spiel und der Küchenchef vom *Möwchen* vorgeschoben, weil Wanda in Janne eine potenzielle Kandidatin für ihn sieht.

»Du … *mein* Gast?«

Janne nickt und setzt das Glas an ihre Lippen, die einen bräunlichen Lippenstiftabdruck auf dem Bleikristall hinterlassen.

Er hätte auf sein Magengrummeln hören sollen. Eins a eingefädelt, Wanda. Und Henni ist auch nicht besser. Fiete schüttet sich Rotwein ein und trinkt einen kräftigen Schluck.

»Hast du Hunger?«, fragt er, weil er das Thema nicht vertiefen will.

»Willst du nicht auf sie warten?«

Wenn seine Vermutung stimmt, taucht Wanda frühestens in zwei Stunden wieder auf. Auch wenn er Janne am liebsten sofort ins Hotel abschieben würde – aber das Schauspiel, das Wanda aufführen wird, will er sich nicht entgehen lassen und ist jede erzwungene Minute mit Janne wert. Schlimmstenfalls starrt er mit ihr so lange Löcher in die Decke, bis Wanda eintrudelt.

Fiete zeigt auf die beiden Teller. »Du meinst, das Essen ist für uns drei?«

»Weiß Wanda …?«, bricht sie ihren Satz ab und reibt mit dem Daumen über den Lippenstiftrest am Glasrand.

Dass sie einen Kuppelversuch mit der Enttäuschung seines Lebens eingestielt hat? Wenn Wanda das wüsste, gäbe die erst richtig Gas, die Beziehung wieder zu kitten. Bevor Janne das Thema auswalzt, braucht er einen spannenderen Diskussionsfaden.

»Das liebenswerte Einzelstück führt uns übrigens gerade beide an der Nase herum.«

Eigentlich wollte er mit der Story um Hinnerk, Onno und Tönnissen warten, bis er selbst Klarheit über Wandas gezielte

Irreführung hätte. Aber außergewöhnliche Situationen erfordern kreative Lösungen.

»Und du hast an der Sache bei Gerdes nicht mal geschnuppert?«, fragt sie, als er auserzählt hat. »Dies ist nicht Chicago, wo am helllichten Tag 'ne Leiche im Müllschlucker entsorgt wird.«

War klar. Sie hackt eher auf ihm rum und hält ihn für unfähig, statt sich zu fragen, warum Wanda Märchen erfindet.

»Gibt es Neuigkeiten von der Spusi?«, fragt er, um kein Öl in ihr Feuer zu gießen.

»Es gab keinerlei Einbruchspuren. Ich denke, wir können davon ausgehen, dass Gerdes seinen Mörder kannte. Sein Handy und die Kameras sind ausgewertet. Anscheinend hat Gerdes am Wochenende mehrfach versucht, seine Frau zu erreichen. Ein paar eingegangene Anrufe am Montag lässt Sören überprüfen. Die Bilder der Betriebskameras schicken sie rüber, sind aber grottenschlecht.«

Die billige Überwachungskamera hat Malte schon bemängelt, als er auf der Leiter stand und sie abschraubte. Aufnahmen im Zehnminutentakt. Aber wozu hätten die auch in ein teures Sicherheitssystem investieren sollen, wenn Bargeld im Tagesgeschäft keine Rolle spielte?

»Was ist mit den Fotos, die für uns interessant sind?«

Für einen ersten Ermittlungsansatz reichen häufig die letzten Bilder aus.

»Wir haben genau drei zur Auswahl«, antwortet sie enttäuscht.

Vermutlich spekuliert sie exakt in die entgegengesetzte Richtung. Je umfangreicher die Akte und je länger die Ermittlungen andauern, desto länger kann sie ihn weichkochen. Während er froh wäre, den Fall so schnell wie möglich zu den Akten zu legen, damit Ruhe einkehrt.

»Fokken vom Lebensmittelamt gegen siebzehn Uhr. Danach gegen achtzehn Uhr dreißig Frau Wybrand, die Sekretärin. Und um kurz nach sieben ein unscharfes Bild von einem Absatz.«

»Was wollte Fokken schon wieder da? Wenn ich diesen Gartenzwerg schon sehe. Der Wichtigtuer geht mir auch auf den Sender. Schaumschläger, der.«

Janne lacht. »Das dachte Gerdes sicher auch und hatte deshalb keine Zeit. Frau Wybrand war dabei, als Gerdes den wohl in einer Minute abgefertigt hat, weil um siebzehn Uhr Feierabend ist.«

»Und was macht die Wybrand noch um halb sieben in der Firma, wenn die pünktlich den Schlüssel rumdrehen?«, wundert Fiete sich.

»Die Firma ist in Zahlungsschwierigkeiten. Laut Sekretärin sollte Gerdes am Montagmorgen Rechnungen zur Überweisung abzeichnen.«

Das hat sie ihm auch schon vorgejammert, inklusive der offenen Rechnungen der Baggerfirma und die der Reparatur des Kühlhauses durch Tönnissen.

»Eine wäre angeblich wegen eines *Tischventilators* unter einen Schrank geweht. Das ist ihr aber wohl erst nach Feierabend aufgefallen.«

»Das kommt in die Sammelkiste der beknacktesten Ausreden. Und deshalb ist sie abends noch mal hin? Damit Gerdes die Rechnung abzeichnet? Das hätte man am nächsten Tag erledigen können.«

Er schenkt Janne nach und überlegt.

»Was wäre, wenn sie den Täter reingelassen hätte, von dem wir nur ein Foto des Schuhs haben?«, fragt er.

»Denkbar wär's. Aber wir haben null Beweise. Und außerdem kein Motiv. Fingerabdrücke –«

»Können wir wahrscheinlich knicken. Das war zwei Tage her, und selbst dann ist fraglich, ob unser Täter schon mal straffällig gewesen ist und wir im BKA-Computer eine Übereinstimmung finden. Der Tatort hat sich bis dahin dreimal verändert. Auf wen tippst du?«

»Du hast gehört, was Fokken über die ständigen Querelen mit Huber erzählte. Gerdes wollte das Grundstück. Es kam zum Streit. Huber hat das hochgepuscht und Gerdes das Lebensmittelamt auf den Hals gehetzt. Es eskaliert – zack, gibt's Fischmehl. Körperlich dürfte Huber dazu in der Lage sein. Außerdem müsste der wissen, dass die Fischabfälle regelmäßig abgeholt werden.«

»Und die Wybrand hat ihm geöffnet?«

»Möglicherweise? Huber wohnt erst seit ein paar Monaten dort. Was wäre, wenn die Wybrand sich unsterblich in Huber verliebt hätte?«, entgegnet sie und kreiselt eine Locke um ihren Zeigefinger.

Er weicht ihrem Blick aus. Er wird Wanda nicht den Hals umdrehen. Stattdessen macht er sie einen Kopf kürzer. Es fällt ihm schwer, sich wieder auf Huber und die Wybrand zu konzentrieren. Irgendwas passt nicht zusammen. Obwohl Huber eher schmächtig ist, sieht er aus wie ein durchtrainierter Kletterer, der sich mit den Fingerspitzen an neunzig Grad steilen Berghängen hochhangelt. Fiete erinnert sich an die kernigen Waden, die aus der Lederhose hervorstaksten. Was der ausgerechnet in Greetsiel will, steht in den Sternen.

»Sören soll Huber überprüfen.«

»Willst du ihm das sagen?«, stichelt sie und lehnt sich zurück.

Sehr witzig! Das gäbe Mord und Totschlag, wenn er in seiner jetzigen Position als Ortspolizist Sören vorschreiben würde, was der zu tun hat.

»Tja.« Janne sieht ihn überlegen an.

Dieses vorwurfsvolle »Tja« kennt er. Warum sagt sie nicht gleich: Das ist die Strafe! Selbst schuld!

»Wie es aussieht, haben wir so gut wie nichts in der Hand außer den Nachbarschaftsstreitigkeiten«, schaltet sie auf sachlich um, weil er nicht auf ihr spitzes Tja angesprungen ist.

Sollte Janne mit ihrem Anfangsverdacht auf Huber recht haben? Er hört im Geiste schon ihr nächstes Tja. Nur wäre das dann Stufe zwei ihres Repertoires und würde um einiges verächtlicher klingen.

»Du bist überzeugt, dass es Huber war?«, fragt Fiete.

»Das ist augenblicklich das Einzige, was Sinn ergibt.«

Er starrt einen Moment vor sich hin und geht Jannes Argumente noch mal durch. Dann kann er sich ein bisschen Ironie nicht verkneifen, auch wenn es gemein ist.

»Man merkt, dass du zwei Wochen mit Sören zusammengearbeitet hast.«

»Wieso?«

»Die Abfälle sind am Dienstagmorgen um fünf Uhr abgeholt worden.«

Janne runzelt die Stirn.

»Deine Theorie ist: Die Wybrand, bei der uns jegliches Motiv fehlt, hat dem Mörder – Huber – die Tür geöffnet.«

»Huber hätte ein klares, persönliches Motiv!«, verteidigt Janne ihre Schlussfolgerung.

»Ja, aber die Wybrand arbeitet seit zwanzig Jahren in der Bude, ist jetzt aber auch nicht kriegsentscheidend. Der Absatz des Schuhs gehört für dich demnach ebenfalls zu Huber?«

»Wäre sehr gut möglich.«

»Der Mord an Gerdes war deiner Meinung nach geplant.«

Janne nickt verhalten. Er legt eine wichtige Pause ein, damit der Augenblick nicht zu schnell verpufft. »Dann hätten die beiden eine ziemlich bescheidene Planung gehabt!«

»Ich verstehe nicht, worauf du hinauswillst«, sagt sie bockig.

»Weil die Fischabfälle turnusmäßig montags abgeholt werden! Wenn Huber und Wybrand unter einer Decke stecken würden, hätte Gerdes schon am Montagfrüh im Gammel gelegen. Der Einzige, der definitiv wusste, dass die Fischabfälle erst am Dienstag abgeholt werden, und dem die verspätete Abholung am Hintern vorbeigegangen wäre …«

»Onno Eilts«, ergänzt sie und greift zur Doppelmagnum-Flasche.

Er steht abrupt auf und grient. »Möchtest du dazu ein Fritz-Haarmann-Würstchen?«

29

Spätabends am Gärhaufen

Es ist kurz vor zweiundzwanzig Uhr. Nachdem Hinnerks Küche wieder funkelt und Hinnerk und Wanda vier von Hubers Würstchen verdrückt haben, rückt er mit seiner Spitzen-Hightech-Ausrüstung am Freigärhaufen an. Eigentlich hat er sich die für die Beobachtungen des Großen Brachvogels angeschafft, aber für ihren Zweck ist die perfekt. Um den Hals baumelt ihm der 30x60-Kompaktfeldstecher. Den neuen Dreibein-Ansitzstuhl mit Teleskopbeinen unter den Arm geklemmt, trägt er einen ausklappbaren Campingstuhl und eine Flasche Jever vor sich her.

Er rammt die Metallspitzen des Ansitzstuhls in die Erde vor dem Freigärhaufen und setzt sich. Wie einprogrammiert angelt er unter sich nach einer Nylonschnur, an die ein rostiger Flaschenöffner geknotet ist.

Ob Hinnerk sonst wirklich auf den Großen Brachvogel aus ist? Oder hat der mit dem Federvieh nur die Gelegenheit genutzt, sein Feierabendbierchen ohne Antjes Gemecker zu genießen?

»Ich weiß nich, was das bringen soll«, brummt er.

»Ich sag ja, einmal mitdenken! Gib mal her das Ding.«

Sie streckt den Arm aus. Hinnerk versucht, das Lederband des Feldstechers über den Kopf zu ziehen, bleibt damit aber dreimal an seinen Ohren hängen, weil er nur eine Hand frei hat.

»Tu mal die Flasche weg. Dann klappt das besser.«

»Und wie lange willst du jetzt hier sitzen?«, fragt er gelangweilt.

»Bis wir was haben, womit wir Fiete von dir ablenken können.«

»Glaubste, der Mörder springt dir vor die Optik und schreit: Tadaaa! Hier bin ich! Kann mich bitte einer verhaften kommen?«

»Nee, aber so was nennt man verdeckte Ermittlung.«

»Verdeckt? So wie wir beide hier sitzen?«

»Zur Tarnung hast du ja dein Jever dabei!«, zischt sie ihn an. »Wer soll uns denn hinter diesem Haufen sehen? Außerdem ist es fast dunkel.« Sie späht zu Huber rüber, um die Schärfe des Fernglases einzustellen. Durch das Objektiv kann sie, trotz Gardine, sogar Huber sehen, der in seiner hell erleuchteten Küche an seinem Tisch sitzt.

Obwohl Huber ihr fast leidtut, weil sie ihn bespitzeln, spannender als ein Krimi ist es in jedem Fall.

»Gegen wen ermitteln wir denn?«, fragt Hinnerk belustigt.

»Gegen jeden, der sich auffällig verhält. Hauptsache, Fiete ist weg von dir als Zielperson. Außerdem kehrt ein Täter oft an den Tatort zurück.«

Hinnerk sieht nachdenklich aus. »Und das macht der … *heute* …, wo wir hier sitzen?« Hinnerk schlägt sich aufs Knie, als wäre ihm die Tatsache durchgegangen.

Anstatt sich zu freuen, weil sie ihm helfen will, seine Unschuld zu beweisen, macht er sich lustig. Manchmal kann sie Antje schon ein kleines bisschen verstehen. Wahrscheinlich war Hinnerk in Sachen Küchenrenovierung genauso dickfellig.

»Du gehst mir auf den Wecker. Weißt du das? Fällt dir etwa was Besseres ein?«

So wie Hinnerk guckt, kann sie ihm ein klares »Ja! Mein Sofa!« von den Augen ablesen.

»Als du mit Onno und Tönnissen den Gammel rübergetragen hast, konnte es gar nicht spät genug sein!«

Das weiß sie von Henni, weil Onno erst lange nach Mitternacht zu Hause gewesen ist. Der ist im Dunkeln, wohl um Henni nicht aufzuwecken, auf der Treppe über seine eigenen Füße gestolpert und hat einen Heidenlärm veranstaltet.

»Das war ganz was anderes. Wir konnten keine Zeugen gebrauchen. So spät war doch kein Mensch mehr unterwegs!«

»Und?«, fragt sie, weil sie seinem Einwand nicht folgen kann.

Hinnerk zeigt auf das Fernglas. »Ja, das is doch kein Nachtsichtgerät! Was willste denn dadurch gucken?«

»Die meisten Autos fahren zum Beispiel mit Licht an.« Sie zeigt zur anderen Straßenseite. »Bei Huber ist Licht an. An Gerdes' Halle ist Licht an.« Dann zum Himmel hoch: »Und da oben is auch Licht an. Is nämlich Vollmond ohne Wolken.«

»Willste dir jetzt den ganzen Abend Huber in seiner Küche begucken?«

»Wenn der da sitzen bleibt, gucke ich mir den zur Not auch die ganze Nacht an, falls nix Spannenderes passiert. Dann könnte ich Fiete wenigstens den Tipp geben, dass das irgendwie verdächtig ist.«

»Wie kann man denn verdächtig am Küchentisch sitzen?«

»Mensch, Hinnerk, wir sind doch nicht bloß wegen Huber hier.«

In derselben Sekunde schaltet jemand bei Gerdes im Wohnhaus in einem der vorderen Räume das Licht an.

»Da!«

Hinnerk macht einen langen Hals, entspannt sich aber sofort wieder. »Da gehen gleich die Rollläden runter.«

Der Aufschlag, mit dem das Rollo im nächsten Moment auf die Fensterbank kracht, hallt bis zu ihnen herüber.

Wanda sieht Hinnerk an.

»Hab ich doch gesagt.« Er nippt relaxt an seinem Jever. »Sobald es dunkel is und die da Licht anmachen, is zappenduster.«

»Den Satz würde ich mir patentieren lassen.«

Eine Weile hocken sie schweigend nebeneinander, bis schließlich auch Huber das Licht löscht.

Das ist die Schattenseite ihrer Schnüffelei – es wird langweilig, wenn nichts passiert, findet sie. Dabei würde sie Fiete so gerne den Mörder auf einem Silbertablett präsentieren. Wenn der ein bisschen lockerer wäre und nicht aus allem ein Geheimnis machte – mit ihrer Hilfe wäre der dreimal schneller. Dann wären Hinnerk, Onno und Tönnissen längst von seiner Liste gestrichen.

Hinnerk reckt sich und streckt die Arme in die Höhe.

»Dein Mörder liegt bestimmt lange im Bett.« Er gähnt. »Wen hast du eigentlich aufm Visier?«

»Na, Wiebke natürlich.«

Hinnerk ist auf der Stelle wieder hellwach. »Wiebke?! Wenn ich das gewusst hätte, wäre ich auch längst im Bett! Das glaubst du doch selber nicht, dass die Tamme abgemurkst hat!«

»Habe ich das behauptet?«

»Deine Logik kapier ich nicht.«

»Überleg doch mal. Wiebke ist *rein zufällig* nicht zu Hause gewesen, als Tamme ermordet wurde? An Zufall glaube ich sowieso nicht. Der hat hundertmal versucht, Wiebke anzurufen. Die ist seltsamerweise erst wieder aufgetaucht, als die Polizei lange weg war. Dann die Unterwäsche. Die Haarverlängerung, weil sie angeblich für einen *wichtigen Termin* schön aussehen wollte. Da schrillen bei mir aber alle Alarmglocken! Und als Wiebke heute mit ihrem Auto auf den Hof gefahren ist, war ich gerade bei Huber, um Fienchen abzuholen. Der hatte das plötzlich ganz komisch eilig.«

»Und jetzt soll Wiebke was mit Huber haben, oder was?«

»Weiß man's? Dem ist zwar erst kürzlich seine Frau weggestorben, vermute ich, aber stille Wasser sind tief.«

»Huber«, murmelt er vor sich hin, als würde er die Möglichkeit abwägen.

»Oder jemand anders.«

»Und deshalb spionieren wir die aus?«

Wanda knufft Hinnerk in die Seite. »Wiebke hat freie Bahn. Tamme ist tot. Dann kommen generell Leute aus allen Ecken gekrochen, die mit dem Toten seit zehn Jahren keinen Kontakt mehr hatten. Das würde keinem auffallen, wenn auch ein Liebhaber darunter wäre.«

»So gesehen …«

»Sei mal ruhig«, flüstert sie.

Durch die Stille der Nacht sind unbestimmte Geräusche hörbar.

Endlich! Ihr Herz pocht vor Aufregung.

Irgendwas tut sich bei Gerdes auf dem Parkplatz hinter der Halle.

»War das eine Autotür?« Sie horcht.

Sogar Hinnerk lehnt wie James Bond neben ihr und fixiert Gerdes' Ausfahrt.

Sie stützt die Ellbogen auf einem Altreifen ab, um ihr Sichtfeld durch das Fernglas ruhig zu halten. Ein Motorengeräusch. Dann die Scheinwerfer eines Fahrzeugs auf dem Seafood-Gelände. Sie werfen einen Lichtkegel voraus. Das Licht wird intensiver. Schleichend nähert es sich dem Hallenende. Gleich müsste es um die Ecke biegen und in ihre Richtung die Fahrbahn ausleuchten.

»Da is einer«, raunt Hinnerk und rempelt sie an.

Eilig nimmt sie den Feldstecher runter, um mit bloßem Auge zu orten, wohin Hinnerk zeigt. Er deutet auf eine Stelle etwa hundert Meter rechts von Gerdes' Haus. Auf dem Grünstreifen neben der Straße bewegt sich etwas. Sie setzt das Glas an. Über den Randstreifen der Umgehungsstraße schleicht eine Person. Das Gegenlicht des Monds lässt selbst durch das Hightech-Gerät nur eine Silhouette erkennen. Der Statur nach ein Mann.

Obschon Wanda flach atmet, schlägt ihr Herz so heftig, dass ihr Blutdruck rhythmisch in den Ohren rauscht. Ihr Puls verwackelt das Bild. Sie hält die Luft an. Der Mann auf dem Randstreifen scheint beinahe geduckt zu huschen.

Hinnerk stößt sie wieder an und deutet mit dem Kinn zur Ausfahrt.

Ein schwarzer Pkw kriecht auf die Straße zu. Seine Abblendlichter reflektieren die Mittellinie. Über den Asphalt hinaus zerfließt der Lichtkegel im Gras von Hinnerks Weide. Sie kann den Fahrer nur schemenhaft erkennen. Dann flackert das orangegelbe Blinklicht des Fahrzeugs auf. Rechts. Richtung Greetsiel. Was ist das für ein Kennzeichen? HB? Bremerhaven? Am Ende 21. Mehr kann sie nicht lesen, weil Hinnerk sie erneut mit dem Ellbogen anbufft.

»Der Typ is weg«, haucht er. »Ist der in den Busch gesprungen?«

Sie luchst wieder über den Feldstecher, um sich zu orientieren. Wo ist der verschwunden? Erneut späht sie durch die Linse und sucht.

Die Scheinwerfer des Wagens strahlen die Stelle auf dem Grünstreifen für den Bruchteil einer Sekunde an. Dann verblasst das Licht, und der Pkw rauscht in die Dunkelheit der sich einsam dahinschlängelnden Landstraße davon.

Sie starrt weiter auf den Punkt, an dem sie den Mann vermutet; scannt den Randstreifen weiträumiger ab.

»Verflixt noch eins!«

Der kann sich doch nicht in Luft aufgelöst haben.

»Ruf Fiete an«, zischelt sie.

»Was?!«

»Fiete!«

»Bist du bescheuert?«

»Mach einfach«, faucht sie. »Ich kann jetzt nicht. Vielleicht taucht der wieder auf.«

»Was soll ich denn sagen?«

»Mensch, Hinnerk! Gefahr im Verzug!«

30

Kurz darauf bei Hinnerk

»Kommt Fiete?«, flüstert Wanda und observiert immer noch den Grünstreifen. Hinnerk lehnt sich neben sie an den Gärhaufen. Seit er vor einer halben Ewigkeit abmarschiert ist, um Fiete anzurufen, hat sich drüben nichts bewegt. Entweder lungert der Typ im Gebüsch oder ist unbemerkt zu Wiebke ins Haus geschlichen.

»Die sucht den Randstreifen ab«, murmelt Hinnerk.

»Was?« Sie setzt das Fernglas ab und guckt Hinnerk an, der sein Handy ans Ohr drückt.

»Fiete is dran. Der will wissen, wo der Typ verschwunden ist.« Hinnerk will ihr sein Smartphone anreichen.

Typisch! Statt Fiete einfach kurz 'nen Tipp zu geben, führt Hinnerk gleich ein Dauergespräch. Jetzt kann Fiete sich an einem Finger abzählen, dass sie das Gerdes'sche Haus beobachten. Wie sie ihm das erklären sollen, darf Hinnerk sich ausdenken.

Sie winkt ab und setzt den Feldstecher an. »Wie soll ich denn gucken und telefonieren gleichzeitig! Ungefähr fünfzig Meter rechts vorm Wohnhaus. Wieso?«

Wenn Fiete gleich einen Tatverdächtigen schnappt, hat sich das mit der Erklärung, warum sie hier kiebitzen, sowieso erledigt.

»Siehste wen?«, fragt Hinnerk.

Wo bleibt Fiete denn bloß? So weit ist es nicht bis hier.

»Nichts!«

»Nichts«, gibt er weiter.

»Doch! Warte!«

»Doch! Warte!«, echot Hinnerk.

Auf dem Randstreifen ist Bewegung. Etwa dort, wo der Mann eben zuerst aufgetaucht ist, schlendern nun zwei Personen. Sieht aus wie ein Pärchen, das sternhagelvoll und untergehakt auf dem Nachhauseweg ist.

»Da sind jetzt zwei auf dem Grünstreifen.«

Hinnerk gibt den Lagebericht durch.

»Das sind wir, soll ich sagen.«

Wir?! Fiete? Und Janne? Untergehakt? Anscheinend hat der Spätburgunder wohl einen Nebeneffekt gehabt. Sind die zu Fuß gekommen?

»Du sollst Stopp sagen, wenn sie an der Stelle sind«, wispert Hinnerk.

Ihr Herz pocht. Noch ein paar Meter.

»Stopp!«

Dann ist das Gespräch zu Ende, weil Hinnerk sein Telefon in die Brusttasche steckt. Im selben Moment flammen drüben zwei Taschenlampen auf und durchleuchten das Gebüsch. Die beiden hechten ins Dickicht. Lichter flackern hektisch im Gestrüpp umher. Ein Handgemenge? Laute und Wortfetzen dringen herüber. »… zei! … bleiben!« Es wird still. Die Lichtkegel beruhigen sich. Kurz darauf treten drei Personen dicht hintereinander auf den Grünstreifen. Ist die mittlere Fiete? Führt der den Typen vor sich her in Handschellen ab? Hinter ihnen folgt wohl Janne, die deutlich kleiner ist als die anderen beiden.

»Die haben ihn!«, freut Wanda sich. Vor Begeisterung haut sie Hinnerk auf die Schulter. »Da soll einer sagen, unsere verdeckten Ermittlungen brächten nix!«

Hinnerks Handy bimmelt.

»Ja?«, meldet er sich und lauscht.

Stille.

Hinnerk starrt auf sein Telefon, als stünde sein Strohlager lichterloh in Flammen.

»Wer war das?«

»Fiete. Wir sollen da hinkommen.«

Wenig später an der Umgehungsstraße

»Soll ich von Norden einen Streifenwagen nachkommen lassen?«, fragt Janne, als sie mit dem Tatverdächtigen am Dienstwagen anlangen, der etwa zehn Meter hinter der Kurve in einer Weideeinfahrt vor einem Gatter parkt.

Da es in Greetsiel keine Arrestzelle gibt und auch Wanda und Hinnerk noch vernommen werden müssen, schließt sie wohl daraus, dass sie den Verdächtigen zu den Kollegen nach Norden verbringen.

»Wir vernehmen ihn erst mal hier bei uns«, antwortet er.

Bei uns? Obwohl sie sich pflichtbewusst als Pärchen auf dem Heimweg getarnt haben, gibt es trotzdem kein Uns. Wahrscheinlich hat Wandas eingefädelter Abend dazu beigetragen, dass ihm das rausgerutscht ist.

Mit Wanda hat er sowieso ein Hühnchen zu rupfen. Da ist ja die Superspionin!

»Hinnerk hat gesagt, wir sollen hierhinkommen«, druckst sie und hält mit sicherem Abstand an.

Hinnerk schleicht hinter ihr her wie ein geprügelter Hund.

Als sie den Tatverdächtigen erblickt, presst sie beide Hände vor die Brust. »Onno?!«

Wahrscheinlich hat sie ihn nicht sofort erkannt, weil Onnos Gesicht kohlrabenschwarz ist. Passend dazu trägt er einen schwarzen verdammt figurbetonenden Anzug. Anscheinend hat Onnos Figur die Knöpfe abgesprengt, weil Hosenbund und Jacke offen stehen. Darunter lugt ein schwarzes Werbe-T-Shirt mit knallrotem *Makita*-Aufdruck über der Brust hervor. Hinnerk schüttelt den Kopf und greift sich an die Stirn, als wäre jetzt sowieso alles verloren.

»Was machst du hier?«, fährt sie Onno an.

Der sieht schicksalsergeben zu Boden und stammelt: »Ich wollte nur was zurückbringen.«

»Es ist *unsere* Aufgabe, hier Fragen zu stellen«, erklärt Fiete.

Nach dem Knaller mit dem Abendessen hätte er auf diese Überraschung gut verzichten können.

»Wie kommt ihr auf das schmale Brett, Gerdes zu bespitzeln? Euch ist hoffentlich bewusst, dass wir in einem Mordfall ermitteln?«, fragt er mit der nötigen Prise Obrigkeit in der Stimme.

Wanda verschränkt die Arme vor der Brust. »Wenn du's genau wissen willst –«

»Sogar in allen Einzelheiten! Ihr beide dürft in einer Stunde zum Verhör aufs Revier kommen!«

»Wir? Wieso das denn?«, regt sie sich auf. »Wir haben niemanden bespitzelt. Ich hab Hinnerk nur ein paar von den Weißwürsten gebracht, die euch vermutlich auch wunderbar geschmeckt haben. Außerdem hätte ich Janne sicher nicht eingeladen, wenn ich vorgehabt hätte, Gerdes zu bespitzeln.«

Das klingt zwar logisch, fällt ihm aber schwer zu glauben, weil Hinnerk was von einem Kompaktfeldstecher gebrabbelt hat.

Sie schaut Hilfe suchend zu Janne, die wiederum ihn ansieht.

»Als ich losfahren wollte, hab ich *zufällig* gesehen, dass da einer ins Gebüsch gesprungen ist. Oder, Hinnerk?«

Klar, dass sie ihn jetzt einbezieht. Dann muss sie Fiete beim Flunkern wenigstens nicht in die Augen sehen. Wahrscheinlich weiß sie gar nicht, dass Hinnerk sich eben in der Aufregung verplappert hat.

Nachdem Fiete bei Tönnissen fertig war, dauerte es maximal zehn Sekunden, bis das ganze Dorf wusste, dass die drei Spezialisten aufgeflogen sind. Aber Wanda ist raffiniert genug, um sich ruckzuck etwas einfallen zu lassen, damit sie ihre Lüge ausbügeln und ihm in der Zwischenzeit aus dem Weg gehen kann. Denn dass er sie nach der Befragung von Tönnissen in die Mangel nehmen würde, lag auf der Hand. Unglücklicherweise ist Onno wohl dabei zwischen die Fronten geraten.

Hinnerk hält sich genauso zurück wie Janne und kickt verlegen ein Steinchen hin und her.

»Meinst du, ich liefere Onno absichtlich ans Messer? Der hat mit dem Mord rein gar nichts zu tun!«

Absicht war es sicher nicht, aber unter diesen Umständen kann er ihn nicht laufen lassen.

»Wie tatverdächtig er ist, wird der Staatsanwalt morgen früh entscheiden.«

»Was soll das denn heißen?«

»Dass wir ihn mitnehmen und später nach Norden bringen lassen.«

»Und was soll er da?«

»Die Nacht verbringen.«

»Willst du Onno etwa in ’ne Zelle sperren, bloß weil er hier im Dunkeln über die Straße getapert ist? Das ist doch nicht dein Ernst!«, pflaumt sie ihn an.

Neunundneunzig Prozent der Menschheit würden in dieser Situation kleine Brötchen backen. Aber Wanda muss natürlich zu dem einen Prozent gehören, das sich aufmüpfig wehrt.

Sie blickt erneut zu Janne, als würde sie weibliche Unterstützung erhoffen. Wenn er Wanda nicht einbremst, diskutiert die, bis die Sonne aufgeht.

»Wir machen hier nur unseren Job. Wenn man einen Toten durch die Gegend gondelt, dem man vorher eine halbe Lkw-Ladung Fischabfälle in den Garten gekippt hat, und on top nachts in diesem Knacki-Outfit am Tatort umherschleicht, darf man sich nicht wundern.«

»Onno haut nicht mal 'ne Fliege platt. Der hat Tamme kein Haar gekrümmt, und an den Fischabfällen war der Stinkstiefel selber schuld«, meckert sie los.

»Dafür gibt es noch eine Anzeige wegen Umweltverschmutzung obendrauf.«

Irgendwann muss sie doch mal Ruhe geben. Kommentarlos öffnet er die hintere Autotür und lässt Onno in Handschellen auf dem Rücksitz einsteigen.

Wanda sieht Fiete abschätzend an und kneift die Augen zusammen wie ein Habicht. Dann wechselt ihr Gesichtsausdruck und stellt auf freundlich um.

»Du hast doch bestimmt so was wie ... Verhandlungsspielraum?« Ihre Stimme klingt komplizenhaft. Für vertrauliche Gespräche ist er nicht aufgelegt. Außerdem braucht er wenigstens ein paar Stunden Schlaf.

»Wenn man jemanden auf frischer Tat ertappt, gibt es keinen Spielraum«, wehrt er ab und knallt hinter Onno die Autotür zu.

»Da du Onno lediglich dabei ertappt hast, wie er über die Straße gewandert ist, kannst du die Fangeisen doch sicher abnehmen«, entgegnet sie unbeirrt.

»Wir haben ihn am Tatort aus dem Gebüsch gezogen!«

»Wo er dringend mal musste.«

Sie grinst und sieht wieder zu Janne, die sich die Schultern reibt, als würde sie in ihrem Hippiekleid frieren und das Reden lieber ihm überlassen. Dass sie Wanda nach diesem arrangierten Abend nicht in den Rücken fällt, wundert ihn gar nicht. Immerhin konnten Janne und er das Explosivthema Beziehung in stillem Einvernehmen außen vor lassen. Stattdessen haben sie über Greetsiel, das Naturschutzgebiet Leyhörn und die unzähligen Ausflugsmöglichkeiten geredet. Als Hinnerk anrief, waren sie gerade bei den Fütterungszeiten der Seehundstation in Norddeich.

»Nur mal theoretisch«, fährt Wanda fort. »Angenommen, ich wüsste was, das euch bei dem Fall vielleicht weiterhelfen könnte. Vorausgesetzt, Onno dürfte nach dem Verhör zu Hause schlafen. Bei dem besteht sowieso keine Fluchtgefahr. Sobald der den Kirchturm nicht mehr sieht, kriegt der Heimweh. Außerdem würde Henni dafür sorgen, dass der sich keinen Millimeter wegbewegt. Und das kann die besser als jede Arrestzelle.«

Theoretisch? Würde sich jeder in ein Mauseloch verkriechen und hoffen, dass alles gut ausgeht. Praktisch scheint Wanda den Ernst der Lage noch nicht wahrhaben zu wollen.

»Dir ist klar, dass es Konsequenzen hat, wenn du unsere Arbeit behinderst, indem du wichtige Informationen zurückhältst?«, ermahnt er.

»Ob das wichtig ist, liegt ja im Auge des Betrachters.« Sie zwinkert verschmitzt.

Gegen Wanda ist kein Kraut gewachsen. Er wirft einen Blick auf seine Festina – gleich halb zwölf –, dann zu Janne, die von einem Fuß auf den anderen tritt und sicherlich auch lieber im warmen Bett liegen würde, weil es sich deutlich abgekühlt hat. Auch Wanda ist nicht mehr die Jüngste und steht im Moment ohne Aushilfe da. Vor drei Uhr wären sie alle garantiert nicht zu Hause.

»Ich höre!« Fiete presst die Lippen aufeinander.

»Onno darf zu Hause schlafen, und du nimmst ihm diese albernen Handschellen ab«, passt sie sich seinem energischen Ton an.

Er schnauft einmal tief durch. »Schieß los, oder wir fahren ihn direkt nach Norden.«

»Hinnerk, Onno und Tönnissen haben mit der Drohung in Tammes Vorgarten nichts zu tun. Ich hab die Handschrift von dem ›Jeder kriegt, was er verdient‹ gesehen und wiedererkannt.«

Woher weiß sie das denn? Er kann sich nicht dran erinnern, den Wortlaut erwähnt zu haben.

»Das E und das V hatten so einen komischen Schlenker vorne.« Dabei malt sie mit dem Zeigefinger schnörkelige Buchstaben in die kühle Nachtluft.

»Das sah genauso aus wie bei Vanillezucker.«

»Vanillezucker.«

»Vanillezucker!«, triumphiert sie und wippt auf den Füßen. »Geschrieben mit Ochsenblut. Weil Tamme versucht hat, den Hund zu vergiften.«

»Von wem redest du?«

»Na, von Huber natürlich. Und das kann ich sogar beweisen. Von dem waren auch die selbst gemachten Weißwürstchen.«

Auf einen Schlag wird ihm ganz kodderig.

Buchteln nach Hilde Huber
(für etwa 4 Personen)

2 Eier
30 g Germ (Hefe)
80 g Zucker
80 g Butter
120–250 ml Milch
500 g Mehl
1 Prise Salz
etwas Zitronenabrieb einer unbehandelten Zitrone
Vanillezucker
Marmelade oder Pflaumenmus nach Belieben
Vanillesoße

Aus je etwas lauwarmer Milch, Mehl, Zucker und Germ (Hefe) ein Dampfl bereiten und dieses bis zur doppelten Menge zugedeckt an einem warmen Ort aufgehen lassen.
In der Zwischenzeit Mehl, Zucker, weiche Butter, Salz, Eier, Zitronenabrieb und Vanillezucker in einer Schüssel vermengen und in die Mitte eine Mulde drücken.
Dann wird das aufgegangene Dampfl hinzugegeben und mit den Zutaten vermengt. Zuletzt rührt man die Milch ein. Danach wieder zugedeckt an einem warmen Ort gehen lassen, bis der Teig etwa die doppelte Höhe erreicht hat.
Nun sticht man mit dem Löffel ein kleines Stück heraus und zieht es auseinander. In die Mitte ein bisschen Marmelade geben und rundum die Ecken darüber schlagen. Die Buchteln

in eine gefettete Backform nebeneinandersetzen. Noch ein wenig gehen lassen und bei 180 Grad Umluft 40–45 Minuten backen.
Mit Staubzucker bestreuen und mit Vanillesoße servieren.

31

Donnerstagmorgen in der Bäckerei

»Ich sach ja, bei Vollmond spinnen alle!«, mault Henni und sieht von ihrem Strickzeug zu Wanda auf, die hinter der Verkaufstheke die Thermopapierrolle an der Registrierkasse austauscht. »Ich wusste nur nich, dass du neuerdings auch so'n Piep hast wie mein Bruder und sein bester Freund!«

Dabei schaut sie anklagend von Onno zu Hinnerk, die mäuschenstill in ihren Morgentee glotzen und sich wohl am liebsten ans andere Ende der Welt wünschen. Ein Donnerwetter von Henni ist für die schlimmer als lebenslanges Lokalverbot in der *Börse*.

»Nur dass ich versucht hab, den Karren aus dem Dreck zu ziehen statt mit Volldampf noch tiefer rein. Oder, Onno!?«

Onno hängt mit den Ellbogen auf der Tischplatte und rührt sich kaum. Wanda drückt die Abdeckung auf die Kasse und setzt sich zu ihnen an den Frühstückstisch.

»Ich hab mich zu Tode erschrocken. Den schwarzen Anzug hätte ich Fiete noch erklären können. Aber bei Onnos rabenschwarzem Gesicht war Ende. Da hat der sich auf keine Diskussion eingelassen. Wie biste denn auf den Blödsinn gekommen?«, fragt Wanda.

»Durch *deinen* ollen Korken von *deinem* Kruiden«, brummt Onno.

»Nu' is aber Feierabend!«, ranzt Henni ihn an. »Den Korken anzukokeln und dich damit anzumalen, haste sicher nicht von Wanda!«

»Ihr wisst überhaupt nicht, wie praktisch so'n Teil ist«, verteidigt Hinnerk ihn. »So'n Korken kann überlebenswichtig sein! Der gehört in jedes Survival-Set. Damit kann man Angeln. An Felswänden oder Steinen Nachrichten hinterlassen. Und wenn man 'nen Schraubenzieher in der Hosentasche transportiert, spießt man den auf die Spitze, um sich den Schrauber nicht ins Bein zu stechen.«

»Oder man will einbrechen und nimmt den zur Tarnung«, motzt Henni dagegen.

»Ich hab dir schon dreihundertmal erklärt, dass ich nach der Verladung morgens um fünf vergessen hab, den Hallenschlüssel in den Briefkasten zu werfen. Den wollte ich zurückbringen«, murrt Onno.

»Aber doch nicht nachts! Mit offener Hose!«, pampt Henni zurück. »Hat ja brillant geklappt, dat mit dem Knopp annähen. Hab ich ja gleich gesacht, du mit deinen Knubbelsfingern.«

»Wenn ich der Polizei gesagt hätte, dass ich den Schlüssel hab, wäre das genauso verdächtig gewesen.«

»Den hat doch kein Mensch vermisst. Gerdes könnten auch zweihundertachtzig Hallenschlüssel gehabt haben. Ich hätte den weggeworfen und gut. Jetzt ham wir den Salat.«

»Warum bist du denn im Gebüsch verschwunden und nicht wieder aufgetaucht?«, fragt Wanda.

»Ich musste überlegen.«

»Und fürs Überlegen springste in 'n Busch?« Henni schielt über ihren Brillenrand. »Dann hüpfe ich gleich mal in unsere Johannisbeere. Vielleicht kann ich da besser überlegen, wie wir euch jetzt aus der Patsche zieh'n.«

»Nun lass Onno doch mal ausreden«, fährt Wanda ihr in die Parade.

»Ich hab die ganze Story schon heute Nacht gehört«, winkt sie ab. »Kommt nix bei rum! Der hat im Busch überlegt, wie er den Schlüssel in den Briefkasten kriegt, weil auf dem Hof Licht an war.«

»Das ist nachts immer aus. Aber gestern war das an. Da hätte mich doch Huber sehen können«, rechtfertigt er sich.

»Na, herzlichen Glückwunsch«, motzt Henni. »Da kannste aber stolz drauf sein, dass dich wenigstens Huber nicht gesehen hat!«

Auch wenn Onno nur in guter Absicht gehandelt hat – das wird Henni ihm bis ans Lebensende vorhalten, weil er im Streifenwagen mitfahren musste.

»Is aber so! Da fuhr doch dieses Auto vom Hof.«

»Stimmt«, pflichtet Wanda ihm bei. »Aus Bremerhaven. Das Nummernschild war HB und irgendwas mit 21 am Ende. Schade, dass ich das nur zur Hälfte lesen konnte.«

»VH«, brummelt Onno vor sich hin und greift zur Teetasse.

»Wie, VH?«, fragt Wanda.

Er setzt die Tasse ab und sieht sie an. »HB VH 21. Das hab ich durch die Zweige erkannt. Das Nummernschild war doch beleuchtet.«

»Biste dir sicher?«, fragt Wanda und schenkt ihm Tee nach.

»Ja, sicher bin ich sicher. VH. Wie verdammter Hornochse. Wegen dem musste ich doch ins Gebüsch. Und wegen dem war da garantiert auch Licht an.«

»Ha!«, freut Wanda sich. »Dann sind wir schon mal ein Stück schlauer. Haste Fiete das erzählt?«

»Nee, da hat der gar nicht nach gefragt.«

»Hat Wiebke denn noch Verwandtschaft in Bremerhaven? Ich dachte, die –«, will Henni wissen und zieht ein grünes Knäuel Wolle aus ihrem Häkelbeutel. Weiter kommt sie nicht, weil Abbo Ubben in den Laden stürmt und vor dem Frühstückstisch haltmacht.

»Habt ihr schon gehört? Dein Mieter hat Huber aufm Revier. Hab ich doch gesagt; der ist nich astrein.« Er fummelt sich an der haarigen Nase rum und hält ihr seinen Brötchenbeutel hin.

Wanda verschränkt die Arme und lehnt sich demonstrativ zurück. »Moin, Abbo!«

»Moin. Und gestern Nacht haben die bei Gerdes einen ganz zwielichtigen Typen geschnappt. Das soll sooo ein Hüne gewesen sein.« Dabei streckt er beide Arme in die Höhe und halb über den Frühstückstisch. Wie ein Pastor auf der Kanzel. Bloß, dass der dabei keinen Brotbeutel durch die Luft schleudert.

Woher weiß der das schon wieder? Das kann er nur durch die Ritzen seiner Jalousie gespannt haben, als Fiete mit Onno um Mitternacht zur Wache fuhr. Gut, dass man Onno wegen seiner Kriegsbemalung kaum erkennen konnte.

»Bei dem, den sie verhaftet haben, geht man ja davon aus, dass der was mit dem Mord zu tun hat.«

Im Gegensatz zu Onno, der neben ihr immer kleiner wird, drückt Hinnerk das Kreuz durch. Abbos Gequatsche kann der prinzipiell ab wie Zahnschmerzen.

»Wer geht davon aus? Du?«, furzt Hinnerk ihn an.

Hinnerk ist sofort in seinem Buntbarsch-Modus. Vor allem weil der zwielichtige Hüne sein bester Freund ist. Aber den dürfte Abbo nicht erkannt haben, sonst hätte er das anders formuliert.

Um Abbo abzufertigen, bevor das mit den beiden eskaliert, nimmt sie ihm den Beutel ab und wirft seine morgendlichen Brötchen hinein.

»Was kann ich dafür, was die morgens an der Käsetheke schwatzen?«, redet er sich raus.

»Und? Wer is denn nu' der Mörder, du Windbeutel? Vor einer Minute haste erzählt, Huber wär aufm Revier, weil der nicht ganz astrein is«, knallt Hinnerk ihm vor den Latz.

Den wird Fiete einbestellt haben, weil sie ihm gestern Nacht Hubers Buchtelrezept mit den schnörkeligen Vs und Es gezeigt hat. Trotzdem hat Fiete beim Frühstück keine drei Worte mit ihr gewechselt, weil er gnatzig ist, dass sie sich in seine Ermittlungen eingemischt haben. Wenn der wüsste, dass das vorläufig auch so bleiben wird. Zwar konnte sie Hinnerk, Onno und Tönnissen einigermaßen aus der Schusslinie bringen, aber dafür musste sie Huber mittenrein stellen, obwohl der ihr bei Hansjes Betriebskontrolle beigesprungen ist.

»Was hast du denn für 'ne Stinklaune?«, fragt Abbo und ahnt nicht, dass er damit seinen wunden Punkt trifft.

Eigentlich weiß Hinnerk heute nämlich gar nicht, worüber er sich zuerst aufregen soll. Über seinen bräsigen Freund; über das drohende Bußgeld wegen der Umweltverschmutzung; oder weil er im Laufe des Tages auch bei Fiete antanzen muss und Abbo sich wahrscheinlich vor Aufregung mit seinen Nasenhaaren in der Gardine verheddert. Über das, worüber morgen an der Käsetheke diskutiert wird, hat Hinnerk vorhin schon ein umfangreiches Referat gehalten.

»Bevor du mit deinen Verdächtigungen angefangen hast, war meine Laune spitze«, meckert Hinnerk.

Nach einer abwertenden Handbewegung wurschtelt Abbo sein Kleingeld aus der Hosentasche und legt die Münzen einzeln auf den Zahlteller.

»Übrigens ist der *schöne* Harm in Greetsiel«, frotzelt er.

»Ach, und der hat sich bei dir persönlich angemeldet, oder haben die das auch von der Käsetheke aus beobachtet?«, kabbelt Hinnerk weiter.

Abbo kratzt sich an der Nase. »Die Protzkarre kann man gar nicht übersehen. Schwarzer Mercedes S-Klasse. Steht doch mitten aufm Parkplatz. Hunderttausend Euro. Minimum.«

Henni sieht Wanda an und denkt wohl dasselbe. Harm van Hoorn. VH. Der schwarze Wagen, wegen dem Onno im Gebüsch abgetaucht ist.

»Is quasi ’n Schnäppchen.« Abbo lacht.

Bei diesem Wort guckt sogar Onno kurz auf.

»Dann gehste nächstes Wochenende mal nicht im Baumarkt shoppen. Dann haste das locker zusammen«, muffelt Hinnerk.

»Mann, hast du heute Sand im Getriebe. Ich geh mal lieber. Gucken, was sich bei deinem Mieter tut.«

»Wieso muss ausgerechnet Abbo gegenüber der Wache wohnen?«, schnauzt Hinnerk und streicht sich das unrasierte Kinn.

»Frag mal besser, wieso ausgerechnet ihr zum Verhör müsst«, hält Henni dagegen und schürzt angesäuert die Lippen.

»Leute, ehrlich«, geht Wanda dazwischen. »Es wäre angebrachter, wir würden uns auf die wesentlichen Fragen konzentrieren, damit dieser ganze Spuk ein Ende hat!«

»Und auf welche?«, fragt Onno, der langsam wieder auftaut, nachdem Abbo abgedampft ist.

»Zum Beispiel auf die, warum Harm van Hoorn gestern Abend so spät bei Wiebke gewesen ist und wer durch Tammes Tod einen Vorteil hat.«

»Ja, wir alle! Jetzt muss ich mir den Meckerkopp wenigstens nich mehr angucken«, sagt Hinnerk, als hätte er die Hundertfünfundzwanzigtausend-Euro-Frage im Fernsehquiz geknackt.

»Wenn du dat gleich Fiete erzählst, kannste direkt dableiben«, stänkert Henni über ihr Strickzeug hinweg.

»Gerade ihr beide solltet euch etwas mehr Mühe geben, mitzuüberlegen«, weist Wanda ihn zurecht und wirft Hinnerk und Onno von der Theke aus einen einschüchternden Blick zu.

Henni bufft Onno an. »Ja, hier! Mitüberlegen jetzt!«

»Mach ich doch«, brummt er und knibbelt an seinen Fingernägeln.

Henni legt beim Stricken einen Zahn zu. »Wenn ich so an Wiebke denke, dat war früher 'n ganz heißer Feger. Ewig hatte die 'n Neuen zu reißen. Ich weiß noch, wie Jütte, Gott hab sie selig, mir immer vorjaulte, woher Wiebke diese Gene hätte.«

An Wiebkes Mutter kann Wanda sich nur vage erinnern. Aber dass Wiebke nie ein Kind von Traurigkeit war, stimmt.

Henni lässt ihr Strickzeug auf den Schoß sinken. »Hatte Wiebke ganz früher nich auch schon mal was mit dem Harm? Die hingen doch immer alle zusammen. Tamme Gerdes, Geert Sanders, Hansje Fokken und Harm van Hoorn.«

Die vier tauchten tatsächlich nur im Rudel auf. Wo einer auftauchte, waren die anderen nicht weit. Wie ein vierblättriges Kleeblatt.

»Stimmt. Als Hansje damals die Gummifrösche geklaut hat, haben die anderen draußen hinter der Ecke auf ihn gewartet. Das hab ich durch das Seitenfenster in der Backstube gesehen.«

»Wenn man so überlegt, was aus denen von damals geworden ist«, sinniert Henni.

»Aus Tamme jedenfalls Fischmehl«, wirft Hinnerk ein und friemelt gleichgültig in seiner Brusttasche.

»Mensch, Hinnerk!«, schimpft Wanda.

»Ja, is doch so. Der hat die Firma von seinem alten Herrn geerbt und sich ins gemachte Nest gesetzt. Auf Arbeiten hatte der keine Lust. Der hat nur Geld ausgegeben und große

Klappe gehabt. Da war der Geert Sanders ganz anders. Der hatte von zu Hause aus nix und ist jetzt unser Bürgermeister. Hansje Fokken ist ja anscheinend auch 'ne große Nummer in seinem Amt, sonst könnte der dir den Laden nicht dichtmachen, wenn er wollte. Der hat es wahrscheinlich am weitesten gebracht, weil der sogar in der Lage wäre, das Fisch-Imperium von dem van Hoorn dichtzumachen. Und der van Hoorn hat von seinem Onkel aus Holland geerbt. Aber im Gegensatz zu Tamme war der wenigstens schlau und hat aus Geld noch mehr Geld gemacht.«

Henni guckt ihn aus großen Augen an. »Woher weißte das denn alles?«

»Ja, ich wohne ja auch schon was länger hier. Da musste ab und zu mal in der *Börse* an der Theke sitzen, da kriegt man so was mit. Und dass die jetzt alle bei Wiebke auflaufen, wundert mich nich. Is doch logisch«, wirft Hinnerk ein. »Tamme is ja nicht einfach nur tot umgefallen.«

Henni sieht richtig ein bisschen neidisch aus, weil Hinnerk fast lückenlos informiert ist. Normalerweise ist sie diejenige, die bei diesem Insiderwissen die Nase vorne hat.

»Unser Bürgermeister war heute früh auch schon bei Wiebke«, legt er noch einen drauf.

»Und das erzählst du erst jetzt?«, fragt Wanda empört.

»Ja, wieso? Is das für irgendwas wichtig?«

»Da wir euern Hintern retten müssen, ist alles wichtig«, antwortet Henni und sieht ihn tadelnd über ihren Brillenrand an.

»Wenn wir davon ausgehen, dass Wiebke ein Verhältnis hat, hilft uns jede Information weiter. Hab ich dir aber gestern Abend schon erklärt«, unterstützt Wanda sie und sortiert ein paar belegte Käsebrötchen in die Auslage.

»Da biste davon ausgegangen, dass Wiebke 'nen Klügel mit dem Huber hat.« Hinnerk lacht dreckig und haut sich aufs Knie. »Haste dir Huber mal angeguckt? Dagegen seh ja sogar ich aus wie ’n Model.«

Henni lupft den Zipfel der pinken Plastiktischdecke und spinxt unter den Tisch. »Model für dreckige Gummistiefel, oder wofür haste Wanda wieder den Mist mit reingetragen?«

Die muss sich erst von Hinnerks Vortrag erholen, weil er ihr diesmal voraus war.

Doch ob nun ausgerechnet Huber romantische Gefühle in Wiebke weckt? Aber auch der hat durch Tammes Tod den Vorteil, dass sein Schröder vermutlich kein zweites Mal vergiftet wird. Harm van Hoorn hingegen ist ein ganz anderes Kaliber. Der stellt was dar. Da Seafood kurz vor der Pleite steht, wäre Wiebke mit Harm im Rücken fein raus. Allein durch sein Frozen-Fish-Imperium und seinen Kontostand dürfte der für Wiebke attraktiv sein.

»Was hast du vorhin gesagt?«, fragt Wanda Henni. »Wiebke hatte schon mal was mit Harm?«

»Haben sie damals wenigstens im Dorf rumerzählt. Dat hat aber nich lange angehalten. Kurz drauf hat sie Tamme geheiratet.«

»Ich glaube, ich hab eine Idee!« Wanda schlägt mit der Faust auf die Brötchentüten neben der Kasse.

Vor Schreck zuckt sogar Onno zusammen, der wohl für sich im Stillen überlegt hat.

»Hinnerk, du behältst Seafood im Auge, damit wir wissen, wer da ein und aus geht. Henni, du hörst dich bei deinen Stricktanten um. Und Onno, du streckst deine Fühler bei deinem polnischen Freund aus. Dann haben wir erst mal alle Bereiche abgedeckt.«

»Und du machst gar nix?«, mault Onno.

»Ich?« Sie lacht. »Ich kümmere mich höchstpersönlich um Tammes Beerdigungskuchen!«

32

Mittags auf dem Revier

»Wie denkst du nun über Huber?«, fragt Fiete, der an seinem Schreibtisch sitzt und am PC noch mal die Akte Gerdes aufruft, in der die Moko Fischkopp die gesammelten Aussagen der gestrigen Zeugen abgelegt hat. Den bescheuerten Namen kann sich nur Sören ausgedacht haben. Als ob der Fall nicht schon grausam genug wäre.

Da die Wache von den Maßen und auch der Innenausstattung einem Schuhkarton in Größe fünfunddreißig gleicht, hat Janne sich einen Stuhl an die Querseite des Tischs gerückt. Gut, dass er gestern nach dem Gespräch mit Ehepaar Tönnissen fix noch die Tassen mit den angetrockneten Kaffeepfützen weggespült hat.

Janne beißt in ein Käsebrötchen.

»Hubers Schriftprobe passt«, nuschelt sie zwischen Kauen und Schlucken. »Aber das Schild ist entsorgt worden, daher leider kein Beweis außer Wandas Aussage. Der Mitarbeiter, der morgens den Vorgarten aufräumen musste, konnte keine näheren Angaben zur Handschrift machen.«

Wanda hat ihn zwar eindringlich gebeten, Huber gegenüber nichts vom Buchtelrezept und den Schnörkelbuchstaben zu erwähnen, dennoch musste er das Rezept für den Schriftabgleich einziehen. Allerdings bestand sie darauf, es vorher abzuschreiben, weil sie es dringend bräuchte.

»Die Verletzung an der Hand stammt angeblich vom Holzhacken? Der würde ja nicht zugeben, wenn er sich die beim Zerhacken von –«

»Danke. Reicht!«, unterbricht er sie.

Während seiner gesamten Laufbahn im Morddezernat hat er keinen Kollegen kennengelernt, der an die Grauen eines Tötungsdelikts ähnlich nüchtern und emotionslos herangeht wie Janne. Obwohl sie privat das komplette Gegenteil ist und beim Anblick von Tierbabys eine schrill-verzückte Tonhöhe erreicht. Bei jedem Tierfilm kann sie mühelos drei Packungen Taschentücher vollheulen, wenn ein Hund im Tierheim festsitzt, während sein Herrchen verzweifelt nach ihm sucht.

Schon bevor sie Huber eben drei Stunden lang verhört haben, hat er ihn überprüft. Da Huber bisher nicht polizeilich auffällig geworden ist, hat Fiete am ehemaligen Wohnort in Garmisch-Partenkirchen angerufen. Dort versicherte ihm der Kollege Sedlmaier, der nebenher eine Leberkässemmel verputzte und sich dreimal für seine undeutliche Aussprache entschuldigte, da Fiete ihn mitten in seiner Brotzeit erwischt habe – Hubers Frau sei vor zehn Monaten beim Suchen einer verirrten Kuh auf der Huberalm ums Leben gekommen. Angeblich sei sie ausgerutscht und dabei mit dem Kopf auf einem Stein aufgeschlagen. Zuerst habe man in Erwägung gezogen, dass Huber dem Schädelhirntrauma seiner Frau mit einem dezenten Schubser nachgeholfen haben könnte. Die spätere Untersuchung ergab jedoch keine Hinweise auf Fremdeinwirkung. Kurz danach habe Huber seine Alm verkauft und sei verzogen.

»Er hat Motiv und Gelegenheit. Der konnte gemütlich vom Küchentisch aus beobachten und den Moment abpassen. Auch wenn wir ihm noch nichts nachweisen können, er hat kein Alibi«, überlegt Janne und öffnet das Fenster.

Der Geräuschpegel aus schnatternden Radfahrern, Müttern mit nörgelnden Kindern, die ein Eis möchten, hupenden Autos im Kampf um die besten Parkplätze und Spaziergängern mit Kinderwagen oder Hunden, die vor der Wache vorbeipilgern, macht ihn fast neidisch. Denen würde er sich lieber anschließen, statt bei diesem Götterwetter an einem Mord zu knacken. Wenn der nicht wäre, könnte er sich unter die Urlauber mischen und die Greetsieler Ordnung mit einem Eis in der Hand auf einer Bank am Hafen im Auge behalten.

»Aber der Turnschuh von unserem Foto ist nicht seiner«, wendet er ein und wirft einen Blick aus dem Fenster, vor dem sich nun ein Frauenklübchen versammelt.

»Ich brauch ’n Eis mit Stracciatella und Schoko. Danach passt immer noch Kuchen rein«, piepst eine Spindeldürre mit blauer Kapitänsmütze und Sonnenbrille.

»Nee, ich brauch Tee und Käsekuchen. Sonst geh ich keinen Meter weiter«, mault eine Untersetzte im rot geringelten T-Shirt mit Minirucksack.

»Musst du aber, weil der *Rettungsschuppen* erst nach der Eisdiele kommt«, hält die Dürre dagegen.

Bis auf den Tee würde er sogar lieber dem unschlüssigen Frauenverein folgen als der Spur des Turnschuhs. Außerdem wüsste er gerne, wen Sepp Huber angeblich gegen ein Uhr bei Gerdes auf dem Gelände gesehen haben will. Laut Hubers Aussage, dessen Hund um die Uhrzeit vor die Tür musste, sei nach Onnos Verhaftung angeblich noch jemand dort gewesen.

33

Während der Mittagszeit bei Huber

»Moin, Herr Huber!« Wanda nimmt die Brotbackform vom Beifahrersitz ihrer Ape, während sie mit dem linken Bein die Tür offen hält. Fienchen springt über ihren Schoß, zwängt sich durch den Spalt und jagt auf Huber los, der vor seiner Haustür auf der verwitterten Holzbank sitzt und offenbar die Mittagssonne genießt. Er hebt Fienchen zu sich hoch, die ihm vor lauter Wiedersehensfreude quer durchs Gesicht schlabbert. Huber scheint die stürmische Begrüßung zu gefallen, weil er lacht und den Kopf hin und her wiegt, damit sie auch die Stellen hinter seinen Ohren erwischt.

»Fienchen!«, schimpft Wanda.

»Bist a Guade. Mir kriegen Ärger.« Er setzt Fienchen zurück auf den Boden, die im nächsten Moment schon um die Hausecke saust, wo sie wohl ihren neuen Freund Schröder vermutet.

»Ich komme zur richtigen Zeit?«, fragt sie und reicht Huber die noch lauwarme Backform. »Wenn Sie grad Pause haben, vielleicht mögen Sie meine ersten Buchteln probieren?«

Fast ehrfürchtig lüftet er die Schutzhaube und schnuppert am frischen Hefegebäck, das mit einer dicken Puderzuckerschicht bestäubt ist.

Seine Freude über das ofenfrische Gebäck ist ihm anzusehen. »Riechen tun's schon amol wie dahoam«, schwärmt er im breitesten bayerischen Dialekt und hält seine Nase noch dichter über die luftigen Hefebällchen, die knubbelig nebeneinander in der Form ruhen.

Hefeteig ist für Wanda der Inbegriff der wärmsten und liebevollsten Kindheitserinnerungen. Wie oft saß sie auf dem Schoß ihrer Oma und schaute der frischen Hefe beim Aufgehen zu. Deshalb ist ihr der Buchtelteig vielleicht besonders gut gelungen. Außerdem hat das Schlagen des Teigs, bis er Blasen wirft, etwas Meditatives, bei dem man sich sortieren kann. Eigentlich musste es so kommen, dass sie sich damals hier in Greetsiel ausgerechnet in einen Bäcker verliebte.

»Mögen S' auch?«, fragt Huber, dem wohl nicht entgangen ist, dass sie mit ihren Gedanken nicht ganz bei der Sache ist.

Sie hat darauf spekuliert, dass Huber ihr eine Kostprobe anbieten würde und sie beiläufig etwas über sein Verhör herausbekommen könnte. Denn nach Onnos Verhaftung wird Fiete sich eher die Zunge abbeißen, als ein Wort über die Ermittlungen rauszurücken.

»Um ehrlich zu sein, konnte ich mich nur schwer zurückhalten. Die sind mit Beerenmus gefüllt.« Sie zeigt auf die Bank. »Darf ich?«

»Sicher. Möchten S' anen Kaffee?«

»Wir trinken hier eigentlich nur Tee.« Sie grinst und nimmt neben Huber Platz, von wo aus sie gleichzeitig einen hervorragenden Ausblick auf Seafood hat. Nach der gestrigen Aufregung wirkt der Parkplatz heute wie ausgestorben. Nur Wiebkes roter Golf parkt mittig vor der Eingangstür. Daneben ein silberner Kombi und zwei Fahrräder im Fahrradständer. Das mit Korb am Lenker und bunt gehäkeltem Speichenschutz müsste Dörte Willems gehören. Gerdes' Haushälterin. Ob Wiebke die wohl weiter beschäftigen wird? Dörte und Wiebke mochten sich nie. Aber Tamme hielt immer die Hände über Dörte, weil er einen Narren an

Jan gefressen hatte. Eine Zeit lang kursierte sogar das Gerücht, Jan sei Tammes heimlicher Sohn.

»Bei Tee muss ich leida passn«, entgegnet Huber. »Warten S', ich hol einen Teller.«

Als er gerade im Haus verschwindet, rollt Fietes Dienstwagen in die Seafood-Einfahrt.

Ausgerechnet jetzt, wo sie Huber ausfragen will, muss der hier aufkreuzen! Egal, was sie Fiete als Erklärung liefern würde, wenn der ihre Ape entdeckt, wird er später wieder seine Predigt von gestern runterleiern. So stinkig, wie der heute früh noch war, würde der ihr sowieso kein Wort abkaufen. Er hat sie gewarnt, weil der Mörder noch auf freiem Fuß ist und er nicht überall sein könne, um ihre Schnüffelnase aus der Gefahrenzone zu retten.

Deshalb rief sie Fiete im Lauf des Vormittags an und gab weiter, dass Harm van Hoorn gestern Abend bei Wiebke war und die beiden mal ein Verhältnis hatten. Damit es nachher nicht wieder heißt, sie würde ihm Wichtiges vorenthalten und seine Ermittlungen behindern. Trotzdem hat Fiete sie angeblafft, dass sie sich endlich raushalten solle.

Huber räuspert sich. »So, da wär ma wieder.« Er reicht ihr einen Kuchenteller mit Streublümchenmuster und eine Gabel an.

Mit einem Löffel hebt er die erste Buchtel heraus, legt sie auf ihrem Teller ab und stellt die Form einfach mitten in die vertrockneten Geranien im Treckerreifen neben sich.

»Ich hätt ned mehr daran geglaubt, noch mal in den Genuss solcher Prachtstücke zu kommen.« Genießerisch schiebt er sich einen Happen in den Mund. Dann lehnt er sich entspannt zurück, schließt die Augen und mümmelt still vor sich hin. »Kennen S' des, wenn was nach Dahoam schmeckt?«

Ein schöneres Kompliment hätte sie sich zwar nicht vorstellen können, aber sie ist schließlich nicht hier, um Lob für ihre Backkünste einzuheimsen.

»Ich weiß genau, wovon Sie sprechen«, antwortet sie vertraulich. »Und dann ziehen Sie zu uns und dann gleich so was.« Sie deutet mit dem Kinn zu Gerdes rüber, wo Fiete und Janne aus dem Auto steigen.

Augenblicklich wechselt Hubers Stimmung. Als er die beiden Polizisten erblickt, die kurz darauf im Büro verschwinden, kneift er seine Augenbrauen zusammen.

»Ist der immer so penetrant?«, fragt er.

Fiete, penetrant? Das steht bei dem wahrscheinlich sogar in der Geburtsurkunde! Aber vielleicht lockert Fietes zentrale Charaktereigenschaft tatsächlich Hubers Zunge.

»Wie kommen Sie darauf?«

»Hat mich zum Revier vorgeladen. Drei Stunden. Immer wieda die gleichen damischen Fragen.«

»Drei Stunden?«

Huber nickt und kaut.

Was, um Himmels willen, kann man drei Stunden lang fragen? Obwohl Huber sonst kaum die Zähne auseinanderkriegt, wenn der sich über was ärgert, scheint er gesprächiger zu werden. Vielleicht geht es ihm besser, wenn er bei jemandem Dampf ablassen kann? überlegt Wanda.

»Haben Sie denn überhaupt was von dem Mord mitbekommen? Ich meine, dann hätten Sie doch die Polizei alarmiert, wenn da was gewesen wäre?«, klopft sie leise auf den Busch. »Ihr Nachbar mag ja ein Bollerkopp gewesen sein, aber …«

»Außer dem Licht und den offenen Fenstern, hab ich nix ghört und nix gsehen. Aber des Licht brennt da öfter mal spät nachts. Dabei denkt man sich doch nix.«

Wahrscheinlich war Fiete auch eher so penetrant wegen der Drohung. Aber das wird Huber ihr gegenüber natürlich nicht erwähnen. So weit geht sein Vertrauen dann wohl doch nicht. Ob der was von Onnos Verhaftung mitgekriegt hat?

»Angeblich soll da drüben an der Straße gestern Nacht

jemand verhaftet worden sein. Greetsiel ist eben ein Dorf. Der liebe Gott sieht alles, aber die Nachbarn sehen mehr«, scherzt sie.

»Verhaftet?« Huber runzelt die Stirn. »Da war gegen ein Uhr jemand auf dem Hof. Aber der wurd ned verhaftet.« Huber guckt nachdenklich.

Um ein Uhr waren sie alle längst zu Hause. Sollte nach ihnen noch jemand bei Gerdes umhergeschlichen sein?

»Aber das geht mich auch nix an«, sagt er und rafft sich auf. »Ich muss leider wieda an die Arbeit. Vielen Dank für den Ausflug in meine Heimat. Sie haben meinen Tag gerettet. Es freut mich, dass des Rezept meiner Frau einer so guten Bäckerin in die Hände gefallen ist.«

Vor Verlegenheit, weil sie Huber durch das Rezept in Schwierigkeiten gebracht hat, wagt sie kaum, ihm in die Augen zu schauen.

»Und wenn mein Schröder sprechen könnt, der ist von Ihren Leberwurst-Leckerlis genauso begeistert wie ich von den Buchteln.«

Währenddessen bei Gerdes

Entgegen Fietes Befürchtungen läuft die Zwangszusammenarbeit mit Janne erstaunlich normal. Selbst gestern Abend, vor Onnos Verhaftung, hat sie das Thema, das immer noch zwischen ihnen steht, mit keiner Silbe angeschnitten. Als hätte sie die Trennung verdaut und abgehakt.

»Frau Gerdes? Kriminalhauptkommissarin Janssen. Das ist mein Kollege Mommsen. Dürfen wir kurz reinkommen?«

Aber dieses *Kollege Mommsen* geht ihm auf den Sender. Als sei er ein Praktikant, der die ersten Mordermittlungen begleiten darf.

Wiebke Gerdes lehnt im Türrahmen. Die ausgeleierte graue Jogginghose und das grüne XXL-Sweatshirt sehen aus, als hätte sie in Tamme Gerdes' Kleiderschrank gewühlt. Auch das Vogelnest auf ihrem Kopf ist eine spannende Kreation. Ein Teil der braunen Spaghettihaare ist am Oberkopf mit einer Haarklammer zusammengerafft. Insgesamt sieht das Kunstwerk nach einer Mischung aus Toupieren und Filz aus und Wiebke Gerdes wie eine 1A-Vogelscheuche.

Janne lässt ihren Dienstausweis in ihre Handtasche gleiten. »Wir hätten noch ein paar Fragen.«

»Es ist noch jemand da, aber eigentlich sind wir fertig«, entgegnet sie mit krächzender Stimme.

Fertig, womit? Mit der Planung der Beerdigung? Die Leiche ist zwar noch nicht freigegeben, aber das dürfte nicht mehr lange dauern. Ob der Bestatter auch Hausbesuche macht?

In ihrem Schlabberlook eiert sie vor ihnen her. Im Vorbeigehen kann er einen Blick in die Küche werfen, in die seine Polizeistation dreimal passen würde. Neben dem geschwungenen Zwölf-Personen-Esstisch, dessen Tischplatte in einem Stück aus dem Längsschnitt eines Baumstamms herausgeschnitten ist, bügelt eine drahtige Frau mit lilastichigen Haaren und Kittelschürze desinteressiert an einem Hemdkragen.

Im Wohnzimmer angelangt, hockt ein alter Bekannter auf der Sofakante. Sein silbergrauer Ford Mondeo auf dem Firmenparkplatz war nicht zu übersehen. Allerdings hat Fiete den nicht auf Gerdes' Sofa erwartet.

»Moin«, grüßt Fokken und hakt sich fahrig über den Scheitel.

Der schon wieder? Kennen die sich doch besser, als er gestern behauptet hat, oder weshalb sitzt der jetzt im Wohnzimmer?

»Heute mal eine Wohnzimmerkontrolle?«, rutscht es Fiete raus.

Fokken guckt irritiert und schaut verunsichert zu Wiebke Gerdes.

»Herr Fokken wollte gerade gehen«, sagt sie in einem merkwürdig auffordernden Ton.

Der stutzt einen Moment. Dann erhebt er sich. »Ja, wir … waren gerade fertig.« Er richtet seinen Krawattenknoten.

»Worum ging es denn?«, fragt Janne, der dieser Unterton in Wiebke Gerdes' Stimme ebenfalls aufgefallen sein dürfte.

»Wir –«, fängt er an.

»Haben nur besprochen, wie es mit Seafood weitergehen wird«, vollendet sie seinen Satz. »Immerhin sind auch die Existenzen der Mitarbeiter betroffen.«

»So ist es«, pflichtet Fokken ihr bei. »Ich habe Frau Gerdes ein paar kurzfristig umsetzbare Alternativen aufgezeigt, falls sie die Geschäftsleitung nicht selbst übernehmen möchte.«

»Alternativen?«, hakt Fiete ein.

»In dieser für sie sehr belastenden Situation kann man schnell auf jemanden hereinfallen, der einem angeblich helfen will, aber nur seinen eigenen Vorteil im Auge hat.«

Wovon redet der?

»Könnten wir das Thema vielleicht auf ein anderes Mal verschieben?«, fragt Wiebke Gerdes und schaut Fiete Hilfe suchend an. Sie spitzt ihre Lippen und pustet aus. Als müsse sie sich beruhigen. »Ich würde mich jetzt gerne um Tammes Beerdigung kümmern.«

»Ich begleite Herrn Fokken nach draußen«, sagt Fiete.

Jannes zustimmendes Nicken verrät ihm, dass sie weiß, warum er Fokken nicht vom Haken lassen will.

Fiete folgt Fokken bis zu seinem silbernen Mondeo, der vor dem Seafood-Eingang neben dem Fahrradständer parkt. Der kleine Lebensmittelkontrolleur fühlt sich sichtlich unbehaglich und nestelt an seinem Hemdsärmel.

»Herr Fokken, Sie sind beinahe täglich hier. Angeblich pflegen Sie mit Gerdes keinen privaten Kontakt. Heute treffen wir Sie im Privatbereich an«, geht Fiete in die Offensive und wendet dabei einen alten Trick an. Er richtet seine Augen auf Fokkens Nasenwurzel. Ein bohrender Blick, der seinem Gegenüber das Gefühl gibt, bis in sein Innerstes einzudringen.

Fokken entzieht sich und spielt mit seinem Schlüsselbund. Auf Stirn und Oberlippe perlen Schweißtröpfchen hervor.

»Ich verstehe, wenn Ihnen das seltsam erscheint«, druckst er herum. »Tamme war ein alter Schulfreund. Ich muss zugeben, wir waren nicht die allerdicksten Freunde, weil unsere Lebenseinstellungen sehr … unterschiedlich waren. Aber in dieser Situation gebietet es allein der Anstand, seiner Witwe beizustehen. Wiebke steht ohne Familie da … keine Geschwister. Und ihre Freundinnen, die ihr beistehen könnten, hat Tamme über die Jahre nach und nach vor den Kopf gestoßen und vertrieben.«

Wenn Gerdes auch privat Wutausbrüche hatte, ist das kein Wunder. Gerdes' Sekretärin hat sich verängstigt in eine Büroecke verdrückt. Ob der auch bei seiner Frau so ausgerastet ist? Oder privat sogar noch hemmungsloser war?

»Ist er seiner Frau gegenüber vielleicht mal handgreiflich gewesen?«

»Das fragen Sie sie besser selbst.«

Was er gleich tun wird. Denn sollte bei Gerdes häusliche Gewalt im Spiel gewesen sein, könnte sogar Wiebke Gerdes ein Motiv haben.

»Was meinen Sie mit unterschiedlichen Lebenseinstellungen?«

»Nun ja … Sie haben ihn erlebt. Seine aufbrausende Art. Jeder, der sich ihm in den Weg stellte, wurde platt gebügelt. Darüber kann Huber sicherlich auch ein Liedchen singen.«

Fokken deutet zum Nachbargrundstück, wo Wanda sich von Hubers Bank vor der Haustür erhebt und auf ihre pinke Ape zubummelt. Die beiden saßen eben schon einträchtig vor Hubers Haus. Wie er Wanda kennt, ist sie dort nicht zufällig. Dabei hat er sie nach Onnos Verhaftung noch nachts ins Gebet genommen, ihre Spionagespielchen zu unterlassen. Mörder verstehen keinen Spaß. Erst recht nicht, wenn man ihnen auf die Pelle rückt. Und dieser Huber ist ihm mittlerweile suspekt. Egal, wie oft Wanda sich auf ihre Menschenkenntnis und Lebenserfahrung beruft. Er hat keine Lust, dass sie sich am Ende aus lauter Sorglosigkeit in Gefahr bringt.

»Und Sie hat er auch platt gebügelt?«, nimmt Fiete seinen Faden wieder auf.

»Ach was«, winkt er ab. »Tamme hat zwar keine Konfrontation gescheut, aber wenn man ihn zu nehmen wusste und sich nicht absichtlich mit ihm angelegt hat, hatte man mit ihm keine Schwierigkeiten. Der Einzige, der Tamme lebenslang die Stirn geboten hat, ist Harm van Hoorn.«

Der Name taucht in der Akte Gerdes bisher nicht auf. Aber Wanda sagte, dass van Hoorn gestern Abend bei der Gerdes war. Angeblich hätte die Gerdes früher mal was mit dem gehabt. Irgendwo hat er den Namen trotzdem schon mal gehört. Er kann sich nur nicht mehr erinnern, in welchem Zusammenhang.

»Wer ist das?«

»Ebenfalls ein Schulfreund. Soweit ich weiß, ist er gestern aus Bremerhaven angereist. Übernachtet wohl im *Hohen Haus*.«

Dort übernachtet auch Janne.

»Ich habe mir schon gedacht, dass es nicht lange dauern kann, bis der hier aufkreuzt«, fährt Fokken fort und wischt sich die Schweißperlen von der Oberlippe.

»Wie meinen Sie das?«

»Vielleicht bilde ich mir das nur ein«, sagt er und bestärkt seinen Satz mit einer beschwichtigenden Geste. »Ich möchte wirklich niemanden in Schwierigkeiten bringen.«

»Aber?«

»Tamme stand kurz vor dem Geschäft seines Lebens. Dann wird er umgebracht, und schon taucht Harm van Hoorn hier auf.«

Harm van Hoorn. Bremerhaven. Wo hat er diesen Namen zuletzt gehört? Und welche Verbindung will Fokken zwischen Gerdes' Geschäft und diesem van Hoorn herstellen? Dass es kein Zufall ist und es van Hoorn ums Geschäft geht?

»Wenn er ein Schulfreund ist, fühlt er sich der Witwe vielleicht ebenso verpflichtet wie Sie«, wendet Fiete ein.

Fokken zieht argwöhnisch die Brauen hoch, dann atmet er tief durch die Nase ein. »Wie gesagt, ich möchte niemanden in Schwierigkeiten bringen. Aber man macht sich seine eigenen Gedanken. Wiebke war nie in geschäftliche Dinge involviert. Der Firma geht es nicht gut.«

Was will der damit sagen? Van Hoorn nutzt die Gelegenheit und reißt Seafood an sich, weil die Gerdes zu gutgläubig ist? Gestern wollte Fokken Huber nicht in Schwierigkeiten bringen. Heute van Hoorn. Wen verdächtigt der morgen? Wenn Fiete nur einfallen würde, in welchem Zusammenhang er diesen verflixten Namen schon gehört hat.

»Sie meinen, van Hoorn hat ein persönliches Interesse an der Firma?«, fragt er und blickt wieder auf die Stelle zwischen Fokkens Augen.

»Das sollten Sie nicht mich fragen«, weicht er aus.

Schaumschläger, der. Wenn er eine begründete Vermutung hätte, dieser van Hoorn könnte für Gerdes' Tod verantwortlich sein, um sich Seafood und das Geschäft zu krallen, wäre er nicht ausgewichen.

»Tamme hätte es nicht gefallen, dass gerade Harm van Hoorn sich um ... den *Betrieb* kümmert«, fügt er an.

Da ist wieder dieser Unterton. Er ist gespannt, was Wiebke Gerdes dazu sagen wird. Was der kleine Selbstdarsteller hier durch die Blume andeutet, ist entweder seiner wichtigtuerischen Art zuzuschreiben, oder die trauernde Witwe ist vielleicht gar nicht so unschuldig, wie sie tut.

»Ich bin spät dran«, sagt Fokken und blickt zu Hubers Grundstück rüber, wo Wandas Ape vom Hof knattert.

Was, zur Hölle, hat Wanda an dem Satz: »Halt dich raus!« nicht verstanden? Auch wenn sie seine Vermieterin ist, kann er nicht tolerieren, dass sie seine Warnungen in den Wind schießt. Warum muss sie ausgerechnet zu Huber fahren, der noch vor einer Stunde im Verhör saß und sich mit den übelsten bayerischen Schimpfworten über Gerdes ausließ? Wenn Fiete sich Wanda später noch mal zur Brust nimmt, wird sie ihm wieder vorwerfen, er fantasiere und solle nicht so einen Wind um Nichts machen. Sie könne sich blind auf Fienchens Instinkt verlassen. Und die liebe Huber. Nur bei Fiete hätte Fienchen zum ersten Mal danebengelegen.

»Wenn Sie nichts dagegen haben, müsste ich dann auch los«, drängelt Fokken.

34

Danach in Gerdes' Wohnzimmer

Fiete zieht die Milchglastür hinter sich ran, die Gerdes' Wohnzimmer vom Flur trennt. Nicht nur Wiebke Gerdes' Outfit ist im XXL-Format, sondern auch die Einrichtung. Rechts steht eine weiße Veloursleder-Wohnlandschaft mit drei Glastischen, die ihm höchstens bis zur halben Wade reichen. Im hinteren Teil des Raumes führen drei Stufen hinab. Links ein Schreibtisch wie der im Oval Office des amerikanischen Präsidenten. Rechts an der Wand hängt eine Kinoleinwand.

Auch hier steht ein Monsteresstisch für zwölf Personen, an dem Janne und Wiebke über Eck sitzen. Neben Wiebkes Teetasse liegt das letzte Foto der Betriebskamera vom Absatz des Turnschuhs. Der Schuhexperte des BKA hat den Schuh bereits analysiert. Ein individualisierbares Modell der Marke Puma, an dem über der grau-weiß geflammten Laufsohle seitlich ein Patch mit einem Fledermaus-Skelett aufgeklebt ist.

Irgendwie sieht auch Wiebke Gerdes mit ihren Spaghettihaaren und den viel zu weiten Sweatshirtärmeln, die ihr um den Körper flattern, aus wie eine Fledermaus. Die Haut an ihrem Kinn bebt und wirft Fältchen, als unterdrücke sie das Weinen. Hoffentlich kann sie das zurückhalten, bis sie hier fertig sind.

Als sie auch Fiete Tee einschenken will, hält er seine Hand über die Tasse. »Für mich nicht. Danke.«

Meine Herren! Kann die den Tee nicht noch langsamer eingießen?

Er wirft Janne einen Blick zu, der ihr signalisieren soll, dass es neue Details gibt.

Wiebke Gerdes stellt die Kanne auf das Stövchen und starrt auf das Kamerafoto. »Der Schuh könnte Jan gehören«, flüstert sie und fährt sich mit einem Fledermausärmel über die Augen. »Jan Willems.«

Den Namen kennt er aus der Akte Gerdes. Der Sohn der lilastichigen Haushälterin, die nebenan an dem Hemdkragen gebügelt hat. Sekretärin Wybrand hat einen Streit zwischen Gerdes und Willems zu Protokoll gegeben, nach dem »die Scheiben gewackelt« hätten, wusste aber nichts über den Anlass.

»Woher haben Sie das Foto?«, fragt sie mit gebrochener Stimme.

»Es wurde am Mordabend von der Überwachungskamera aufgezeichnet«, antwortet Janne.

»Und Sie vermuten, dass Jan …?« Wiebke lässt das Foto fallen, das nur knapp neben ihrer Teetasse liegen bleibt, lehnt sich ruckartig zurück und verschränkt die Arme. »Ausgeschlossen! Das ist lächerlich.«

»Wir vermuten gar nichts, aber wir müssen allen Hinweisen nachgehen«, stellt Janne klar.

»Tamme war für Jan wie ein Ziehvater. Es gibt sicher Hunderte von Fotos, auf denen Jan zu sehen ist, weil er bei uns ein und aus gegangen ist.«

»Laut Zeugenaussage hatten ihr Mann und Willems aber am Montag einen heftigen Streit im Büro.«

»Hat die Wybrand das behauptet?«, fragt sie schnippisch. »Deren einzige Sorge ist nur, ob sie weiterhin dieses exorbitante Gehalt bekommt, das Tamme ihr gezahlt hat.« Sie tippt sich an die Stirn. »Mein Mann war sehr kinderlieb, müssen Sie wissen. Ein bisschen Gejammer, weil man alleinerziehend finanziell nicht gut über die Runden kommt, und schon fühlte Tamme sich verantwortlich.«

Gerdes kinderlieb? Das sind ja ganz neue Töne.

»Aber Sie haben keine Kinder?«, fragt Janne verwundert.

Wiebke Gerdes starrt auf das Stövchen. Ihre Augen füllen sich mit Tränen. »Ich … konnte keine bekommen.« Sie schnieft.

»Das war sicher nicht leicht für Sie«, bemerkt Janne.

Die erste Träne kullert über Wiebke Gerdes' Gesicht. Sie reibt sich den Oberarm. »Für Tamme war es schlimmer, glaube ich. Deshalb kam Jan ihm wohl gerade recht. Nur weil es zwischen den beiden auch mal gekracht hat, hat das nichts zu bedeuten. Beide sind … waren temperamentvoll«, erklärt sie.

»Temperamentvoll«, wiederholt Fiete und wirft Janne einen Blick zu, damit sie sich zurückhält. »Könnte es sein, dass Ihr Mann vielleicht auch Ihnen gegenüber manchmal etwas *zu* temperamentvoll war?«

Wiebke Gerdes starrt ihn an, als hätte der Blitz eingeschlagen. Ihre Oberlippe zittert.

»Wie kommen Sie darauf?«

»Das ist nur eine Routinefrage«, gibt er vor.

»Und wenn es so gewesen wäre? Stünde ich dann unter Mordverdacht?«, empört sie sich und greift hektisch durch das Vogelnest auf ihrem Kopf. »Glauben Sie ernsthaft, ich hätte meinen Mann ...?«

»Wir müssen so etwas fragen«, springt Janne ihm bei.

»Hören Sie, Tamme und ich haben uns verstanden wie wohl alle Eheleute nach zwanzig Jahren. Nicht besser und nicht schlechter.«

Was für eine nichtssagende Antwort. Aber sie weicht ihm aus. Das lässt ihn aufhorchen.

»Es gab also nie körperliche Auseinandersetzungen?«

»Hat Herr Fokken das behauptet?«, sie schüttelt genervt den Kopf.

»Herr Fokken hat gar nichts behauptet«, stellt Fiete richtig. Der hat nur durchblicken lassen, dass Harm van Hoorn nicht nur an der Firma interessiert ist, wenn er Fokkens Unterton richtig deutet. Das, zusammen mit Wandas Information über das frühere Verhältnis mit Wiebke Gerdes, deutet auf eine Beziehungstat hin.

»In welchem Verhältnis stehen Sie zu Harm van Hoorn?«

Wiebke Gerdes sieht ihn überrascht an. »Ich nehme an, das haben Sie auch von Herrn Fokken.« Sie pustet verächtlich, als würde der Lebensmittelkontrolleur grundsätzlich alles rumposaunen. »Wie Sie wissen, geht es Seafood finanziell nicht gerade blendend. Harm ist ein alter Schulfreund. Ich habe ihn um eine Finanzspritze gebeten. Deshalb bin ich in Bremerhaven gewesen.«

Hoppla! Obwohl sie angeblich nicht in die Geschäfte involviert war, hat sie van Hoorn um Geld gebeten?

»Sie waren gar nicht in Kiel?«, hakt Janne im selben Moment ein. Sie hat ihm heute früh noch aus der Akte vorgelesen, dass Wiebke Gerdes angeblich zur Tatzeit in Kiel gewesen sei.

»Tamme hätte die Firma eher ganz an die Wand gefahren, als gerade Harm um Hilfe zu bitten. Wenn Tamme gewusst hätte, dass ich in Bremerhaven …« Sie bricht ihren Satz ab.

Was wäre dann gewesen? Wäre Gerdes bei ihr genauso ausgeflippt wie im Büro?

»Ihr Mann wusste also nichts davon?«, fragt Fiete.

Wiebke Gerdes kullern die Tränen. Sie reibt sich erneut den Oberarm und zuckt hilflos mit den Schultern. »Ich wollte nur helfen. Aber man kann nur jemandem helfen, der auch bereit ist, Hilfe anzunehmen«, wimmert sie und wischt sich mit dem Ärmel eine Träne von der Wange.

»Und wenn Ihr Mann davon erfahren hätte, dass Sie bei Harm van Hoorn gewesen sind?«

»Welche realistische Alternative hätte er gehabt? Die Banken haben den Hahn zugedreht. Harm hätte ihm das schon passend verkauft, denke ich.«

Van Hoorn. Plötzlich fällt es Fiete wieder ein. Kurz nachdem er zum Fachkommissariat 1 kam, stand Harm van Hoorn im Zusammenhang mit einer Betrugsaffäre! Dabei ging es um Schmiergelder und illegale Preisabsprachen. Van Hoorns Anwälte haben ihn rausgeboxt, und er wurde freigesprochen. Der Typ ist dreimal chemisch gereinigt. Vielleicht ist Fokken doch kein Schaumschläger und van Hoorn nutzt nun Wiebke Gerdes' Notlage aus. Den sollten sie genauer unter die Lupe nehmen.

Eine halbe Stunde später bei Gerdes

Nachdem Wanda bei Huber vom Hof gerollt ist, ist sie direkt gegenüber in Hinnerks Hofeinfahrt eingebogen, um von dort aus zu beobachten, wann die Luft bei Wiebke rein ist. Daran wird Fiete kaum etwas aussetzen können. Fiete und Janne sind Richtung Norden abgerauscht. Ob die dort auf dem Revier was zu erledigen haben?

Mit einer zweiten Brotbackform und Buchteln bewaffnet, steht sie vor Wiebkes Haustür.

»Moin«, sagt Dörte Willems, die ihr öffnet.

»Moin, wo ist das arme Mädchen?«, fragt Wanda, obschon Wiebke knapp über vierzig ist. »Ich habe was mitgebracht.« Wanda drückt Dörte die Form in die Hand und mogelt sich an ihr vorbei.

»Geh durch. Geradeaus ins Wohnzimmer.« Dörte donnert die Haustür zu. Was ist der denn quergegangen? Die sieht aus, als stünde sie kurz vorm Knall, denkt Wanda erschrocken.

Wiebke sitzt am Esszimmertisch, wo zwei schmutzige Teegedecke stehen. Das dritte ist unbenutzt. Das ist sicher von Fiete. Seit er bei Wanda wohnt, hat der noch keinen Tee angerührt. Eine Ausrede, warum er *jetzt gerade* was anderes trinken möchte, hat der immer. Wahrscheinlich steht bei dem nicht nur Penetranz in der Geburtsurkunde, sondern auch Schummel-Ostfriese!

Wortlos nähert sie sich Wiebke, die aus verquollenen Augen aufblickt. Seit Klaas' Tod hat Wanda niemandem mehr ihre Anteilnahme ausgedrückt. Weil sie selbst es beinahe als Hohn empfand, wenn jemand sagte: »mein Beileid«; oder noch schlimmer: »herzliches« Beileid. Als brächte das den Verstorbenen zurück. Was kann mehr Mitgefühl ausdrücken als eine Umarmung? Sie beugt sich zu Wiebke runter, drückt sie und streicht ihr über den Rücken.

»Ich war gerade nebenan bei Huber und habe ihm Buchteln nach dem Rezept seiner Frau gebacken. Dir habe ich auch welche mitgebracht. Stehen in der Küche. Darf ich mich kurz setzen?«, fragt sie leise.

Wiebke nickt und schnupft in ein Papiertaschentuch. »Möchtest du einen Tee?« Sie schiebt ihr das saubere Gedeck hin.

Wanda schüttelt den Kopf. »Meine Mittagspause ist gleich um. Ich wollte nur schauen, wie es dir geht. Die Beerdigung von Klaas ist erst zwei Jahre her. Ich weiß, wie sich das anfühlt.«

Zum Glück stand ihr damals Henni zur Seite. Am schlimmsten war die erste Nacht im leeren Ehebett. Die konnte ihr jedoch niemand ersparen, sodass sie mitten in der Nacht mit ihrem Bettzeug unterm Arm aufs Sofa umzog.

»Das ist lieb von dir. Ich weiß gar nicht, wo mir der Kopf steht. Hier geht es zu wie im Taubenschlag.«

»Kann das weg?«, giftet Dörte. Sie grabscht das dreckige Geschirr vom Tisch.

Wanda erschrickt, weil sie sie nicht hat kommen hören. Die schleicht umher wie ein Geist. Was ist der über die Leber gelaufen? Dörte war nie die Freundlichkeit in Person, aber so ätzend hat Wanda sie noch nie erlebt. Sie hat eher erwartet, Dörte und Wiebke würden um die Wette trauern.

Eine Haushälterin mag Vorzüge haben, aber man ist nie wirklich privat. Immer ist jemand da, der, im schlimmsten Fall, sogar weitertratscht, was nicht für fremde Ohren bestimmt ist.

»Wie viele kommen heute noch?«, zickt sie Wiebke an.

Wiebke antwortet nicht und schüttelt resigniert den Kopf. Das schmutzige Geschirr in der Rechten balancierend, schmeißt Dörte die Milchglastür hinter sich zu.

»Was hat die denn für ein Problem?«

»Ach, Dörte spinnt. Für mich allein brauche ich sowieso niemanden, der putzt und bügelt.«

Daran hat sie eben noch gedacht. Es ist ein offenes Geheimnis, dass Wiebke sich bei Tamme nicht gegen Dörte durchsetzen konnte.

»Hast du ihr gekündigt?«

»Noch nicht.«

Trotzdem wird Dörte ihre Felle davonschwimmen sehen.

»Wie viele waren denn schon hier?«, fragt Wanda. »Das kenne ich alles. Da kommen plötzlich Leute aus den Ecken, mit denen man Jahrzehnte keinen Kontakt mehr hatte.

Wahrscheinlich glauben die alle, Tamme würde ihnen was vererben.« Wanda tätschelt Wiebkes Arm.

Wiebke winkt ab. »Hier ist nichts zu holen.«

»Wer war denn da?«

»Sepp Huber. Seine Frau ist auch erst kürzlich gestorben.«

Guck an, Huber.

»Und Harm, Geert und Hansje. Die Jungs eben«, ergänzt sie.

Der Rest des vierblättrigen Kleeblatts.

»Ist doch nett, wenn sie sich kümmern. Wobei Hansje …, aber das spielt ja keine Rolle. Die vier sind durch dick und dünn gegangen. Nun fehlt einer.«

»Denen geht es nicht ums Erben. Aber Hansje rückt mir auf die Pelle, weil der wohl drauf hofft, dass alles beim Alten bleiben wird«, vermutet Wiebke.

Was soll das denn heißen?

»Der macht doch nur seine Kontrollen, und dann ist man den wieder los. Der plustert sich gerne auf. Bei dem musste kurzen Prozess machen. Ich kenne das aus der Bäckerei. Wenn der Gegenwind kriegt, ist der handzahm.«

»Dein Wort in Gottes Gehörgang«, antwortet Wiebke. »Den brauch ich nicht ständig. Tamme wusste, wie er sich den vom Leib hält.« Wiebke schnippt Daumen und Zeigefinger gegeneinander, was wohl bedeutet, Tamme hielt sich die Kontrollen vom Hals, indem er Hansjes Haushaltskasse aufbesserte. So was Ähnliches hat Huber dem doch gestern an der Brottheke vorgeworfen, fällt Wanda wieder ein.

»Und Harm ist extra aus Bremerhaven angereist?«, lenkt sie das Gespräch nun in die Richtung, weswegen sie hergekommen ist.

Wiebke nickt. »Ich bin froh, dass er mir das Geschäftliche abnimmt.«

Sofern er ihr nur die Leitung der Firma abnimmt, ist nichts dagegen einzuwenden. Aber der ist gerissen. Hoffentlich passt sie gut auf ihre Finanzen auf. Denn Harm ist ein Schlitzohr. Der hat schon immer seinen Vorteil gesucht und die anderen angestiftet. Gut möglich, dass sogar die Sache mit dem Klauen der Gummifrösche auf seinem Mist gewachsen war und er damals Hansje vorschickte.

Was, wenn Wiebke tatsächlich ein Verhältnis mit Harm hätte? Das würde niemand bemerken. Außer Dörte. Die bleibt Tamme gegenüber auch über den Tod hinaus loyal. Wenn die Wind von einem Techtelmechtel bekommen hätte – vielleicht ist sie deshalb so pestig.

In der Küche rumpelt und scheppert es. Was macht die denn da? Reagiert die sich am Geschirr ab?

»Ich möchte nur endlich die Beerdigung hinter mich bringen«, seufzt Wiebke.

Plötzlich fliegt die Tür auf. »Ich bin gleich weg. Räum die Spülmaschine nachher aus«, motzt Dörte.

Menschenskinners! Ist die geladen. In welchem Kommandoton redet die eigentlich mit Wiebke?

Wanda steht auf. »Ich muss jetzt auch wieder in den Laden. Ich wollte dir nur sagen, wenn der Beerdigungstermin feststeht, du brauchst dich nicht um den Kuchen zu kümmern.«

»Lieb von dir«, entgegnet Wiebke.

»Lass dir nicht auf der Nase rumtanzen. Du weißt, wo du mich findest.«

Wanda streichelt Wiebkes Schulter.

Da Fiete sowieso mies gelaunt ist, kann der heute Abend allein essen, während sie auf einen Abstecher zu Dörte fahren wird. Wiebke hat Dörte noch nicht gekündigt, daher muss es einen anderen Grund für ihre Motzerei geben. Um den herauszufinden, hat Wanda immer einen Vorwand parat.

35

Nachmittags auf Willems' Hof

Eingebettet zwischen Grünflächen und Ackerland liegt der Hof von Jan und Dörte Willems direkt am Deich in Neuwesteel, das bereits zum Landkreis Norden gehört. Die einzigen Nachbarn hier sind Schafe. Aus der Ferne sieht es aus, als hätte jemand Wattebällchen über die Deichwiese gestreut, die nur hin und wieder von einer warmen Böe ein Stückchen weiter gepustet werden.

Erst jetzt fällt Fiete auf, wie sehr er diesen Anblick während der Zeit in Bremerhaven vermisst hat. Sicher, die zwei Zimmer über Wandas Backstube können nicht mit seiner vorherigen Wohnung konkurrieren. Aber der Anblick der Wattebäusche auf dem Deich löst Kindheitserinnerungen in ihm aus. Zuletzt ist er vor zwei Jahren in dieser Ecke gewesen, obwohl es von Bremerhaven aus nur ein Katzensprung ist.

»Du musst hier abbiegen«, sagt Janne und guckt wieder auf ihr Handy.

Warum fummelt sie die ganze Zeit mit diesem Ding rum? Sieben Kilometer von Gerdes' bis zu Willems' Hof hat sie gedaddelt und Whatsapp-Nachrichten mit Smileys und Herzchen versendet. So viel hat er aus dem Augenwinkel gespickt. Für sie, die immer die Meinung vertrat: »Bevor ich zehn Textmitteilungen tippe, wähle ich lieber einmal die Telefonnummer«, völlig untypisch. Aber das geht ihn eigentlich nichts mehr an. Trotzdem wüsste er gerne, wem sie Herzchen schickt. Sie wird nicht ewig Single bleiben. Ein Stich durchzuckt seine Magengegend. Er hüstelt, um sich abzulenken.

Im Schritttempo biegt er in Willems' Hofeinfahrt und lässt den Wagen bis zur Scheune ausrollen. Am Wohnhaus, das bis zum Giebel unter Efeu erstickt, könnte sein Stationsnachbar Abbo mal die Heckenschere schwingen. Hier hätte der monatelang Arbeit, um die Fenster halbwegs freizuschneiden. Auch die Scheune, vor der Fiete den Wagen abstellt, ist einsturzgefährdet. Unter der rechten Dachseite liegen zerbrochene Dachpfannen am Boden, die wohl den letzten Sturm nicht überlebt haben.

Drinnen donnert ein Bass wie auf einer Techno-Party. Er klappt den eisernen Riegel des Scheunentors hoch und tritt ein. Janne folgt ihm auf dem Fuß.

Schwülwarme Luft wie in einem Terrarium schlägt ihnen entgegen, die nach Fischkutter riecht. Der Typ mit dem nackten Oberkörper auf dem Gitterrost über dem Bassin scheint sie nicht zu bemerken, weil die Lautstärke kaum auszuhalten ist und der Boden vibriert. Er glotzt stur auf das Wasser unter sich und schiebt eine Metallstange durchs Becken.

»Herr Willems?«, brüllt Fiete gegen die Technomusik an.

Vor Schreck verliert der das Gleichgewicht, fängt sich aber in letzter Sekunde und balanciert sich aus. Dann schmeißt er die Stange beiseite und tippt auf seinem Handy rum, bis die Musik erträglicher wird.

»Kriminalhauptkommissarin Janssen aus Bremerhaven«, reißt Janne das Wort an sich. »Das ist mein Kollege Mommsen.«

Wenn sie ihn noch einmal mit diesem blöden *Kollege Mommsen* vorstellt, platzt ihm der Kragen.

»Wir ermitteln im Mordfall Gerdes.«

Während Willems sich hastig durch die blond gegelte Borstenfrisur streicht, beäugt Janne unverhohlen sein Sixpack. Sie kräuselt die Lippen, als gefiele ihr der Anblick. Unweigerlich fasst Fiete an seinen Bauch, der zwar in Ordnung, aber durch Wandas Zitronenplätzchen eher zum Onepack mutiert ist.

Wie unprofessionell ist das denn?! Warum springt sie den nicht gleich an und fragt, ob der heute Abend Zeit hat? Statt auf seinen Chippendale-Bauch zu starren, würde sie besser auf seine Turnschuhe mit dem Fledermaus-Patch achten.

Willems schnappt im Hinabsteigen sein T-Shirt vom Beckenrand und schmeißt es sich über.

»Worum geht es?«, fragt er und macht kein besonders entspanntes Gesicht.

»Wir haben Ihrer Mutter eben schon ein Foto gezeigt. Bedauerlicherweise hat sie ihre Brille zu Hause vergessen«, antwortet Janne.

Willems blickt skeptisch drein. Wahrscheinlich trägt seine Mutter gar keine Brille. Denn im Gegensatz zu Wiebke Gerdes, die den Turnschuh sofort erkannte, hat Dörte Willems sich gewunden wie ein Aal. Angeblich sei sie ohne Brille blind.

Janne zieht das Überwachungsfoto aus ihrer Handtasche und hält es ihm hin.

»Ist das Ihr Schuh?«, fragt sie.

»Was soll das sein?«, blafft er und wirft einen flüchtigen Blick darauf.

»Ich würde sagen, es sieht aus wie Ihr Turnschuh.« Fiete zeigt auf Willems' Füße.

»Der Schuh könnte jedem gehören«, entgegnet er.

»Nicht, wenn die Schuhe personalisiert und an Ihre Adresse verschickt wurden.«

»Und wo soll ich mit *meinem* Schuh hergelaufen sein?«

»Durch Gerdes' Betrieb. Am Abend, an dem er ermordet wurde«, antwortet Janne.

Willems schluckt. Sein Adamsapfel hüpft auf und ab.

»Sie glauben, *ich* hätte Tamme umgebracht?« Er reißt die Augen auf. Dann dreht er sich weg und geht auf einen Tisch zu, der aus zwei Böcken und einem Brett zusammengestellt ist. Auf der Holzplatte stehen ein Billig-Laptop und eine angetrunkene Flasche Cola. Ansonsten ist der Schreibtisch mit Zettelkram zugepflastert, auf dem mittendrin eine quietschgelbe Din-A4-Kladde liegt, in der ein Stift klemmt. Er stützt sich mit beiden Händen auf der Arbeitsplatte ab, als müsste er sich sammeln.

»Am Montagmorgen hatten Sie eine heftige Auseinandersetzung mit Gerdes«, ergänzt Janne.

Willems verharrt mit dem Rücken zu ihnen. Dann dreht er sich auf dem Absatz um.

»Ja, wir hatten einen Streit. Deshalb bin ich am Abend noch mal zu ihm gefahren.«

»Um weiterzustreiten?«, provoziert Fiete.

»Um mich zu *entschuldigen*!«

»Wofür?«, fragt Janne.

»Entschuldigen Sie sich nie, wenn Sie sich falsch verhalten haben?«, patzt er Janne an.

Autsch! Damit dürfte er einen empfindlichen Nerv bei ihr getroffen haben. Nach ihrer heimlichen Aktion, wegen der er seine Versetzung beantragte, kam noch kein Wort der Entschuldigung. Vielleicht hätte er es sich noch mal anders überlegt. Sie hätte ihren Fehler wenigstens einräumen können. Aber für diesen Spruch gönnt er Willems sogar sein Sixpack.

Janne greift an ihren Ohrstecker und dreht an dem Schräubchen. Schade, dass er ihre Gedanken nicht lesen kann.

»Weil ich Tamme gegenüber laut geworden bin, habe ich mich entschuldigt. Ist das ein Verbrechen?«

»Welchen Grund gab es, laut zu werden?«, will Fiete wissen.

»Tamme hat mich immer unterstützt. Er war der Einzige, dem ich in dieser Sache vertraut habe.«

»Es wäre hilfreich, wenn Sie etwas kooperativer wären und man Ihnen nicht jedes Wort aus der Nase ziehen müsste!«, wird Fiete energisch. »In welcher Sache?«

Willems zögert. Schließlich deutet er auf die Becken.

Fiete bummelt auf eins der etwa zwanzig Bassins zu, an dem Willems zuvor mit dem Metallschrubber hantiert hat, der jetzt schräg am Rand anliegt. Neben dem Treppchen, das zum Gitterrost hochführt, lehnen Besen und Spaten. Er taucht seine Hand ins lauwarme Wasser und starrt einen Moment in die Pflanzen darin. Braungrüne Algen. Weiter nichts.

»Eine Fischzucht?«, fragt er und schüttelt seine nassen Finger. Den Rest wischt er an seiner Jeans ab.

»Algenzucht.«

»Herr Willems, wir ermitteln in einem Mordfall! Nach unserem Kenntnisstand waren Sie der Letzte, der Tamme Gerdes lebend gesehen hat«, verdeutlicht Fiete.

»Dann muss nach mir noch jemand dort gewesen sein!«, verteidigt er sich.

Was möglich wäre, da die Kameras nur im Zehnminutentakt aufgezeichnet haben.

»Ich habe Tamme viel zu verdanken. Unter anderem hat er mein Jahr in Indonesien finanziert, in dem ich auf die Idee mit den Verpackungen gekommen bin.«

»Verpackungen aus Algen?«, vermutet Janne.

Willems nickt. »Da werden seit Jahren Lebensmittelverpackungen aus Algen produziert. Die indonesischen Algenbauern züchten zwar eine andere Art, aber ich habe ein Verfahren entwickelt, wie wir unsere heimische Braunalge verarbeiten können. Und davon gibt es hier an der Küste genug. Unsere Meere sind zugemüllt mit diesen verdammten Plastikverpackungen! Wissen Sie, wie grausam Fische und Vögel durch Plastikmüll verrecken? Und wir auch! Wenn das so weitergeht!«

Wenn Gerdes und Willems damit die Verpackungsmittelindustrie aufmischen wollten, hätten die sicher eine Stange Geld verdient.

»Wenn Sie Gerdes viel zu verdanken haben, warum gab es dann Streit?«

»Weil jeder Tag ein verlorener Tag ist! Und Tamme nicht aus dem Hintern kam. Er hat mich immer wieder vertröstet. Ich war einfach sauer.«

»Also wollten Sie und Gerdes ins Verpackungsgeschäft einsteigen?«

Willems nickt zustimmend.

»Glauben Sie, gerade jetzt bringe ich meinen Partner und Ersatzvater um?«

»Wenn es uns um Glauben ginge, wären wir Priester geworden«, entgegnet Fiete.

»Ich habe Tamme nichts angetan!«, beteuert er.

»Wo waren Sie in der Mordnacht?«

»Na, hier! Nach der Granulattrocknung musste ich noch ein paar Messwerte überprüfen und dokumentieren. Und um kurz nach drei Uhr morgens bin ich schlafen gegangen.« Er zeigt in den hinteren Teil der Scheune, wo ein Feldbett mit Kopfkissen und karierter Decke steht.

In diesem Aquariummief hat das was von Dschungelcamp. Also hat er kein Alibi, außer dem, das seine Mutter ihm geben könnte.

»Da Sie wohl ein enges Verhältnis zu Gerdes hatten, erwähnte er mal jemanden? Feinde? Irgendwen, mit dem er aneinandergerasselt ist?«

Willems überlegt eine Weile. Dann kneift er seine Augenlider zusammen. »In letzter Zeit ist nur der Name van Hoorn öfter gefallen.«

Harm van Hoorn. Wenn der ein frisch erblühtes Verhältnis mit der Gerdes hätte und noch dazu ein Millionengeschäft mit Algenverpackungen im Spiel ist, hätte der das perfekte Mordmotiv.

36

Kurz darauf am Hohen Haus

Vor dem Eingang des *Hohen Hauses* blickt Fiete sehnsüchtig Richtung Hafen. Die Sonne brennt wolkenlos vom Himmel. In der Hauptsaison bietet sich täglich das gleiche Bild. Im Ort herrscht Hochbetrieb. Seit dem Morgen sind Hunderte Tagestouristen angereist, die sich durch die Gassen schieben oder rund um den Hafen tummeln und die größte Kutterflotte Ostfrieslands bestaunen. Die bunten Krabbenkutter mit ihren Fanggeschirren und Takelungen sind ein Besuchermagnet. Vom Kai aus kann man bis in ihre Ruderhäuser schauen. Wer keine Deckaufbauten besichtigt, bummelt durch die Geschäfte, hockt auf der Mauer am Hafen, um Seeluft zu tanken, sonnt sich bei einem Tee oder genießt im Außenbereich eines Restaurants Kapitänsteller und Scholle Finkenwerder. Zwischen den Touristen hüpfen immer wieder Spatzen umher, um Krümel aufzupicken, die von Eistüten und Butterkeksen herabrieseln.

Nach dem Besuch bei Willems und Jannes Vorstellung als *Kollege Mommsen* hat er sich die Fahrt über verkniffen, sie darauf anzusprechen, und gewartet, bis sie die neuesten Ermittlungsansätze anstößt. Aber das ständige Tickern mit ihrem Smartphone ist ihr wohl wichtiger, als die Erkenntnisse über van Hoorn und ihre Vorgehensweise abzusprechen.

Im *Hohen Haus* vor der Rezeption checkt gerade ein Herr mittleren Alters in weißem Hemd mit Manschettenknöpfen und Weste aus, der seine Anzugjacke über den Griff des silbernen Rimowa-Koffers neben sich drapiert hat. Fiete und Janne reihen sich hinter ihm ein.

»War alles zu Ihrer Zufriedenheit, Herr van Hoorn?«, erkundigt sich die blonde Rezeptionistin mit Dutt, die hinter der grau-blauen Theke seinen Zimmerschlüssel entgegennimmt und ins Fach 22 hängt.

Das ist van Hoorn? Komisch, dass der jetzt auscheckt, nachdem sie vorhin bei Wiebke Gerdes waren, wundert Fiete sich. Ob die Gerdes ihn vorgewarnt hat?

»Moin, Frau Janssen«, grüßt die Rezeptionistin Janne an van Hoorn vorbei, der in seiner Geldbörse zwischen einem Dutzend Kreditkarten wühlt.

»Moin«, entgegnet sie und spricht ihn von der Seite an. »Entschuldigen Sie, Herr van Hoorn?«

Er blickt von der Kartensuche auf und taxiert sie von unten nach oben. »Sie wünschen? Sind wir uns nicht schon im Frühstücksraum begegnet – Frau Janssen?«

Was für ein aalglatter Typ.

»Das ist möglich. Kriminalhauptkommissarin Janssen«, erwidert sie. »Das ist mein Kollege Mommsen. Wir ermitteln im Fall Gerdes.«

Kollege Mommsen. Der Praktikant! Hat sie vergessen zu erwähnen. Aber van Hoorns Blick ist aussagekräftig genug. Da sie das Reden schwingt, geht der Witwentröster sowieso davon aus, dass Fiete nur Deko ist. Um ein Haar hätte er ihr gestern Nacht eine Nachricht geschickt und sie für heute zum Abendessen in die *Alte Brauerei* nach Pilsum eingeladen. Ein Geheimtipp von Tjark. Um dieses klärende Vieraugengespräch hinter sich zu bringen und die Sache aus der Welt zu schaffen. Im letzten Moment konnte er widerstehen.

Aber nach den Herzchen und Smileys, die sie an wen auch immer verschickt hat, und diesem degradierenden *Kollege Mommsen* ist das auch gut so.

»Wie kann ich Ihnen helfen?«, fragt van Hoorn. Nebenbei zückt er seine Mastercard Gold und schiebt sie dem blonden Dutt über die Rezeption.

»Wir hätten ein paar Fragen. Würden Sie mir bitte folgen?«

Was hat Janne nun vor?

Da der Biergarten bis auf den letzten Platz besetzt ist, steuert Janne van Hoorn und Fiete voraus in die Bar, in der sie sich nun an einem Bistrotisch gegenübersitzen.

Van Hoorn zwirbelt an einem seiner Manschettenknöpfe.

»Sie waren bei Frau Gerdes?«, eröffnet Janne das Gespräch.

Fiete hält die Luft an. Meine Herren, hat der sich eingedieselt. Van Hoorns Aftershave schwebt wie eine Dunstglocke im Raum. Das fällt schon unter Emission.

»Sie haben Glück, dass Sie mich angetroffen haben. Ich bin auf dem Weg zurück nach Bremerhaven. Das Geschäft ruft.«

Sollen sie jetzt vor Dankbarkeit auf die Knie fallen?

»Von Glück kann keine Rede sein«, stellt Fiete klar.

Janne tritt ihm unterm Tisch ans Bein. Warum soll er sich zurückhalten? Weil sie ihn nur als Kollegen vorgestellt hat, hält van Hoorn ihn ohnehin für einen Anfänger. Der ist mit allen Wassern gewaschen. Ohne Frontalangriff ist dem nicht beizukommen.

»Dann hätten die Kollegen Sie dort kontaktiert. Da Sie Bremerhaven erwähnen, Frau Gerdes ist am letzten Wochenende bei Ihnen gewesen und hat Sie um finanzielle Unterstützung für Seafood gebeten. Um welche Summe ging es?«, prescht Fiete vor.

Van Hoorn lehnt sich zurück und scannt ihn ab. »Tamme hatte nie ein Händchen fürs Geschäft. Löhne, Krankenkassen, Steuern, jede Menge offene Rechnungen. Über den Daumen zweihunderttausend Euro.«

Aus reiner Nächstenliebe schüttelt der sich keine zweihunderttausend Euro aus dem Ärmel.

»Übernehmen Sie die Geschäftsleitung?«, will Janne wissen, die sich anscheinend ebenso fragt, warum van Hoorn diese Summe in eine insolvente Firma pumpt.

»Mit dieser Entscheidung möchte ich Wiebke nicht zusätzlich belasten.«

Ein wahrer Samariter!

»Hätten Sie die Finanzspritze auch Tamme Gerdes gewährt?«

Van Hoorns Miene verdüstert sich. »Was wollen Sie damit sagen? Ich unterstütze Wiebke nur, weil Tamme tot ist?«

»Sie haben meine Frage nicht beantwortet«, bleibt Fiete dran.

»Wenn Tamme mich persönlich darum gebeten hätte? Sicher.«

Gerdes hat jegliche Kohle verbraten, und van Hoorn schießt nach? Ohne Gegenleistung? Der krümmte keinen Finger, wenn er sich nichts davon verspräche.

Sollte sich die Investition nicht auszahlen, würden dieselben Anwälte, die ihn aus der Schmiergeldaffäre geboxt haben, sicher auch dafür sorgen, dass van Hoorn seine zweihunderttausend Euro zurückbekäme.

»Ein Geschäftsmann, der Geld verschenkt?« Fiete schmunzelt und schaut aus dem Augenwinkel zu Janne. Hat sie keine Fragen mehr? Oder darf der Anfänger heute seine ersten Erfahrungen sammeln?

»Welcher Profit winkt Ihnen?«

Van Hoorns Gesichtsausdruck ist der eines Pokerspielers,

dem man selbst das mieseste Blatt auf der Hand nicht ansieht. Er räuspert sich. »Tamme stand mit einem Verpackungsgeschäft in den Startlöchern. Es wäre unsinnig, die Chance nicht zu nutzen, nur weil es im Augenblick an Liquidität mangelt.«

»Sie meinen diese Algensache mit Willems?«

Van Hoorn nickt. »Zu gegebener Zeit werde ich mein Geld natürlich zurückerhalten.«

Plus Zins. Plus Zinseszins. Oder er reißt sich alles unter den Nagel. Plus Wiebke Gerdes.

»Tamme Gerdes ist aus dem Weg. Sie schießen zweihunderttausend Euro in eine marode Firma. Die wird durch das Verpackungsgeschäft zur Goldgrube. Wir wissen, dass Sie früher schon einmal eine Affäre mit Frau Gerdes hatten.«

Das Geschäft und die Gerdes zusammen ergeben das perfekte Mordmotiv.

»Das muss ich mir nicht anhören.« Van Hoorn erhebt sich erbost, sodass sein Stuhl scharrend über den Boden schrammt. »Bevor Sie mir Derartiges unterstellen, machen Sie zuerst Ihre Hausaufgaben«, ermahnt er von oben herab. »An Ihrer Stelle würde ich bei den Mitarbeitern und Gläubigern anfangen.« Er rafft seine Anzugjacke vom Koffer. »Wiebke hätte sich sowieso von Tamme getrennt. Und jetzt entschuldigen Sie mich bitte.«

Im selben Atemzug dreht er sich um und rollt seinen Rimowa klackernd hinter sich her zum Ausgang.

Van Hoorn ist zu abgebrüht, um sich durch eine Befragung ohne Beweise festnageln zu lassen. Die Antworten hat der sich zurechtgelegt, da ist sich Fiete sicher. Den Verdacht auf Gläubiger oder Mitarbeiter umzulenken, ist ein netter Versuch. Aber wenn die Gerdes sich trennen wollte, dann hat der nachgeholfen.

»Was hältst du von dem?«, fragt Janne, als van Hoorn raus ist.

»Ach, Frau Kriminalhauptkommissarin ist wieder im Einsatz? Willst du nicht zuerst wieder auf dem Handy rumtickern und Herzchen verschicken?«, entfährt es ihm.

Er steht auf und schiebt seinen Stuhl ran. »Wenn du mich bitte entschuldigen würdest. Dein Praktikant muss jetzt nämlich seine Hausaufgaben machen!«

37

Abends bei Willems

Es ist sieben Uhr abends, als Wanda bei Dörte Willems ankommt. Die sortiert Kleidungsstücke aus einem Wäschekorb auf der Erde und schmeißt sie lose über die Leine, bevor sie in einen Klammerbeutel greift, um die Teile mit Wäscheklammern festzustecken. Ob das dekorativ ist, Unterhosen und T-Shirts quer neben dem Eingang aufzuhängen? Aber das spielt hier auch keine Rolle mehr. Dagegen wirken sogar Hubers vertrocknete Geranien und sein Gerümpel einladend. Reichtümer hat Dörte bei Gerdes sicher nicht verdient, sonst wäre das Gehöft über die Jahre nicht so verkommen.

Gegenüber in der Scheune dröhnt Musik. Anscheinend tobt Jan sich dort aus und hat das ehemalige Landmaschinen- und Gerätelager kurzerhand nach draußen verlagert. Wäre das Wandas Sohn, dem haute sie die Wäsche um die Ohren, bis er hier aufgeräumt hätte.

»Zum Probieren«, sagt Wanda und hält Dörte ein in Papier gewickeltes Landbrot hin. »Ich war grad in der Nähe und wollte nur schauen, wie es dir geht. Hast du die Wäsche nicht langsam satt?«

Dörte bedankt sich mit einem Nicken. »Was soll ich machen?«, seufzt sie, legt das Brot in den leeren Korb und trägt beides auf die Stufe am Eingang.

Dem dahinten in der Scheune die Ohren lang ziehen!

»Du hast Jan. Der kann doch auch Wäsche aufhängen.«

Dörte rollt mit den Augen. »Irgendwann lassen sich Kinder nichts mehr sagen.«

Da gäbe es bei ihr keine Diskussion!

»Spätestens wenn der keine saubere Unterhose mehr im Schrank hätte, würde der was merken«, protestiert Wanda.

Dörte wischt Wandas Bemerkung mit einer Geste weg. »Das juckt den nicht. Außer diesem Gehirnfurz, den der da drin veranstaltet, stört den nichts.«

Das muss ein ziemlich schwerwiegender Gefirnfurz sein, sonst sähe es hier nicht aus wie beim Schrotthändler. Neben der Scheune stehen ein grüner Holder-Trecker, Eggen und Forken.

»Hat er deshalb alles ausgeräumt?«, fragt Wanda und deutet rundum auf die altertümlichen Landmaschinen und Gerätschaften.

»Da passt keine Briefmarke mehr rein, weil da dreiundzwanzig Zuchtbecken mit je zwanzig Kubikmetern Wasser hinmussten!«

Vierhundertsechzig Kubikmeter Wasser? Wahrscheinlich ist das mehr als im Schwimmbecken in der Oase.

Dörte tippt sich an die Stirn. »Rund um die Uhr laufen Umwälzpumpen und Heizungen, um das Wasser auf Temperatur zu halten. Wer soll das denn bezahlen?«, schnaubt sie. »Ich wundere mich sowieso schon, dass bei mir nicht alle zwei Minuten die Sicherungen rausfliegen!«

»Wofür braucht ihr denn dreiundzwanzig Zuchtbecken, die Strom ziehen?«

»Ach, was weiß ich. Für irgendeinen Quatsch mit Algen. Jetzt, wo Tamme tot ist, sollte der lieber zusehen, dass er ordentliche Arbeit findet«, ereifert sie sich.

»Züchtet Jan Algen? Du wirst als Mutter doch wohl wissen, warum«, findet Wanda.

»Angeblich für ein Geschäft mit Verpackungen.« Dreiundzwanzig Wasserbecken, weil es um ein Geschäft mit Algen und Verpackungen geht?

»Das ist ein Gehirnfurz, bei dem nichts rumkommt. Ich darf nicht mal rein, um zu lüften. Dann schmeißt er mich raus. Der kommt kaum noch ins Haus, weil er sich da ein Bundeswehrfeldbett aufgestellt hat. Das kann doch nicht gesund sein!«

Ja isses denn zu fassen. Wanda blickt zur Scheune rüber. Vor den verschlossenen Scheunenfenstern hängen sogar Scheibengardinchen. Aber für seine Unterhosen scheint Dörte gut genug zu sein.

Jan hat kein Einkommen, dafür aber einen Stromverbrauch in Höhe der Ganzjahresbeheizung der Greetsieler Oase, und obendrein könnte Dörte bald ihren Job verlieren.

»Deshalb warst du eben bei Wiebke so geladen?«

Auf einmal erstarren Dörtes Gesichtszüge.

»Wegen Wiebke haben wir jetzt die Polizei am Hals!«, keift sie. »Die sollte besser den Dreck vor ihrer eigenen Haustür kehren!«

»Die Polizei war hier? Was hat Wiebke denen denn erzählt?«

»Die sind direkt von dort zu Jan gefahren. Die haben mir ein Foto gezeigt, und ich sollte sagen, ob ich den Turnschuh kenne. Bloß weil Wiebke vermutet hat, dass es Jans ist. Als seine Mutter muss ich überhaupt nichts sagen!«

Vielleicht hat Dörte Jans Turnschuh auch erkannt, sonst würde sie sich nicht darauf berufen, ihre Aussage verweigern zu dürfen. Ob die dem Mörder auf der Spur sind?

»Die vermuten, Jan hat Tamme umgebracht?«

Dörte schlägt sich vor die Stirn. »Als wenn Jan Tamme umgebracht hätte, nur weil Jan abends noch mal bei ihm gewesen ist! Wenn Wiebke klar im Hirn wäre …« Sie bricht ihren Satz ab und holt Luft. »Die soll besser aufpassen, dass ich der Polizei nicht den Tipp gebe, wofür die neuerdings diese Bordsteinschwalben-Unterwäsche braucht. Aber wahrscheinlich ist die für den feinen Herrn aus Bremerhaven!«, platzt es aus ihr raus.

Die Unterwäsche für sechshundert Euro aus *Heikes Wäscheträume*! Da hatte Heike wohl den richtigen Riecher, dass Wiebke die nicht für Tamme trägt.

»Welcher feine Herr aus Bremerhaven?«, fragt Wanda, obwohl sie sich zusammenreimen kann, auf wen Dörte anspielt.

»Na, der van Hoorn! Die muss mich doch nicht für dumm verkaufen. Tamme ist keine drei Tage kalt, und der feine Pinkel macht auf Seelentröster? Wenn man das Gesäusel von dem hört, wird's einem schlecht. Wiebke, *meine Liebe*. Du kannst dich immer auf mich verlassen, *meine Liebe*«, äfft sie nach.

Menschenskinners! Dörte tratscht weiter, was sie aufgeschnappt hat? Ausgerechnet sie, von der man weiß, dass sie verschwiegen ist wie ein Grab? Die hat in all den Jahren nie über Gerdes' Privatangelegenheiten gesprochen.

»Ist er dir mit seinem Angeber-Mercedes nicht entgegengekommen?«

»Harm war hier?«

»Der hat da drin mit Jan palavert. Seit der weg ist, läuft die Musik wie im Irrenhaus!«

Harm ist sicher nicht aus Langeweile hier gewesen. Dörte tut diese Verpackungssache zwar als Gehirnfurz ab, aber wenn Harm ein Geschäft wittert und Wiebke Honig ums Maul schmiert, stinkt das zum Himmel, so viel weiß Wanda mit Sicherheit!

38

Freitagmorgen in der Bäckerei

Wanda tritt den Türstopper beiseite, der unter der Bäckereitür eingekeilt ist, um die Tür zu schließen. Das Glöckchen bimmelt, bevor sie ins Schloss fällt. Sie schiebt sich einen Stuhl an den Frühstückstisch, an dem Henni, Onno und Hinnerk ihren Morgentee trinken und gespannt ihren Ausführungen über ihre Besuche bei Huber, Gerdes und Willems lauschen.

»Du meinst, Dörte war stinkig auf Wiebke? Weil Wiebke Fiete gesagt hat, der Turnschuh auf dem Foto gehöre Jan?«, fragt Henni und breitet ihr Strickzeug auf dem Tisch aus.

»Dörte hat den Schuh genauso erkannt. Weswegen hat die sich sonst auf ihr Recht als Mutter berufen, schweigen zu dürfen?«, ist Wanda sicher.

»Das nennt man Zeugnisverweigerungsrecht«, weiß Hinnerk und legt einen neuen Kandis in seine Teetasse. »Eltern, Onkel und Tanten, Omas und Opas und die ganze bucklige Mischpoke dürfen das.« Er holt tief Luft. »Wie zum Beispiel –«

»Hab ich doch gesagt«, fährt Wanda ihm über den Mund, ehe Hinnerk bis zur Verwandtschaft zwölften Grades aufzählt.

»Jo, und was heißt das jetzt?«, fragt Onno, der noch in seiner morgendlichen Aufwachphase ist, bis er schaltet.

»Wenn Jan tatsächlich abends der Letzte im Betrieb gewesen ist …« Wanda trinkt einen Schluck und lässt die Info bei den anderen sacken.

Henni packt ihr Strickzeug wieder ein. »Du meinst, Jan könnte der Mörder sein?« Sie reißt die Augen auf.

»Ich vermute, Fiete denkt dasselbe. Deshalb ist der postwendend zu Jan gefahren. Dörte hat sich sowieso beschwert, wie Jan zurzeit drauf ist. Der schläft in der Scheune auf 'nem Feldbett. Die darf da nicht mal die Fenster aufreißen, um zu lüften.«

»Das müffelt doch wie im Pumakäfig. Da würde ich aber alles aufreißen. Vor allem, wenn der diese Algen züchtet. Was meinste, wie das stinkt!« Henni schaut kurz zu Onno neben sich.

Onno nimmt es mit dem Lüften ja auch nicht so genau. Der erstickt lieber im Mief, als zu erfrieren.

»Was mich nur wundert, Dörte hat auf Wiebke geschimpft wie ein Rohrspatz. Und der Knaller: Dörte tippt drauf, Wiebke trägt die *Bordsteinschwalben-Unterwäsche* für Harm!«

Hinnerk lehnt sich zurück und beobachtet gelangweilt ein paar Urlauber, die vor der Bäckerei vorbeispazieren. Beim Thema Unterwäsche ist der raus.

»Ja isses denn die Möglichkeit! Dörte tratscht?« Henni ist fassungslos. »Gerade Dörte? Die konnte Wiebke nie besonders leiden, weil sie die wohl als Konkurrenz gesehen hat. Aber gequatscht hat Dörte nie.«

»Siehste«, sagt Wanda. »Das ist mir nämlich auch aufgefallen. Die hat sofort den ›feinen Pinkel aus Bremerhaven‹ in den Ring geworfen. Die meint doch Harm.«

»Jan hab ich vorgestern im Baumarkt erlebt«, meldet Onno sich zu Wort.

»Was hat das denn mit Harm van Hoorn zu tun?«, ranzt Henni ihn an.

»Ja nix. Aber ich war doch Mittwochnachmittag wegen dem Häcksler gucken. Die im Angebot standen ganz hinten durch neben den Rasenmähern«, erklärt er und fuchtelt wegweisend mit der Hand geradeaus.

»Meinst du den Häcksler, den Ole dir vor der Nase weggeschnappt hat?«, frotzelt Hinnerk.

Onno verdreht die Augen. »Nur weil ich wegen Jans Gekeife kurz stehen geblieben bin. Und weil die Frau mit dem Einkaufswagen hinter mir sechs Farbeimer aufgeladen hatte. Damit bremst man nicht so zackig. Deshalb hatte ich den Wagen in den Hacken, und die Häcksler waren weg. Jan hat den Verkäufer vorne an der Info rund gefaltet, weil der ihm ohne Anzahlung kein Ersatzteil bestellen wollte.«

»Vielleicht hat er Tamme ja tatsächlich abgemurkst, wenn der so'n Heißsporn is. So wie der gebaut is, könnten sie den auch im Akkord im Schlachthof gebrauchen. Der kriegt so 'ne Kuh schon in der Mitte durchgekloppt«, überlegt Hinnerk und gießt sich seelenruhig Tee nach.

Für den als Landwirt ist das alles nur halb so dramatisch.

»Wäre schon möglich, aber ob Jan seinen Gönner abmuckelt?«, gibt Wanda zu bedenken.

»Birte Wybrand hat mir an der Käsetheke erzählt, Tamme und Jan hatten morgens Krieg, dass die Scheiben gewackelt hätten. Und außerdem hab ich mich bei meinen Stricktanten umgehört.« Henni holt ihr Strickzeug wieder vor und entwirrt die Knäuel. »Else von nebenan hat doch wegen ihr'm Powerhouse mit Pilates in Pewsum angefangen. Ich frage mich zwar, wo die 'n Powerhouse haben will, wenn ich mir die so begucke«, sinniert sie weiter und tüddelt an den Wollfäden, »aber Else hat mitgehört, dass Wiebke mit einer über die *Qualitäten von jüngeren Liebhabern* getuschelt hat. Und deswegen müsste Wiebke *ihr* Powerhouse mal 'n büschen in Schwung bringen.« Henni grinst.

»Wenn die über Qualitäten von *jüngeren* Liebhabern simuliert haben, kann die nicht Harm gemeint haben. Die sind doch alle gleich alt«, überlegt Wanda.

»Können wir jetzt mal wieder über was anderes als Unnerbüxen und Liebhaber sprechen?«, beschwert Hinnerk sich und schiebt beleidigt die Unterlippe vor, weil er nicht mitreden kann. Auf Liebhaber reagiert der sowieso allergisch.

Onno grübelt über seinem Morgentee. Dann kneift er seine Augenbrauen zusammen. »Miroslav meint, immer wenn Tamme auf Achse gewesen ist, kam Jan zu Wiebke.«

»Wie kommste denn jetzt da drauf?«, fragt Henni.

»Wanda hat doch gesagt, ich soll mich bei meinem polnischen Freund umhören. Meinste, der spekuliert nicht auch, wer Tamme zerlegt hat?«

Hat ja auch nur drei Morgentee lang gedauert. Onnos Beiträge passen selten direkt zur Fragestellung, aber weiterhelfen tun sie.

»Leute! Das ist es!« Wanda haut auf die Tischkante.

Die drei sehen sie erschrocken an.

Henni lässt von den Wollknäueln ab. »Du meinst …?«

»Wiebke hat was mit Jan! Deshalb war Dörte so erpicht, mir Harm unter die Nase zu reiben. Entweder, Dörte weiß es sicher, oder sie ahnt es.«

»Das wär ja mal 'n Ding. Das ist bestimmt ein Altersunterschied von …« Henni zählt Pi mal Daumen an den Fingern ab. »Zwanzig Jahren?«

»Das passt doch alles zusammen. Die Unterwäsche; das mit dem Powerhouse; sobald Tamme vom Hof fuhr, kam Jan angebraust; Wiebke war für Jan keine Ersatzmutter. Die hat akzeptiert, dass Tamme ihn am liebsten adoptiert hätte, weil sie keine Kinder kriegen konnte, aber das war's dann auch. Und wenn Jan der Letzte gewesen ist, der Tamme an dem Abend lebend gesehen hat …«

»... hat Dörte vorgebeugt und eine Liebschaft mit Harm in die Welt gesetzt«, komplettiert Henni Wandas Theorie.

»Und wenn Tamme und Jan sowieso am Montagmorgen gestritten haben, wie Hinnerk schon richtig sagt, Muckis hat Jan, um Tamme im Container verschwinden zu lassen.«

Hinnerks Augen glänzen. Den lobt ja sonst keiner mehr.

»Huber hat doch angeblich nachts noch irgendwen bei Gerdes rumschleichen sehen. Vielleicht war das auch Jan«, überlegt Hinnerk, der durch das Lob anscheinend in Fahrt gekommen ist. »Seit Tamme tot ist, hab ich Jan nicht mehr gesehen, und der war ständig dort. Ich hab extra den vorderen Weidezaun repariert, damit ich besser mitkriege, wer bei Wiebke ein und aus geht.«

Für diesen Beitrag hat Hinnerk sogar einen Schulterklopfer verdient.

»Nu' is gut«, sagt Hinnerk, der direkt ein bisschen errötet. »Wenn Dörte nur den Verdacht hätte, dass Wiebke sich an ihren Sohn ranschmeißt, dann gute Besserung«, redet Hinnerk sich in Höchstform. »Dörte hat mehr Haare auf den Zähnen als Frau Meier-Piepenkötter am Schwanz.«

»Und jetzt willste Fiete anrufen, oder was?«, fragt Onno.

»Bevor du das tust, gibst du mir zuerst das Rezept von Hubers Buchteln. Sonst vergesse ich das wieder«, sagt Henni. »Die wollte ich später backen. Hinnerk, wie wär's? Heute Abend Buchteln?«

Seit Henni weiß, wie Hinnerks Küche ausgesehen und wie heißhungrig er Hubers Würstchen verdrückt hat, ist sie der Meinung, sich ab und zu mehr um Hinnerks Wohl kümmern zu müssen.

»Jooo, aber erst gegen neun Uhr nach dem Melken«, zieht er in Erwägung.

»Schreibe ich dir auf«, antwortet sie Henni, bevor sie auf Onnos Frage eingeht. »Ich und Fiete anrufen? Damit der mir wieder eine Predigt hält, ich würde mich einmischen?« Sie schüttelt den Kopf. »Der lässt sich nicht in die Karten gucken und geht mir aus dem Weg, wo er kann. Und Janne lässt sich auch nicht blicken. Bei den beiden stimmt doch was nicht. Das muss ich anders einfädeln.« Sie grient. »Meint ihr, Janne mag Buchteln?«

39

Am frühen Abend bei Fiete

Fiete kippt das Dachfenster zu. Obwohl durch die seichte Abendbrise vom Meer herüber die Raumluft zirkuliert: Die Geräuschmischung aus Gemurmel, Fahrradgeklingel und Gelächter vergnügter Urlauber, die aufgekratzt von der Sonne bis in die Nacht vor den Restaurants bei Jever und Köstritzer den Urlaubstag ausklingen lassen, passt nicht zu seiner Stimmung. Er fläzt sich auf sein Sofa. Die Sprungfedern quietschen wie ein Möwenjunges im Nest. Das Einzige, was hilft, ist »Der Doktor und das liebe Vieh«. Er drückt die Starttaste des DVD-Players und öffnet den Metalldeckel seiner Krümelknast-Keksdose. In ihr befindet sich ein letzter kümmerlicher Zitronen-Pistazien-Keks. Wenn's einmal läuft! Mit der Zunge leckt er seinen Zeigefinger an und tippt ihn in die Restkrümel, bevor er das letzte Plätzchen herausfischt.

Nach Onnos Festnahme hat er abends auswärts gegessen. Morgens hat er sich mit einem Brötchen in der Hand aus dem Haus gestohlen, damit Wanda ihm nicht bei den Ermittlungen dazwischenfunkt, nur weil ihm ein Wort zu viel rausrutscht. Onno und Hinnerk stehen zwar nicht auf ihrer Hauptverdächtigen-Liste, aber solange der Mörder nicht hinter Gittern sitzt, sind sie nicht gestrichen. Auch wenn

Onnos Nachtwanderung eher zu den skurrilen Highlights von Fietes Karriere zählt. Wanda wird nicht lockerlassen, ehe sie ihre Freunde in Sicherheit vor der Polizei weiß. Was den Nachteil hat, sie nun nicht um Keksnachschub bitten zu können.

Im Fernseher dudelt die Titelmusik von James Herriot. Fiete schiebt sich den Keks in den Mund und schnauft durch. Die Wärme unter der Dachschräge staut sich und treibt ihm Schweiß auf die Haut. Mit den Fingern weitet er den Kragen seines Lieblingsshirts mit dem alten Jedi-Meister Yoda vorne drauf und pustet sich kühle Luft hinein. Das Shirt hat Janne ihm letztes Jahr zum Geburtstag geschenkt.

Er springt auf und läuft ein paarmal im Zimmer hin und her. Er muss sich bewegen. Janne. Seit er ihr nach van Hoorns Befragung diese alberne Praktikanten-Sache an den Kopf geworfen hat, herrscht Funkstille. Aber da ist Kollege Mommsen einfach der Kragen geplatzt. Ihre einzige Reaktion darauf war heute früh in der Station ein schnippisches »Tja!« Stufe zwei. Und: »*Du wolltest* nur noch mein Kollege sein!« Womit sie recht hat. Er hat seinen Versetzungsantrag gestellt. Er ist kommentarlos ausgezogen. Ohne Ankündigung. Ohne Vorwarnung. Dabei fühlte es sich bei Wandas arrangiertem Würstchenabend beinahe an wie früher.

»Fiete? Komm mal runter. Ich hab Buchteln gebacken«, tönt es durch die Zimmertür. Wanda. Ein energisches Klopfen. »Hallo?« Poch. Poch. Poch. »Bist du da drin?«

Wo sonst? Fienchen schnüffelt unten durch den Türspalt, ob er da ist, weil er dieses schnäuzend-niesende Geräusch hört, wenn sie ausschnaubt.

»Hallooo! Es ist erst kurz nach neun Uhr. Sei kein Miesepeter«, fordert sie ihn auf. »Warm schmecken die am besten.«

Dann hört er das Knarzen der Holzstufe. Er kann nicht ewig vor ihr davonlaufen. Einer Frau aus dem Weg zu gehen, ist eine Herausforderung, aber gleich zweien auf einmal ist eine Vollkatastrophe. Außerdem kann er nach den Buchteln noch ein paar Minuten am Kanal sitzen und runterkühlen. Er angelt mit den Füßen nach seinen Flip-Flops unterm Couchtisch und packt den Krümelknast unter den Arm.

Auf der drittletzten Treppenstufe gerät Fiete mit seinen Flip-Flops ins Straucheln und segelt beinah kopfüber geradeaus in die Küche. In letzter Sekunde fängt er sich am Geländer. Die Keksdose fällt ihm aus der Hand. Krachend schlägt sie auf dem Fliesenboden auf und rutscht bis vor den Küchentisch, an dem Wanda und Janne hocken und seine Showeinlage beobachten, während Fienchen mit eingeklemmtem Schwänzchen unter den Tisch flüchtet.

Vollkatastrophe! Wenn man denkt, man ist schon ganz unten, geht's erst richtig bergab!

Janne stützt ihr Kinn auf und grinst.

»Das kommt, weil du immer diese biegsamen Gummidinger anhast. Ich kaufe dir erst mal ordentliche Pantoffeln mit rutschfester Sohle. Die haben mir manchen Oberschenkelhalsbruch erspart«, erklärt Wanda.

Prima! Am besten pink mit Plüschfellrand. Er im Partnerlook mit seiner Vermieterin. Der Albtraum seiner schlaflosen Nächte wird wahr. Janne kichert.

»Setz dich da hin«, kommandiert Wanda und zeigt auf den Platz vor Kopf, der eigentlich ihrer ist.

Er bückt sich, hebt die Dose auf und stellt sie auf die Küchenzeile. Wenn er nur wüsste, wie er aus dieser Nummer rauskäme.

»Ich dachte, wir holen den verpatzten Abend nach, bevor Janne zurück nach Bremerhaven muss«, sagt sie, sticht eine Buchtel aus der Form ab und legt sie auf Jannes Teller.

Welch glänzende Idee.

»Das wird noch dauern, aber vielen Dank für die Einladung.«

Wahrscheinlich hat Wanda ihr wieder einen Zettel im Zimmer aufs Kopfkissen legen lassen, damit Janne den auf keinen Fall übersieht.

»Wieso? Kommt ihr mit den Ermittlungen nicht voran?«, fragt Wanda wie die Unschuld selbst.

Er hätte schwören können, dass es keine zwei Minuten dauert, bis sie den Fall ansteuert.

Janne sieht ihn fragend an.

»Alles bestens«, antwortet Fiete.

Das ist am ungefährlichsten. Obwohl sie sich heute hauptsächlich mit der Sichtung der Akte beschäftigt haben, weil man dabei am wenigsten reden muss.

»Alles bestens? Das sehe ich anders«, sagt Janne und kostet das duftige Hefegebäck.

Er tritt ihr unterm Tisch ans Bein.

»Aua! Warum trittst du mich denn?«

Wanda schaut irritiert zwischen ihnen hin und her.

»'tschuldigung. Ich wollte nur meine Beine ausstrecken.«

»Es ist doch kein Geheimnis, dass wir bei diesem Fall erschwerte Bedingungen haben, weil die Spurensicherung kaum was gefunden hat. Die Buchteln sind übrigens sehr lecker«, schwärmt sie.

»Kann ich euch helfen? Ich kenne die doch alle seit Jahrzehnten. Wiebke, Tamme, van Hoorn …« Wanda führt die Gabel zum Mund.

»Du kennst van Hoorn gut?«, hakt Janne ein.

»Ja, sicher.«

Solange Janne sich nicht verplappert, dass van Hoorn der Hauptverdächtige ist und vermutlich ein Verhältnis mit der Gerdes hat, ist alles im Lot.

»Was wollt ihr denn wissen?«

Ihr? Er will nur wissen, wann er von diesem Kasperletheater erlöst wird.

»Wiebke Gerdes hatte doch schon mal ein Verhältnis mit van Hoorn?«, fragt Janne.

Hätte sie das »schon mal« nicht weglassen können? Wanda ist gewitzt, die weiß sofort, wovon Janne und er ausgehen.

»Wieso *schon mal*?« Wanda stutzt.

Janne guckt ihn an.

Er sticht mit Krawumm in seine Buchtel. »Tja!«

Da ist *Kollege Mommsen* aber gespannt, wie sie sich rauswinden wird.

»Ihr glaubt, van Hoorn hat ein Verhältnis mit Wiebke?«

Janne zuckt mit den Schultern.

Wie sieht das denn aus, wenn die Polizei mit den Schultern zuckt?

»Dienstgeheimnis«, springt er ihr bei.

Wenn nichts mehr geht, das passt immer.

Wanda verzieht genervt das Gesicht. »Sei mal vorsichtig, dass du nicht das verkehrte Geheimnis hütest!«

»Wieso?«

»Harm van Hoorn ist zwar ein Schlitzohr, aber bei Wiebke hat der keine Chance.«

»Wie kommst du darauf?«, fragt Fiete.

»Bäckereigeheimnis«, entgegnet sie und kniept ein Auge zu.

»Du meinst, die Gerdes hat gar kein Verhältnis?«

»Was kriege ich eigentlich dafür, wenn ich deine Arbeit mache? Oder verrätst du mir im Gegenzug, warum du wochenlang keine einzige Tasse Tee angerührt hast? Und die Sache mit Fienchen und den Krabben steht auch noch aus.«

Das war klar. So was vergisst sie nicht. Wenn er jetzt kein Zugeständnis macht, lässt sie ihn doof sterben. Janne schmunzelt hinter vorgehaltener Hand.

»Wanda, würdest du mir *bitte* sagen, was du weißt?«

Sie hält kurz inne. Dann strahlt sie wie ein Atomreaktor.

»Kann ich das noch mal hören?« Sie gluckst. »Wiebke Gerdes hat 'nen Klüngel mit Jan Willems.«

Binnen einer Minute rasselt Wanda sämtliche Hinweise runter, die eindeutig für ein Verhältnis mit Jan Willems sprechen. Auch Dörte Willems' gezielte Spur zu van Hoorn ergibt Sinn.

Mist! Es fuchst ihn, dass Wanda eine Nasenlänge voraus ist. Obwohl er ihr verboten hat, eigene Ermittlungen anzustellen, hat sie einen raffinierten Haken geschlagen. Sie wollte Wiebke Gerdes auf den Zahn fühlen und schiebt einfach den Beerdigungskuchen vor. Genauso wie bei allen anderen. Dafür kann er sie kaum zurechtweisen.

»Vielleicht sind Willems die Sicherungen durchgeknallt, weil die Affäre aufgeflogen ist«, denkt Janne laut nach.

»Das klären wir«, erwidert Fiete.

Auf dem Flur läutet das Telefon. Wanda springt auf und hastet um den Tisch herum. »Das ist bestimmt Henni. Die sind alle Mann bei Hinnerk, um ihre Buchteln zu testen.«

Wanda und ihre Kuppelversuche. Jetzt kommt gleich, dass sie dringend zu Hinnerk müsse, und er sitzt hier wieder mit Janne.

Er horcht.

»Beruhige dich. Atmen!«, hört er sie im Flur.

Na bitte. Irgendein vorgetäuschter Notfall, damit sie einen triftigen Grund hat, zu verduften.

Janne sieht ihn fragend an.

»Nichts Ernstes«, spielt er runter.

Stille.

»Bleib, wo du bist! Ich kümmere mich um alles und bin gleich bei dir.«

Bingo! In zwei Minuten ist sie durch die Tür, weil Hennis Buchteln angebrannt sind.

Wanda steht im Türrahmen. Ihr Gesicht ist weiß wie ein Frühstücksei.

»Das war Dörte Willems. Jan schwimmt tot in einem seiner Zuchtbecken.«

40

Später bei Willems

Es dämmert, als Wanda auf Dörte Willems' Hof eintrifft. Dörte kauert auf der Stufe vor ihrem Haus, umschlingt ihre Beine und wiegt ihren Oberkörper vor und zurück wie in Trance.

Nachdem Wanda Fiete berichtet hatte, was Dörte in ihrer Panik ins Telefon gebrüllt hat, wäre er am liebsten sofort losgestürmt, wenn Janne ihn nicht angepfiffen hätte, dass er in diesem Aufzug mit dem grünen Jedi vorne drauf, kaum zu einem Toten fahren könne. So hat er sich wenigstens noch in manierliche Klamotten geschmissen und ist nur mit halb zugeknöpftem Hemd aus dem Haus gerannt. Weil die beiden sie nicht mitnehmen wollten, hat sie fix Hinnerk, Henni und Onno Bescheid gegeben und sich dann selbst auf den Weg gemacht.

Die arme Dörte.

Janne reicht Dörte die Hand, um ihr aufzuhelfen.

»Ich mache das schon«, sagt Wanda und umarmt Dörte, die wohl im Schockzustand ist, weil sie eiskalt ist und wie ein Brett in Wandas Armen verharrt. Janne rennt zur Scheune rüber, an der Fiete die Tür ranzieht.

Wanda wirft einen Blick über Dörtes Schulter. Hinter den weit geöffneten Scheunenfenstern schwirren Fiete und Janne umher. Durch den Spalt des rechten Fensters erkennt Wanda einen Gitterrost. Irgendwo dort drüben schwimmt Jan in seinem Becken. Tot. Nur wenige Schritte von ihnen entfernt. Ihre Nackenhaare stellen sich auf. Ein Gänsehautschauer erfasst sie wie eine Welle. Ob Fiete ihn aus dem Wasser zieht? Von diesem Schock wird Dörte sich nie mehr erholen. Das Schlimmste, was einer Mutter widerfahren kann. Sie hätte gar nicht die Kraft aufgebracht, ihren toten Sohn aus dem Wasser zu holen. Wie sie ihn wohl gefunden hat? Ob er ertrunken ist? Oder auch ermordet wurde? Das kann doch kein Zufall sein. Erst Tamme. Jetzt Jan. So kurz nacheinander. Da muss es einen Zusammenhang geben. Sie hat keine Ahnung, was nun geschehen wird. Aber egal, was – das muss Dörte weder mitansehen noch miterleben und will sie ihr ersparen.

»Lass uns ins Haus gehen«, fordert Wanda sie auf und zieht Dörte mit sich.

***

Ein beklemmendes Gefühl, das ihm für einen Moment die Kehle zuschnürt, breitet sich in Fiete aus. Blutrotes Wasser. Jan Willems treibt mit dem Gesicht nach unten vor dem Oberflächenablauf des vorderen Beckens. Am Kopf klafft eine Wunde. Sein Oberkörper ist unbekleidet. Die Pumpe saugt den leblosen Körper an, der durch die unregelmäßige Ansaugung seicht vor sich hin schwappt. Er muss den Ablauf blockiert haben, wodurch die Umwälzpumpe leergelaufen ist. Durch die Überhitzung wird die Hauptsicherung rausgeflogen sein. Ansonsten hätte seine Mutter vermutlich nichts bemerkt. Bis es so weit gewesen ist, müssen locker dreißig bis vierzig Minuten vergangen sein. Nur wegen des plötzlichen Stromausfalls im ganzen Haus hat sie Jan gesucht und ihn hier vorgefunden. Gestern Nachmittag hat sie ihren Sohn zum letzten Mal gesehen.

Die arme Frau. Statt der Eins-eins-null hat sie Wandas Nummer gewählt, die auf dem »Brotpapier des Landbrots« stand, weil sie sich nicht zu helfen wusste.

Obwohl Fiete auf eine Leiche vorbereitet war, hat der Anblick ihn erschaudern lassen. Danach ist er zum Haus zurückgerannt und hat zehn Minuten nach dem Sicherungskasten gesucht.

Jetzt im Licht sieht das Wasser aus wie bei einer Haifischfütterung im Meer. Er zieht den Stecker der Pumpe ab, damit sie nicht erneut trockenläuft. Die Wasseroberfläche beruhigt sich.

»Die Kollegen aus Norden sind gleich da. Der Seelsorger ist auf dem Weg.« Janne hält sich die Hand vor den Mund.

»Der hat einen auf den Kopf gekriegt«, sagt Fiete und deutet auf den Spaten neben dem Zuchtbecken am Boden, an dem Blut und Haare kleben.

Beim letzten Mal, als Jan mit blankem Oberkörper auf dem Gitterrost gestanden hat und die Musiklautstärke über sein Handy regulierte, lehnte der Spaten am Beckenrand. Nun ist die Musik aus. Nur die Pumpen der anderen Becken surren. Fiete schaut sich um. Wie konnte der hier hausen? Das Feldbett mit der karierten Decke steht ganz hinten. Wenn Fiete hier schlafen müsste, hätte er am nächsten Tag einen Brummschädel. Oder er würde das Feldbett unters Fenster schieben, damit er etwas Frischluft bekäme. Er bummelt zum Schreibtisch. Die angetrunkene Flasche Cola ist fast leer. Insgesamt sieht der Schreibtisch seltsam aufgeräumt aus. Der Papierkram, die quietschgelbe Din-A4-Mappe. Sein Laptop. Wo sind die?

***

Wanda kann die Krater von Hinnerks Hofeinfahrt im Abblendlicht kaum erkennen. Sie schaltet das Fernlicht ein. Die Luft hat sich merklich abgekühlt. Eine Stunde lang saß sie mit Dörte am Küchentisch, bis der Seelsorger sie übernahm. In der Zwischenzeit wimmelte es auf dem Hof und im Haus von Polizisten.

Hinnerk, Henni und Onno eilen ihr am Gärhaufen schon entgegen. Die drei haben wohl das Geknatter des Motors gehört, weil sie zuerst an Hinnerks Weide vorbeifahren musste, um dann scharf rechtsum in die Einfahrt abzubiegen.

»Ist er tot?«, überfällt Henni sie und rauft sich die Haare.

»Mausetot.«

»Wie ist das passiert?«, will Onno wissen, der sein Jever hält.

»Die vermuten, dass ihm einer 'nen Spaten an den Kopf gehauen hat und er dadurch ins Wasser gestürzt und ertrunken ist. Das wissen die erst nach der Obduktion.« Wanda pustet durch. »Mir ist noch ganz kodderig.«

»Obduktion … pfff. Dafür brauchste keine Obduktion. Wenn du mit 'nem Spaten so richtig eins auf die Zwölf gesemmelt kriegst, is Ende. Dann kippste um. Bewusstlos. Drei Schluck Wasser drauf. Feierabend. Es sei denn, der hatte durch den Schlag 'nen Genickbruch. Je nachdem, wie man draufhaut. Dann war der schon vorher gehimmelt«, analysiert Hinnerk und nippt an seinem Bier.

»Hinnerk!«, ermahnt Henni ihn.

»Ja, is aber so. Wenn Jan eins auf die Rübe gekriegt hat, muss ja einer dagewesen sein. Hat Dörte denn nichts bemerkt?«

»Die ist komplett von der Rolle. Die hat immer wieder was von 'nem dunklen Auto gebrabbelt, war aber unsicher, ob dunkelblau oder schwarz.«

»Also, 'nen dunkelblauen Wagen hab ich vor 'n paar Minuten auf Wiebkes Hof fahren sehen. Kenn ich aber nicht«, sagt Hinnerk und schaut zu Gerdes rüber.

»Und das sagst du erst jetzt?«, fährt Wanda ihn an.

Hinnerk hört gar nicht hin, weil er Gerdes' Haus fixiert und die Stirn runzelt. »Komisch«, murmelt er.

Henni und Onno starren ebenfalls zur anderen Straßenseite, wohl in der Hoffnung zu erspähen, was Hinnerk meint.

»Das Auto ist auch komisch. Und noch viel komischer ist, dass man erst Tamme abgemurkst hat und jetzt Jan«, wirft Wanda ein.

»Nee, das meine ich nicht«, entgegnet Hinnerk. »Aber da ist Licht an. Und die Rollos sind immer noch oben. Das ist komisch.«

Ihr fällt Hinnerks Spruch von vorgestern ein, als sie gemeinsam auf der Lauer lagen. Was sagte er noch? »Sobald es dunkel ist und die da Licht anmachen, ist zappenduster«? Dafür hat sie ihn noch veräppelt.

»Jo, is doch schietegal, wann Wiebke die Rollläden runterlässt«, findet Onno und setzt sein Jever an die Lippen.

»Wenn Hinnerk sagt, das ist komisch, musst du dich nicht einmischen«, ranzt Henni ihn an. »Und wenn da was komisch ist, weil Wiebke komischen Besuch hat?«

»Du hast recht«, pflichtet Wanda ihr bei. »Ich rufe Fiete an. Vielleicht ist das wichtig.«

»Und was willste dem erzählen? Hinnerk findet es komisch, dass Wiebke keinen Bock hat, die Rollos runterzumachen?« Onno kichert angetüdert.

»Gib mal dein Handy«, sagt sie zu Hinnerk, der sofort in seiner Latzhose wühlt. Gut, dass sie Fietes Nummer auswendig kennt.

Ihre Finger fliegen über die Tastatur. Es tutet. Nach dem x-ten Bimmeln springt Fietes Mailbox an. Menschenskinners! Warum kann der nicht einfach drangehen, wenn man ihn braucht?

»Mailbox.«

»Warum sprichst du nicht drauf, dass er herkommen soll?«, fragt Henni.

»Wenn ich ihm das wegen der Rollläden aufspreche, verhaftet der mich. Hier«, sie drückt Hinnerk das Smartphone in die Hand. »Du versuchst es weiter, und ich gehe zu Wiebke rüber.«

»Hast du 'n Piep?« Hennis Stimme klingt schrill.

»Wieso? Immerhin ist Wiebkes Liebhaber tot. Oder glaubst du, Fiete hat ihr das schon erzählt?«

»Du gehst auf keinen Fall alleine da rüber!«, bestimmt Hinnerk und stellt sich ihr breitbeinig in den Weg.

»Was soll mir denn passieren? Das ist viel zu auffällig, wenn wir da im Trupp aufmarschieren.«

»Und wenn der Mörder bei Wiebke ist?« Henni wirkt panisch. Sie tritt von einem Fuß auf den anderen und knetet ihre Hände.

»Leute, ehrlich! Glaubt ihr, der Mörder bringt erst Tamme um, dann Jan und anschließend fährt er gemütlich zu Wiebke Tee trinken?«

»Weiß man's?«, fragt Hinnerk, der in seinem Buntbarsch-Verteidigungsmodus sowieso nicht klar denken kann.

»Dann wäre es schlau, wenn mich jemand retten käme. Deswegen bleibt ihr hier und versucht weiter, Fiete zu erreichen. Vielleicht weiß Wiebke auch schon, dass Jan tot ist. Dann kann ich immer noch die Buchtelform vorschieben. Wenn ich in einer Viertelstunde nicht wieder hier bin, schlagt ihr Alarm.«

Onno hebt sein Jever in die Höhe und lacht. »Und ich dachte erst, *ich* hätte eins zu viel getrunken.«

41

Kurz darauf bei Gerdes

Wanda hat die Abkürzung über Hinnerks Weide genommen. Den dunkelblauen Passat mit Auricher Kennzeichen, der auf Gerdes' Parkplatz zwischen Halle und Wohnhaus parkt, kennt sie nicht.

Sie drückt den Klingelknopf dreimal nacheinander. Es dauert einen Moment, ehe sie durch die geriffelte Glasscheibe der Haustür Wiebkes Umriss erkennt.

»Moin, Wiebke«, sie schnauft durch. »Tut mir leid, dass ich um diese Uhrzeit störe.«

Wiebke sieht aus wie ein verhuschtes Eichhörnchen und quetscht sich zwischen Haustür und Rahmen, um Wanda die Sicht ins Innere zu versperren.

»Ich bin auf dem Weg ins Bett«, erwidert sie in harschem Tonfall.

Ist nur die Frage, ob allein. Oder mit dem Fahrer des dunkelblauen Passats?

»Ich komme gerade von Willems.«

Vielleicht lockt das ihre Wissbegierde.

Wiebke stutzt und schaut hinter sich, rückt aber keinen Millimeter aus dem Türrahmen.

»Hat die Polizei dich schon benachrichtigt?«, bohrt Wanda.

Spätestens das muss sie wachrütteln.

Wiebke kneift die Brauen zusammen und schüttelt zaghaft den Kopf. »Du solltest besser gehen.«

Da stimmt doch was nicht! Wiebke würde sie immer hereinbitten!

»Ich bin ungerne aufdringlich, aber die fünf Minuten musst du mir geben.«

Wiebke zögert. Auch wenn es ein Schuss ins Blaue ist …

»Ich weiß, dass du ein … *besonderes* Verhältnis zu Jan hattest«, flüstert sie.

Wiebke hält inne. »Aber nur zwei Minuten«, entgegnet sie und gibt den Weg frei.

Hinter Wanda schließt sie die Haustür, die mit leisem Klacken ins Schloss fällt. Im Flur legt Wiebke den Zeigefinger an die Lippen.

»Wer ist das?«, schallt es aus dem Wohnzimmer.

Seine Stimme ist unverkennbar. Seit wann fährt der einen dunkelblauen Passat mit Auricher Kennzeichen?

»Moin, Hansje«, begrüßt Wanda ihn. Hansje Fokken hockt am Esszimmertisch. Seine Hände ruhen im Schoß.

Was will der um diese Uhrzeit von Wiebke?

»Was verschafft uns die Ehre?«, fragt er süffisant. »Setzt euch«, fordert er sie und Wiebke in einem merkwürdig bestimmenden Ton auf und deutet auf die Couch, als wäre das sein Haus.

Hat der ’ne Meise?

»Was machst du hier?«, fragt Wanda, während sie mit Wiebke auf dem Sofa Platz nimmt.

»Und du? Musst du keine Brötchen backen, damit du morgen früh die Regale voll hast?«, pampt er zurück.

Ja isses denn zu fassen. Was nimmt der sich raus? Wiebke tätschelt ihr beruhigend die Hand. Was ist hier los?

»Ich komme gerade von Willems. Jan ist …« Wanda streicht mitfühlend Wiebkes Knie. »Jan ist tot«, haucht sie.

»Was?!«, entfährt es Wiebke.

»So? Ist er das?« Hansjes Augen verengen sich zu Schlitzen.

Das scheint ihn nicht zu berühren.

Sie spürt, wie Wiebke sich neben ihr verkrampft. Sie funkelt Hansje an. Plötzlich springt sie auf und hilft Wanda aus der Tiefe der Couch. »Ich denke, du solltest jetzt nach Hause fahren. Es ist schon spät.«

Im selben Moment schnellt Hansje hoch. Mit einem Satz steht er vor ihnen. In seiner Rechten blitzt ein Bratenmesser. »Du setzt dich!«, brüllt er Wiebke an. »Sofort!« Im selben Moment packt er Wanda und dreht ihren Arm auf den Rücken. Er hält ihr das Messer an die Kehle.

Wiebke schreit auf. »Lass sie in Ruhe!«

Die kalte Klinge drückt sich in Wandas Haut. Ihr Körper fühlt sich plötzlich stocksteif an. Eine falsche Bewegung, und sie sieht Klaas wieder. Sie kann kaum atmen. Ihr Puls rast. Ihr schwirrt der Kopf. Hansje. Das Messer. Der dunkle Wagen. Die geöffneten Fenster. Wie konnte sie so blind sein? Hansje hat Tamme und Jan umgebracht!

»Lass sie sofort los!«, zischt Wiebke ihn an.

»Gib mir, was ich will, oder sie ist die Nächste!«

Himmelherrgott! Was will er?

»Du hast Tamme ermordet!«, herrscht Wiebke ihn an.

»Tamme hat *mir* gedroht! *Er* wollte mich bei meinem Chef verpfeifen und meine Existenz zerstören! Ich habe mich nur gewehrt. Es hätte alles so einfach sein können. Aber der fette Sack wollte nicht teilen.« Seine Stimme vibriert.

Das Algengeschäft mit Jan. Hansje wollte mitverdienen. Wie konnte sie so dumm sein? Huber hatte ihm Bestechlichkeit vorgeworfen. Auch Wiebke. Ein bestechlicher Lebensmittelkontrolleur.

»Harm hat mich vor dir gewarnt!«

»Der *schöne* Harm.« Sein Lachen klingt spöttisch. »Was glaubst du, wo Harm und Tamme mit ihren krummen Geschäften ohne *mich* gelandet wären? Wer hat denen jahrelang den Arsch gerettet und gefakte Lebensmittelproben abgesegnet? Harm. Pfff ... Der hat durch *mich* überhaupt erst von dem Verpackungsgeschäft erfahren! Oder meinst du, der schmeißt sich aus Langeweile an dich ran?«

»Harm weiß erst seit dem Wochenende davon! Durch *mich*«, widerspricht sie.

»Und das glaubst du? Das weiß der seit *Monaten!*«

»Du lügst!«

»Ach ja? Der hat wegen *dir* einen anderen Kurs eingeschlagen! Weil er die Gelegenheit sah, sich das Geschäft allein über dich unter den Nagel zu reißen. Obwohl es *meine* Idee gewesen ist! Wir hätten *alle* mitverdienen können!«

Alle? Tamme, Harm, Hansje?

»Was meinst du, wer monatelang den Hallenbau blockiert hat, damit Tamme bei diesem Geschäft an seine alten Freunde denkt?«

Wiebke kneift die Augen zusammen, als glaubte sie ihm kein Wort.

»Frag doch mal Geert! Aber *dein Mann* hat auf seine alten Freunde geschissen! *Er* wollte kein Stück vom Kuchen abgeben und sich alleine satt fressen! Sonst wäre das niemals passiert!« Seine Stimme überschlägt sich fast.

Wanda spürt das vibrierende Messer am Hals. Sie ist wie in Schockstarre. Geert Sanders. Der vierte im Bunde. Das Kleeblatt. Hansje, Harm und Geert steckten unter einer Decke. Die wollten am Verpackungsgeschäft zwischen Tamme und Jan mitverdienen.

Hansje bebt am ganzen Körper. »Aber damit ist jetzt Schluss. Ich lasse mich nicht austricksen! Gib mir Jans Zeichnungen.«

Wiebke schluckt.

»Ich weiß nicht, wovon du redest.«

»Verarsch mich nicht! Tamme bewahrt Jans Skizzen von den Pressmaschinen im Tresor auf!«

Wiebke wirkt wie versteinert.

Ruckartig reißt er Wandas Arm höher. Ein stechender Schmerz durchfährt ihre Schulter. Sie stöhnt auf.

»Willst du ihr den Arm brechen?!«, kreischt Wiebke.

»Du machst dir Sorgen um ihren lächerlichen Arm?«

Sein heißer Atem an Wandas Ohr löst ein Kribbeln in ihr aus. Zumindest lebt sie noch.

Wiebke erhebt sich in Zeitlupe und lässt Hansje nicht aus den Augen. Vorsichtig bewegt sie sich Richtung Schreibtisch zum anderen Ende des Raums.

Hansje folgt ihr und schiebt Wanda schräg vor sich her. Wiebke zieht die Seite der Videoleinwand zu sich ran, hinter der ein Safe eingemauert ist.

»Der Schlüssel ist im Schreibtisch«, sagt Wiebke mit zittriger Stimme.

»Keine Mätzchen«, droht er.

Wenn er nur endlich seinen Klammergriff lockern würde. Wie viel Zeit mag vergangen sein? Wanda schielt zur Terrassentür. Dort bewegt sich was! Ist das Fiete? Vielleicht lässt Hansje von ihr ab, wenn sie eine Ohnmacht vortäuscht?

»Hansje?«, keucht Wanda. »Mir wird schwindelig.«

»Reiß dich zusammen!«

Plötzlich knallt es an der Terrassentür, als schlüge jemand die Scheibe ein. Es scheppert. Glas klirrt. Hansje reißt Wanda mit sich herum. Hinnerk!

»Lass Wanda los! Du dreckige Mistkröte!« Er drischt mit der Mistgabel auf die Glasscheibe ein. »Von Mann zu Mann!«, tobt er. »Dir zeig ich, wer hier wen absticht! Du Weichei!«

Scherben zerspringen auf den Fliesen. Hinnerk prügelt ein letztes Mal auf die zerborstene Scheibe ein. Mit den Zinken voraus prescht er durch die zertrümmerte Terrassentür und richtet die Mistgabel gegen Hansje und sie wie ein Ritter seine Lanze.

»Lass sie los, du halbe Ladung«, brüllt er. »Oder ich tackere dich mit deinen Segelohren an die Wand!«

Hansjes Finger bohren sich wie Schraubzwingen in ihren Arm. Sie spürt den kalten Druck des Messers und reißt die Augen auf. Wenn Hinnerk ihn weiter reizt, war's das.

»Schmeiß das Mistding weg! Sonst schlitz ich sie auf.«

Hinnerk schaut von ihr zu Hansje und schluckt. Langsam lässt er die Forke sinken. Dann schmeißt er ihm die Mistgabel vor die Füße. »Darin bist du ja Profi!«

Geradeaus durch die Scheibe der Haustür scheint Licht. Die Bewegungsmelder. Die Parkplatzbeleuchtung. Da ist jemand. Hinter Hinnerk im Hausflur taucht ein Schatten auf. Fiete!

***

Fokken! Wanda! Verdammter Mist! Ruhig bleiben! Nur keine Fehler, denkt Fiete. Ein Schnitt und Wanda verblutet vor seinen Augen.

»Herr Fokken, beruhigen Sie sich«, spricht Fiete ihn mit gedämpfter Stimme an. Er öffnet seine Hände, um zu demonstrieren, dass er unbewaffnet ist, und nähert sich.

»Keinen Schritt weiter!« Er presst Wandas Arm hoch. Sie stöhnt auf. Ihr Gesicht ist schmerzverzerrt. Fokken fixiert ihn.

Lass sie los, du Dreckskerl! Sein Herz schlägt ihm zum Hals hinaus. Er zwingt sich, ruhig zu atmen.

»Wanda ist eine ältere Dame. Lassen Sie sie gehen. Ich

garantiere Ihnen freie Fahrt«, appelliert er an Fokkens Gewissen. »Herr Fokken, bitte.«

Fokken blickt nervös zur Terrassentür. »Damit Ihre Kollegen mich draußen verhaften?«, macht er sich lustig. Das Messer an Wandas Hals gräbt sich gefährlich tief in ihre Haut.

»Ich schwöre Ihnen, draußen ist niemand. Sämtliche Kollegen sind in Neuwesteel bei Willems.«

Wenn er Wanda nur endlich loslassen würde!

»Bleiben Sie stehen«, droht Fokken.

Schritt für Schritt schiebt Fokken sich mit Wanda auf die Terrassentür zu. Das Messer an ihrer Kehle. Wenn der durch die Scherben am Boden wegrutscht! Glas knirscht unter ihren Sohlen.

Als Fokken mit Wanda durch die Tür ist, hastet er zur Terrasse. Die Parkplatzbeleuchtung ist erneut angesprungen. Die Strahler könnten ein Stadion ausleuchten. Es ist taghell. Gleich haben sie den Passat erreicht. Bis zu ihnen sind es gut dreißig Meter. Hoffentlich nimmt er sie nicht als Geisel! Wenn der sie ins Auto zwingt, ist es zu spät. Soll er ihnen nachrennen?

»Der kommt nicht weit«, flüstert Henni, die plötzlich neben ihm steht. Was macht die hier?

»Geh rein!«, herrscht er sie an und wagt ein paar Schritte hinter Fokken und Wanda her. Der nimmt sie mit! Zur Hölle! »Herr Fokken, bitteee! Lassen Sie Wanda gehen!«

Fokken wirft einen Blick zurück.

Mit einem Ruck stößt er Wanda von sich und springt ins Auto. Wanda greift sich an den Hals. Hat er sie geschnitten? Sie blickt auf ihre Hand.

Fokken versucht, den Motor zu starten.

Fiete stürzt auf Wanda zu.

Fokkens Motor säuft ab. Ein weiterer Startversuch.

Fiete erreicht Wanda. Er reißt sie vom Wagen weg und legt den Arm um sie.

Der Passat nuckelt.

»Bist du okay?«, fragt er Wanda.

»Mir geht's gut.«

Im Laufschritt geleitet er sie zum Haus zurück. Auf der Terrasse stehen Henni, Hinnerk, Onno und Wiebke. Was ist das für eine Versammlung? Wo kommen die alle her?

Fokkens Passat säuft zum x-ten Mal ab.

»Geht es dir wirklich gut?«

»Jaja, schnapp ihn dir.«

Er dreht sich auf dem Absatz um.

»Du musst nicht rennen!« Henni grinst.

Er schaut zum Passat, wo Fokken wütend aufs Lenkrad schlägt.

»Der fährt nirgendwo mehr hin.« Hennis Augen leuchten.

Die sind alle irre. Plötzlich fliegt die Autotür auf, Fokken springt raus und rennt los.

»Lauf, mir geht's gut«, fordert Wanda ihn auf.

Fiete streichelt ihr die Schulter und spurtet los.

An der Ausfahrt steht Janne. Fokken schlägt einen Haken Richtung Hubers Grundstück. Mit einem Satz hechtet er über den Zaun.

»Stehen bleiben!«, schreit Fiete.

Ein Schuss. Fokken schlägt der Länge nach hin. Einen Sekundenbruchteil bleibt er liegen.

Hundegekläffe!

Fokken rappelt sich auf.

Im nächsten Moment fliegt er seitlich zurück ins Gras.

Sepp Huber schmeißt ein Kantholz weg, packt Fokken an Arsch und Kragen und reißt ihn hoch.

42

Nachts in der Bäckerei

Fiete zieht den Korken der Doppelmagnum-Flasche Spätburgunder und schenkt drei Rotweingläser ein. Janne hat darauf bestanden, Wanda wenigstens die rot karierte Sofadecke um die Schultern zu legen. Da Hunde eine beruhigende Wirkung haben, setzt Janne ihr Fienchen auf den Schoß, die nun aufgeregter wirkt als Wanda.

»Beim nächsten Mal gibst du mir gleich 'nen Spätburgunder und lässt den Rettungswagen weg«, scherzt sie und prostet ihnen zu. »Eine *ältere Dame* haut nix so schnell aus den Puschen.«

Nur unter Protest und der Voraussetzung, dass Janne und er sie nach Hause fahren und Janne noch ein wenig bliebe, ließ Wanda sich den Blutdruck messen. Schließlich seien nun schon zwei Einladungen gründlich in die Hose gegangen.

»Beim nächsten Mal *hörst* du auf mich, wenn ich sage, das ist gefährlich! Du könntest tot sein«, sagt Fiete.

»Wenn du beim nächsten Mal nicht wieder dein Handy im Auto vergisst, haben wir 'n Deal.« Sie grinst.

Damit hat Wanda leider recht. Weil Fiete im Dienstwagen noch sein Hemd zuknöpfen musste, hat er das Handy in der Eile in die Türablage geklemmt. Da Janne auf dem Weg zu Willems den Telefonkram mit den Norder Kollegen erledigte, hat er vergessen, es auf Willems' Hof einzustecken. Fünfundvierzig entgangene Anrufe, ehe Henni ihm erzählen konnte, dass Wanda bei Wiebke Gerdes sei, weil dort ein »komisches blaues Auto« stehe. Fokkens Fluchtfahrzeug, das er sich nach dem Mord an Gerdes besorgt hat. Vielleicht wären sie ihm früher auf die Schliche gekommen, wenn Fiete Wanda mit ihrem Insiderwissen um Hilfe gebeten hätte. Er hätte ihr vertrauen sollen, dass Hinnerk und Onno unschuldig sind.

»Was passiert jetzt mit Hansje?«, fragt sie Fiete.

»Der wird morgen früh dem Richter vorgeführt. Außer der Ordnung in seiner Haftzelle wird der die nächsten Jahre nichts mehr kontrollieren.«

»Hansje war immer schon ein Mitläufer. Die anderen haben den nie für voll genommen und ihn wegen seiner Segelohren gehänselt. Der sah in Jans Algengeschäft wahrscheinlich die Gelegenheit, vor den anderen zu glänzen. Als der mich im Schwitzkasten hatte, betonte er nämlich, dass es *seine* Idee war.« Sie seufzt. »Es gibt nur zwei Dinge, die mir von Herzen leidtun. Dörte hat ihren Sohn verloren.«

Was ihm auch an die Nieren geht. Laut Fokken hat Jan Willems ihn verdächtigt, Gerdes ermordet zu haben. Fokken sah Rot und hat mit dem Spaten zugeschlagen.

»Und das Zweite?«, fragt Janne.

Wanda setzt Fienchen vom Schoß. »Ich fürchte, das müsst ihr beide miteinander klären.« Sie zwinkert und hievt sich hoch. »Es gibt nichts, das so furchtbar ist, als dass man es nicht aus der Welt schaffen könnte. Aber das besprecht ihr am besten unter vier Augen.«

Fiete hat Wanda unterschätzt. Eine Weile hocken Janne und er schweigend vor ihren Weingläsern. Wanda hat längst Lunte gerochen. Wahrscheinlich hat sie einen eingebauten

Seismografen, der ein Erdbeben ankündigt, lange bevor das erste Haus wackelt. So ist sie mit ihrer Spürnase auch bei den eigenen Ermittlungen vorgegangen. Hätte er Wanda vertraut, wäre Jan Willems vielleicht noch am Leben. Die Sache wird ihn noch eine Weile beschäftigen.

»Warum hast du meine Anrufe ignoriert?«, fragt Janne.

Es war nicht fair, ihr kein Wort zu gönnen, sondern kommentarlos seine Versetzung zu beantragen und ebenso kommentarlos auszuziehen.

»Es tut mir leid«, entgegnet er. »Aber wir waren uns einig, dass wir niemals Chef des anderen werden wollten.«

Trotzdem hat sie ihn hintergangen. Der Erste Kriminalhauptkommissar Fischbeck wird im Herbst pensioniert. Ohne Vorwarnung bewarb Janne sich als Nachfolgerin auf seine Stelle. Ein Vertrauensbruch, der Fiete übel zugesetzt hat.

»Mir tut es leid«, erwidert sie. »Es war keine böse Absicht. Ich wollte lediglich meinen Marktwert testen. Im Ernstfall hätte ich die Stelle niemals angetreten. Aber Sören war unerträglich. Der hat sogar schon angekündigt, was sich ändern würde, wenn er im Amt wäre. Direkt nach dem Fall mit der Ökotrophologin, die ihren Ehemann mit der Maiglöckchen-Kräutersoße vergiftete. Danach hattest du zwei Wochen Urlaub. Erinnerst du dich?«

Und ob! Bei diesem Fall war er mehr als einmal mit Karnevalshemd Sören aneinandergerasselt. Seine unterirdische Unprofessionalität hatte ihn auf die Palme getrieben.

»Wenn Sören dein Chef geworden wäre, hättest du dich nach Sibirien versetzen lassen.«

Unter Sörens Regiment wäre er tatsächlich ausgewandert.

»Wie machen wir jetzt weiter?«, möchte sie wissen.

»Wirst du die Stelle nun annehmen, wenn du die Chance bekommst?«

»Wenn Sören Fischbecks Nachfolger wird, lasse ich mich versetzen«, erklärt sie. »Martina würde mit mir tauschen.«

Martina. Jannes Freundin von der Polizeischule, die in Norden im Dienst ist.

»Der käme eine Luftveränderung sehr gelegen … Die Whatsapp-Herzchen … habe ich ihr geschickt.« Jannes Wangen röten sich.

Er dreht sein Rotweinglas hin und her. »Wir werden sehen, was die Zeit bringt.«

43

Samstagmorgen in der Bäckerei

Wanda sitzt neben Henni und Hinnerk am Frühstückstisch. Sie befühlt den Kratzer an ihrem Hals. Bis auf die Schramme, einen ordentlichen Schrecken und das hartnäckige Gerücht, Fiete habe Hansje erschossen, ist alles wie immer. Dabei hat Janne lediglich in die Luft gefeuert.

Es duftet nach frisch gebackenem Brot, der Morgentee dampft in ihren Ostfriesenrose-Tassen, und die Standuhr tickt. Unter dem Tisch kaut Fienchen auf ihrem Frühstücksknochen, den Henni wie jeden Morgen aus ihrem Häkelbeutel gekramt hat. Nur Onno fehlt, weil er dringend was in Norden erledigen wollte.

»Tut's weh?«, fragt Henni und legt ein Nadelspiel auf den Tisch.

»Ich glaube, Hansje hat heute mehr Schmerzen als ich.« Sie schmunzelt.

»Das war 'n Spitzentreffer«, findet Hinnerk und haut sich mit Schmackes aufs Bein. »Huber kannste wenigstens zu was gebrauchen!«

Den Schlag hätte Hinnerk Hansje zwar am liebsten selbst verpasst, aber dass Huber mit dem Kantholz draufgehauen hat, damit kann er prima leben. Die beiden werden künftig wohl häufiger miteinander sprechen.

»Drei gebrochene Rippen, meinte Fiete.« Wanda nippt an ihrem Tee.

Fiete. Seine Predigten waren einzig und allein die Sorge um ihr Wohl. Womit er am Ende recht behalten hat. Sie hätte ihm früher erzählen sollen, dass Hansje den Geruch von Lebensmitteln hasst wie der Teufel das Weihwasser und er deshalb überall die Fenster aufriss, wo es auch nur ansatzweise nach Essbarem roch. Huber hatte in der Mordnacht gesehen, dass die Fenster der Seafood-Halle geöffnet waren, sich aber nichts dabei gedacht. Als sie Dörte im Arm hielt, standen die Scheunenfenster offen. Das konnte Fiete gar nicht bemerken. Selbst ihr ist es erst viel zu spät eingefallen.

»Ich mochte Hansje sowieso nie«, urteilt Henni und nadelt rote Socken an. Sie schüttelt den Kopf.

»Weiß man eigentlich schon, *wie genau* Hansje Tamme abgemurkst hat?«, fragt Hinnerk, der sich wieder brennend für Details interessiert.

»Wieso?« Wanda lacht. »Brauchste für irgendwen 'ne Gebrauchsanweisung?«

»Nee, aber Hansje is mal grad 'nen Kopp größer als Fienchen«, scherzt er. »Realistisch gesehen hatte Hansje gegen Tamme keine Chance.«

»Fiete meinte, Hansje hätte im Affekt zum Messer gegriffen. Die liegen im Filetierbetrieb doch überall rum. Und die sind garantiert scharf. Wenn du aus heiterem Himmel plötzlich 'nen Messer zwischen die Rippen kriegst, hast du auch keine Chance mehr.«

»Hat Fiete gesagt, zwischen die Rippen?«, hakt er nach.

»Nein, aber du kannst ihn sicher nach einer genauen Anleitung fragen. Ich weiß nur, Tamme wäre angeblich ratzfatz tot gewesen.« Wanda seufzt. Zum Glück hat Hansje das bei ihr nicht wiederholt, obwohl sie sich schon zwischen Klaas und Joost im Himmel gesehen hat.

»Dann muss Hansje mit dem Messer von unten nach oben direkt ins Herz gestochen haben. Von unten dürfte Hansje bei seiner Größe nicht schwergefallen sein«, sinniert er. »Oder aber, der hat ihm gar nicht ins Herz gestochen, sondern die Halsschlagader –«

»Hinnerk!«, fährt Henni ihn an.

»Ja, is aber so! Wenn man nicht richtig trifft, kann so'n Messer zwischen den Rippen stecken bleiben.«

Henni lugt über ihren Brillenrand. »Willste auch noch wissen, *wie genau* er Tamme auseinandergebaut hat? Das könnte ich dir nämlich verraten. Wenn du Onno nie wieder zu irgendwelchem Blödsinn anstiftest, aus dem wir euch retten müssen!«

Hinnerk schluckt. »Versprochen«, murmelt er.

»Hansje musste damals 'ne Schlachterlehre machen. Der alte Fokken hat das über Hansjes Kopf hinweg entschieden. Hätte der sich nicht gefügt, wäre er zu Hause rausgeflogen. Der weiß, wie man filetiert. Ob man jetzt 'nen Schwein zerlegt oder … Na ja, irgendwie ist das ja dasselbe.«

»Henni!« Hinnerk guckt entsetzt.

»Ja, was denn!? Is doch so! Du vergleichst doch auch 'ne Leiche mit 'nem Hühnchen, nur dass das Hühnchen Federn hat.«

»Ihr hört jetzt beide auf!«, rügt Wanda sie. »Schlimm genug, dass Tamme und Jan tot sind, weil Hansje mitverdienen wollte.«

»An dem Geschäft hätte ich auch gerne mitverdient«, räumt Hinnerk ein. »Stell dir mal vor, wenn durch Jans Algenverpackungen das ganze Plastikzeug überflüssig geworden wär. Die gesamte Verpackungsindustrie hätte eine Jahrtausendpleite hingelegt! Aber wir hätten ein Problem weniger. Vor allem unsere Fische, Vögel und Krabben. Ich hab ja gesagt, deine Kaffeemaschine und diese überflüssigen Einwegbecher bringen uns um.«

»Also, von Umbringen hab ich die Nase voll«, meckert Henni. »Haste nix Besseres zu tun, als Wanda wegen der Maschine auf den Keks zu gehen?«

Bei der Kaffeemaschine hätte sie allerdings auf Hinnerks Skepsis und nicht auf den bescheuerten Tipp ihres Steuerberaters hören sollen. Kein Mensch – außer Fiete – will hier Coffee to go trinken. Warum Fiete nur Kaffee und weder Tee noch Krabben anpackt, hatte Janne ihr verraten, als sie auf den Rettungswagen warten mussten. Dreimal hat Wanda Fiete versichert, dass sie keinen Notarzt bräuchte. Aber da war mit dem nicht zu diskutieren. »Menschenskinners noch mal!«, schimpfte er und bestand darauf. Sie schmunzelt. So langsam akklimatisiert er sich. Wenn sie an das Messer an ihrem Hals zurückdenkt – die Gefahr hat sie deutlich unterschätzt. Im Gegensatz zu Fiete. Seine einzige Sorge war, ob es ihr gut ginge, als Hansje flüchten wollte. Von Fiete könnte sich sogar Thies noch eine Scheibe abschneiden. Aber der darf jetzt auch in seinem Liegestuhl auf Ibiza bleiben oder Hanfplantagen hopsnehmen. Einen besseren Nachfolger als Fiete kann der sich gar nicht wünschen.

»Freu dich mal besser, dass Wanda dir überhaupt noch Tee kochen kann«, motzt Henni weiter. »Hansje hätte ihr vor Schreck den Hals abschneiden können, weil du mit deiner Mistgabel wilde Sau gespielt hast.«

»Nur, weil Onno Ewigkeiten die Kellertür nicht aufgekriegt hat. Der wollte sich von hinten ranschleichen und Hansje überwältigen. Irgendwas musste ich doch tun«, verteidigt er sich.

Wanda klopft Hinnerk auf die Schulter. Für seinen Buntbarschmodus kann der nix. »Ist ja nichts passiert. Dein Auftritt war spitze.« Sie guckt zur Eingangstür. »Was schleppt Onno denn da an?«

Das Glöckchen bimmelt. Onno grinst im Kreis und trägt

einen Spaten mit roter Monsterschleife dran direkt auf Henni zu.

Henni lässt ihr Strickzeug sinken. »Hast du ’n Piep? Wat soll ich denn damit?«

Onno lehnt den Spaten an den Frühstückstisch und lässt sich auf den freien Stuhl neben ihr fallen. »Der war im Baumarkt im Angebot.«

»Ich glaube, dein Bruder will dir damit was sagen«, spekuliert Hinnerk und lächelt vor sich hin.

Onno hat sich was einfallen lassen. Immerhin hat Henni Hansjes Flucht verhindert.

»Wer ’nem Mörder Buchteln in den Auspuff stopft, damit das Fluchtauto absäuft, hat ein Gemüsebeet verdient, najdroższa siostro.«

Hennis Augen leuchten. Sie stupst Onno in die Seite. »Wat heißt dat denn?«

»Allerliebste Schwester.«

Noch n' Klönschnack

Wanda haut mit der flachen Hand auf den Frühstückstisch. »So, und vor lauter Aufregung hätten wir jetzt fast das Wichtigste vergessen!«

Hinnerk lehnt sich auf seinem Stuhl zurück und verschränkt die Arme vor der Brust. »Wat meinste?«

»Danke sagen!«

Onno sieht von seinem Frühstückstee auf. »Wofür dat denn?«

Henni legt ihr Strickzeug weg. »Kannste hier mal aufpassen! Dat is wichtig.«

Hinnerk lacht. »Der kriegt wieder nix mit, weil er gleich den Garten umgraben muss.«

»Was glaubste denn, wo die Möwe ohne Julia Eichhorn und Zoë Martin gelandet wär, die von Anfang an dran geglaubt haben?«, ranzt Wanda Onno an.

Henni schlägt die Hände über dem Kopf zusammen. »Will ich gar nich drüber nachdenken! Nu' sind wir ja zum Glück bei HarperCollins. Was Besseres hätte uns nich passieren können.«

Hinnerk nickt. »Das kannste aber mal laut sagen.«

Auch Onno ist plötzlich hellwach. »Vor allem, weil sich da alle sooooo viel Mühe gegeben haben«, dabei reißt er seine Arme weit auseinander. »Besonders Pascalina Murrone.

Das Lektorat mit ihr war nämlich der Knaller, hab ich gehört. Und Heide Kloth und Julia Fischer und das ganze Marketing und der Vertrieb und überhaupt alle.«

Henni räumt ihr Strickzeug in ihren Häkelbeutel und überlegt. »Haben wir noch wen vergessen?«

Wanda stellt sich vor die Frühstücksrunde. »Ja sicher! Das geht schon mit der Familie los. Nina, Michael, Mama und Papa, die die Launen ertragen haben und lesen mussten. Ohne Michaels Verpflegungsmanagement wäre die Autorin verhungert und verdurstet. Ohne Jörgs und Eddas polizeiliche Unterstützung hätte Fiete den Mörder nie geschnappt. Ohne die tolle Besichtigung der Fischmehlfabrik in Cuxhaven und die grandiosen Tipps von Michael, dem besten Fischhändler an der Nordseeküste, hätte Fokken nie gewusst, wohin mit der Leiche.«

»Genau!«, pflichtet Henni ihr bei. »Dann darfste aber auch Alexandra Bleyer nich vergessen, die immer zuerst gelesen, Tipps gegeben und die Laterne am Ende des Tunnels hochgehalten hat.«

»Stimmt!«, pflichtet Hinnerk ihr bei. »Dann wär manchmal zappenduster gewesen.«

»Und Maren, Andrea, Monika, Thomas und Alex haben wir auch noch vergessen, die beim Brainstorming unterstützt haben.«

»Das sind aber ganz schön viele, denen wir Danke sagen müssen«, nörgelt Onno.

»Ja, is aber so!«, wirft Hinnerk ein.

»Wo is eigentlich Fiete?«, will Henni wissen. Sie lupft die pinke Plastiktischdecke.

»Meinste, Fiete hat sich unterm Tisch verkrochen?« Hinnerks Bauch bebt vor Lachen.

»Nee, aber ich dachte, Fienchen hätte sich grad am Kauknochen verschluckt.«

Wanda streicht ihre Backschürze glatt. »Fiete musste weg. Heute Morgen beim Frühstück hat er irgendwas von *Janne will nach Greetsiel ziehen* gemurmelt.«

Henni reißt die Augen auf.

Wanda stemmt die Hände in die Hüften. »Weiß ich jetzt schon. Da kommt nur Kappes bei weg.«

OSTFRIESISCH FÜR ANFÄNGER

Döskopp	unaufmerksamer Mensch, kaum zu etwas zu gebrauchen, Dummkopf, Tollpatsch
Törfkopp	jemand, der begriffsstutzig ist
Klöterbüx	ein zappeliges Kind
Ziepeltrine	Heulsuse
Gnadderkopp	einer, der immer schlechte Laune hat
nölen	nörgeln
knütten	stricken
Drömel	Schnarchnase, Lahmarsch
Schmeerlapp	Schmutzfink
Klookschieter	Besserwisser / Klugscheißer
Bangbüx	Angsthase
Flunsch	ein trübseliges Gesicht ziehen
Kauelmors	Blödsinnerzähler
Töffel	dummer, ungeschickter Mensch, wörtlich übersetzt: Pantoffel
der hat se neet all up Böön	der hat 'ne Meise / der spinnt
breed as lang	Jacke wie Hose / egal; wörtlich: so breit wie lang
Unnerbüx	Unterhose